그대를 사랑합니다

그대를 사랑합니다

초판 1쇄 펴낸 날 / 2013년 4월 29일

원작 • 강풀 | 극본 • 김명호 | 글쓴이 • 임형욱 | 공동제작 • 케이스토리미디어 | 기획 • 김동경, 남현
발행인 • 임형욱 | 디자인 • AM | 영업 • 이다윗 | 펴낸곳 • 행복한책읽기
주소 • 서울시 중구 필동3가 15 문화빌딩 403호
전화 • 02-2277-9216,7 | 팩스 • 02-2277-8283 | E-mail • happysf@naver.com
필름출력 • 신화출력 | 인쇄 제본 • 동양인쇄주식회사 | 배본처 • 뱅크북
등록 • 2001년 2월 5일 제2-3258호 | ISBN 978-89-89571-81-0 03810 값 • 12,000원

ⓒ 2013 행복한책읽기
Printed in Korea
＊이 책은 저작권법에 따라 국내에서 보호받는 저작물이므로 무단전재와 복제를 금지합니다.

# 를
# 합니다

### 내 생애 가장 아름다운 고백

강풀 원작 김명호 극본 임형욱 글

행복한책읽기

**차례**

서문 · 6
등장인물 소개 · 8

프롤로그: 옥수동의 무법자 김만석 · 13

제1화: 돌멩이 하나의 인연 · 21
제2화: 오토바이, 리어카, 그리고 커피 · 43
제3화: 우연과 필연 사이 · 57
제4화: 로맨스그레이 · 85
제5화: 잃어버린 기억을 찾아서 · 123
제6화: 생애 첫 연애편지 · 139
제7화: 내 이름은 송이뿐 · 164

제8화: 모든 로맨스소설은 해피엔딩으로 끝난다 · 171

제9화: 그대를 사랑합니다 · 180

제10화: 사랑은 부끄러운 게 아니다 · 199

제11화: 또 다른 사랑의 가족 · 219

제12화: 소풍가는 날 · 226

제13화: 세상에서 가장 아름다운 이름, 가족 · 256

제14화: 함께라서 아름다운 동행 · 287

제15화: 수라리재 가는 길 · 317

제16화: 사랑하는 사람들은 행복하다 · 339

에필로그: 사람이 꽃보다 아름답다 · 351

## 서문

원작이 있는 이야기를 소설로 다시 쓰는 일은 쉬운 일이 아니었다. 감동과 스토리의 힘이 잘 살아있기로 정평난 만화가 강풀의 원작이어서 더욱 그랬다.

소설을 쓰기 전 원작만화를 여러 번 반복해서 읽고, 영화 버전과 연극버전, 그리고 드라마 대본을 읽고 드라마 버전도 보았다. 그러면서 차츰 소설의 밑그림이 그려졌다. 원작에 충실할수록 사랑받고, 원작에서 멀어질수록 외면 받는 모습이 저절로 눈에 들어왔다.

소설 『그대를 사랑합니다』는 최대한 원작에 충실하려고 노력했다. 그러면서 젊은 사람들의 삶과 사랑 이야기를 추가했다. 예컨대 정민채, 황민지, 맹신혜, 김인섭 등은 드라마 버전에도 등장하는 인물들이지만 소설에서는 뼈대만 옮겨왔을 뿐 이들 캐릭터는 전혀 새로운 살을 입고 있다. 특히, 자전거로 전세계를 여행하다 돌아온 것으로 설정된 정민채의 캐릭터는 실제로 자전거 마니아이자 필리핀, 캄보디아, 베트남, 터키 등을 여행하고 돌아온 필자 본인의 경험이 많이 투영되었다.

소설 『그대를 사랑합니다』가 출간되기까지 8번을 고쳐 썼다. 분량 때문에, 캐릭터 설정 때문에… 수없는 회의와 퇴고 작업을 거쳐 소설이 완성되기까지는 1년 반의 시간이 걸렸다. 노력한 만큼 독자들의 사랑을 받을 수 있게 되기를.

소설 『그대를 사랑합니다』는 사랑 이야기다. 사랑이란 무엇인가에 대한 이야기이자, 사랑하는 사람들에 대한 이야기다. 원작이 70세가 넘은 노인들의 웅숭깊은 사랑 이야기를 주로 다루었다면, 소설은 여기에 20대와 30대 젊은 연인들의 알콩달콩한 사랑 이야기를 곁들였다.

70대의 나이에 10대 청소년 같은 악동의 감수성으로 뒤늦은 사랑을 경험하는 김만석과 생애 처음 사랑 앞에 고민하는 송이뿐의 사랑, 원래 한 몸이었던 것처럼 말 그대로 평생을 '동반자'로 살며 인생의 마지막까지 함께하는 장군봉과 조순이의 삶이 주는 감동이 독자들에게 생생히 전달되었으면 좋겠다. 신나는 웃음으로 시작해서 먹먹한 감동으로 끝나는 원작의 힘이 소설에서도 그대로 전달되었으면 한다.

그래서 10대와 20대 젊은 독자들이 읽고, 친구와 동료들에게도 입소문으로 전하고, 부모님과 선생님들께 꼭 선물하고 싶은 책으로 자리잡았으면 하는 소망이 있다.

그러나 책을 읽는 중에는 저절로 웃음이 터져 나오되, 책을 덮는 순간에는 잔잔한 감동의 여운이 남도록 하고자 나름대로 애쓴 필자의 노력이 성공했는지 여부는 전적으로 독자들께서 판단할 몫이리라.

―임형욱

### 등장인물 소개

**김만석**: 옥수동의 무법자. 가는귀 먹은 채, 낡은 오토바이를 몰고 옥수동 골목을 누비며 새벽 우유배달을 하고 있다. 버럭 고함지르길 잘하고 늘 입에 욕을 달고 살지만 알고 보면 속은 여리고 어질다. 나이는 70이 넘었지만 행동은 10대나 다름없는 악동. 암으로 먼저 보낸 아내를 생각하며, 송씨에게로 향하는 낯선 감정 때문에 갈등한다. 건설회사 현장소장 출신이라 못 다루는 기계가 없다.

**송씨(송이쁜)**: 80을 바라보는 나이가 되도록 혼자 살면서 파지를 주워 팔아 생계를 유지하고 있다. 평생 화전민으로 살기 싫어 동네오빠와 도시로 도망 나왔지만, 집나간 동네오빠를 기다리다 이름도 지어주지 못한 채 죽은 딸을 가슴에 묻었다. 평생 누구에게 한번 관심도 사랑도 받지 못했지만, 우연처럼 찾아온 늦은 사랑 앞에 용기를 내어 글을 배우고, 평생 꿈꾸어오던 일을 결단할 용기를 낸다.

**장군봉**: 자상하고 심성 깊은 주차관리원. 원래는 개인택시를 몰았으나 치매에 걸린 아내를 위해 집에서 가까운 주차관리 일을 택했다. 그러나 맞교대였던 주차관리 교대자가 없어지면서 종일 근무가 되자 아내를 돌볼 시간이 없어져 잠까지 줄여가며 아내를 끔찍이 챙기고 있다. 그러나 고도난시에 색약까지 있는 눈 때문에 정작 아내의 병을 제때 발견하지 못한다.

**조순이**: 미군부대에서 운전을 배워 택시운전을 하던 전쟁고아 장군봉을 만나 부

모의 반대를 무릅쓰고 결혼, 스스로 화가의 꿈을 버리고 한 사람의 아내이자 세 아이의 어머니로서의 삶을 택했다. 그러나 어느 날, 치매가 찾아오고 치매는 그녀의 기억을 화가를 꿈꾸던 어린 시절의 조순이로 가두어버린다.

**김연아**: 주민센터에서 일하는 사회복지사로, '리틀 김만석'으로 불리는 김만석의 손녀. 김만석을 말싸움으로 이기는 유일한 사람이다. 작고 여린 몸이지만, 소외된 사람을 돕겠다는 일념으로 사회복지 담당 공무원이 될 만큼 당찬 성격이다. 불의를 보면 참지 못하는 오지랖 넓은 성격이지만, 어느 날 기생오라버니처럼 생긴 '타칭 재벌 2세' 공익근무요원의 등장에 혼란스러운 감정을 느낀다.

**정민채**: 자전거로 전세계를 여행하다 군 복무를 위해 귀국한 공익근무요원. 환경이나 사는 모습을 보면 재벌2세 같기도 하고 동시에 고아 같기도 한 정체불명의 인물. 그러나 알고 보면 검정고시로 서울대를 입학했고, 게임업체에서 스카웃을 위해 심고초려할 만큼 능력있는 청년. 자신을 버리고 재혼한 어머니에 대한 트라우마가 있다.

**김인섭**: 김만석의 아들이자 김연아의 아버지인 옥수동 주민센터 동장. 어릴 때부터 모범생에다 곧잘 공부를 잘해 아버지의 많은 기대를 받았으나 일개 공무원에 기껏 주민센터 동장이라 늘 아버지에게 기죽어 사는 삶을 살았다. 그러나 사랑 앞에선 당찬 모습도 보여 이윤희와 결혼할 때는 아버지를 놀래키는 일을 벌이기도 했다. 카리스마는 없어도 직원들과 가족들의 존경은 받는 서민적인 가장.

**이윤희**: 외동딸인 김연아가 붙여준 엄마의 별명은 '이율배반여사.' 동일한 사안을 놓고도 타인의 관점에서 볼 때와 자신의 관점에서 볼 때 해석이 180도 달라진다고 해서 붙여진 별명이다. 부유한 집안의 막내딸로 태어나 철없이 자란 탓에 모든 것을 자기 식으로 해석하지만, 싹싹하고 애교 많은 아내이자 며느리. 고아와 결혼하겠다는 딸 때문에 쌍심지를 키고 악역도 마다하지 않는다.

**황민지**: 자신을 낳다가 친엄마가 돌아가시고 새엄마도 몇 해 전 돌아가신 탓에 술주정뱅이 아빠 손에 자라났다. 그래서 어린 나이와는 어울리지 않게 판단력도 좋고 생활력도 강하다. 그러나 아빠 없이 혼자 남겨져서 생활하다 김연아의 눈에 띈 후, 고아원으로 맡겨졌으나 아빠가 친권을 포기한 탓에 해외로 입양될 위기에 처하고, 세상 어딘가에 있다는 오빠를 찾기 위해 필사적으로 노력한다.

**맹신혜**: 눈치 백단 코치 천단의 옥수동주민센터 베테랑. 주민생활지원팀 팀장을 맡고 있다. 정기건강검진을 통해 조기폐경의 위험성을 경고 받고는 폐경 전에 결혼해서 아기를 낳고자 결혼에 목을 맨 마흔 살의 노처녀. 연하인 꽃미남 정민채에게 첫눈에 꽂혔으나 정작 운명은 다른 곳에 있었으니….

**이준범**: 송씨가 파지를 내다파는 부자고물상 이판술의 외아들. 몇 년 전까지만 해도 강남 어딘가 물 좋은 업소를 관리하던 건달이었다는 소문이 있다. 덩치가 곰만 하고 말이 느리고 어눌하지만, 불의를 보면 말보다 발이 먼저 날아간다. '학교'도 여러 번 드나들었지만, 급성신부전증으로 사경을 헤매는 아버지를 위해 기꺼이 자기 신장

을 내줄 만큼 효자다. 하지만 죽기 전에 손자를 안아보고 싶다는 아버지의 소망을 들어주지 않아 이관술에겐 둘도 없는 불효자라 구박받고 있다.

**고석호**: 모든 가요를 경상도 사투리로 바꿔 부르는 데 탁월한 재주가 있는 옥수동 우유보급소 소장. 매사에 낙천적이고 긍정적이다. 아내를 암으로 잃은 김만석이 우유 한번 못 마셔보고 죽은 아내 때문에 술에 취해 울부짖고 있을 때 그를 도와준 인연으로 우유배달 일을 함께 하고 있다. 그러나 소장인 자신을 직원 취급하는 김만석으로 인해, 가끔은 소장님 대접을 받아봤으면 하는 소박한 꿈이 있다.

그리고 송씨의 전 남편 서용구, 옥수동의 트러블메이커 우덕호, 상록보육원 원장, 송씨의 어머니와 이름 없는 딸, 옥수동주민센터의 직원들, 정민채의 친구 준혁과 예전에 다니던 게임회사 회장, 황민지의 아빠, 장군봉의 딸과 아들 등 많은 인물들이 등장하지만 이들 못지않게 중요한 인물(人物)은 다음과 같다.

**낡은 고물 오토바이**: 김만석의 애마. 주인을 빼닮아서 기차 화통처럼 소리가 요란한데, 이유는 머플러가 낡은 탓. 그래도 가끔 시동이 꺼지는 것을 제외하면, 연식이 꽤 되었지만 나름 제 역할을 다하기는 주인과 판박이다.

**이름 없는 돌멩이**: 이 소설의 처음과 끝, 그리고 중요한 매순간마다 등장하는, 어떻게 보면 사실상의 주인공. 지극히 사소하지만, 나름 비중 있는 역할을 많이 한다. 게다가 나중에는 제대로 된 이름도 얻는다.

## 프롤로그
# 옥수동의 무법자 김만석

김만석은 빌라 3층 베란다를 확인하느라 고개를 들었다. 겨울답지 않은 날카로운 햇살에 살짝 눈살이 찌푸려졌다. 베란다 창으로 뚫린 보일러 배기구로 김이 모락모락 나고 있었다. 오케바리, 안에 사람 있고! 조금 전 우편함의 우편물을 통해 놈이 이 빌라로 이사 온 것은 확인해두었다.

김만석은 오토바이 앞 바구니에 넣어온 확성기를 꺼냈다. 보청기는 좀 전에 케이스에 넣어 주머니에 잘 갈무리해둔 참이었다. 스위치를 켠 뒤 애앵~ 사이렌을 한번 울린 뒤 확성기 볼륨을 최대로 높였다. 한여름 앵앵거리는 모기소리가 제법 커졌다. 나한테 이정도면 니들은 다 뒤졌어!

"아, 아, 대성빌라 308호! 대성빌라 308호!"

느닷없는 확성기 소리에 지나가던 사람들이 무슨 일인가 싶어 쳐다보았다. 상관없었다. 만약의 사태를 대비해 오토바이엔 미리 시동을 걸어두었다. 십수 년 묵은 낡은 오토바이라 자주 시동이 꺼지지만, 녀석만 아무 문제없으면 아무 상관없는 일.

그대를 사랑합니다 13

"어이, 거기! 대성빌라 308호 우덕호! 308호 우덕호!"

쉽게 나올 놈이 아니다. 김만석이 우덕호의 이름까지 불러주는 '친절한 서비스정신'을 발휘하자 308호의 베란다 문이 열렸다. 우덕호였다.

"어이 우덕호씨! 따박따박 방구석에 처앉아서, 노인네가 새벽부터 뒤지게 고생해서 갖다 바친 우유를 곱게 쳐드셨으면, 우유 값은 내야지? 세상에 떼어먹을 게 없어서 노친네 우유 값 떼먹고 이사 가서 전화번호까지 처바꾸냐? 우유 값 십오만 구천구백 이십원 내놔!"

멀리서도 우덕호의 얼굴이 붉으락푸르락하는 게 눈에 보였다. 작전 성공!

"아니, 이 놈의 영감탱이가! 겨우 돈 몇 푼 때문에 이렇게 대놓고 사람 망신 줘도 돼? 이런 식으로 나오면 내가 곱게 돈 줄 것 같아?"

짜식이, 꼴에 사내라고 성깔은…. 쨔샤, 내가 환갑진갑 다 지나고 산전수전 공중전 잠수전 우주전 다 겪은 일흔여섯이다 이 놈아!

"쪽팔리는 거 알면 전화할 때 우유 값을 주등가! 모기 대가리에서 골을 빼서 먹든지, 진딧물 똥꼬에 빨대 박아 꿀물을 빨아먹을 일이지, 치사하게 늙은이 다리품 값도 안 되는 우유 값을 떼먹냐?"

우덕호의 목소리는 모기소리처럼 앵앵거렸고, 김만석의 목소리는 확성기를 통해 마치 보청기 낀 것처럼 씩씩하게 들렸다. 마음에 들었다.

"좋아! 죽어도 못 줘! 어디 영감님 마음대로 한번 해보슈!"

우덕호가 베란다 문을 쾅하니 닫고 사라졌다. 예상했던 바다. 그래 니가 곱게 줄 놈이면 내가 이렇게까지 하겠냐? 다음 수는 뻔했다. 보나마나 전화질이겠지.

"그래 누가 이기나 함 해보자! 308호 우덕호! 떼먹은 우유 값 십오만 구천구백 이십 원 내놔라! 대성빌라 308호 우덕호는 우유 값을 내놔라! 내놔라!"

 이쯤에서 김만석은 사주경계에 한번 들어갔다. 주변에 모여 수군거리던 사람들은 어느새 자기들끼리 키득거리거나, 무슨 영문인지 파악한 사람들은 아하~ 하며 머리 위에 백열등 하나씩을 켜고는 제 갈 길을 총총 가기 시작했다. 우편함 확인할 때 잠깐 마주쳤던 파지 줍던 할멈이 빌라에서 들고 나온 신문뭉치와 수퍼 앞 빈 박스를 싣다 말고 김만석 몰래 풉~ 하고 웃고 있는 게 보였다. 아니, 저 할망구가…… 이게 지금 내가 장난하는 걸로 보여?
 파지 줍는 할망구에게 한 따까리 하려는 찰나에 할멈의 어깨 너머로 경찰차가 달려오는 게 보였다. 예상대로였다.
 김만석은 시동을 걸어둔 오토바이에 올라탄 뒤 바람처럼 달려 자리를 떴다. 이미 차로는 따라오지 못하는 좁은 골목길도 파악해둔 터였다. 옥수동 골목길이야 김만석 손바닥이다. 눈감고 오토바이 운전해도 다닐 수 있는 김만석의 나와바리가 아닌가.

 멀찌감치 언덕배기 위에서 내려다보니 경찰이 차에서 내렸다가 얼마 되지 않아 차를 몰고 떠나는 게 보였다. 김만석은 잘 훈련된 적토마인양 낡은 오토바이를 몰고 골목길을 쏜살처럼 달려 내려갔다. 그리고 헛기침 몇번 해서 목을 풀어준 뒤에 확성기에 대고 목청을 한껏 높였다.
 "어이! 308호 우덕호! 사나이 대장부가 우유 값 안 주려고 경찰을 부르냐? 요새는 경찰이 현금지급기야? 니네 집은 경찰에 계 묻어놨어? 어이! 308호 우덕호!

우유 값 십오만 구천구백 이십원 내놔! 308호 우덕호!"

우덕호가 이번에는 고개도 내밀지 않았다. 보나마나 또 전화질이겠지. 아니나 다를까 얼마되지 않아 다시 경찰차가 보였다. 김만석은 오토바이를 타고 흰 머리칼을 백마의 갈기처럼 휘날리며 다시 바람처럼 사라졌다.

경찰차는 다시 돌아갔다. 김만석은 다시 빌라 앞으로 가 확성기를 꺼냈다.
"308호 우덕호! 우유 값 없으면 애기 분유에 물 타 먹든가, 니 마누라한테 모유라도 부탁할 일이지, 치사하게 노친네 우유 값 떼먹냐? 308호 우덕호는 우유 값 십오만 구천구백 이십원을 내놔라! 내 피 같은 우윳값 십오만 구천구백 이십원!"
사람들이 다시 웅성웅성 모여들었다. 수군대기도 하고 308호를 향해 손가락을 가리키며 키득거리기도 했다. 게 중에는 김만석을 향해 시끄럽다고 항의하는 사람도 있었지만, 보청기를 뺀 김만석에게는 날파리가 엥엥 날아다니는 소리로 들릴 뿐이었다. 김만석 면전에 시끄럽다고 항의하러온 한 중년아줌마도 희끗한 머리에 광대뼈가 툭 튀어나온 김만석의 눈에서 뿜어나오는 레이저 한 번으로 오줌 마려운 강아지마냥 깨갱거리며 그냥 지나쳐갔다.

어느덧 햇살도 뉘엿뉘엿 기울어가고 있었다. 우덕호는 여전히 얼굴도 내밀지 않고, 경찰과 김만석의 숨바꼭질만 계속되었다. 이번에도 경찰차가 오는 게 보였다. 이젠 아예 경광등을 켜고 사이렌까지 울리며 출동하고 있었다. 사실 경찰이 와봐야 경찰지구대에 오래된 붙박이들은 다 친구놈 아들이나 조카거나 한 다리 건너면 다 아는 얼굴들이었다. 하지만, 구태여 서로 민망할 일은 없도록 얼굴 안

보는 게 상책이었다.

 멀리서 지켜보니 이번엔 경찰 두 명이 경찰차에서 내려 수퍼 주인에게 뭔가를 묻는 게 보였다. 동네 사람들이 경찰 주변으로 모여들어 웅성거리더니 308호를 향해 손가락으로 가리켰다. 그러더니 경찰 한 명이 차로 돌아가 차량용 마이크를 꺼내더니 경찰차 확성기를 통해 방송을 시작했다.

 "대성빌라 308호 우덕호씨! 그냥 우유 값 주쇼! 우리도 지겨워 죽겠소! 경찰이 무슨 죄냐고? 308호 우덕호씨 그냥 우유 값 주시고 서로 좋게 해결합시다! 예? 308호 우덕호씨!"

* * *

 집으로 돌아가는 오토바이 위에서 김만석은 자기도 모르게 터져 나오는 웃음을 바람에 흩날리며 신나게 달렸다. 휘파람이 절로 났다.

 경찰두 떠나고 모였던 동네사람들도 모두 떠나고 난 어스름 무렵, 김만석이 직접 308호를 찾아갔다. 우덕호는 모든 것을 체념한 표정으로 만원짜리 열여섯 장을 김만석의 손에 쥐어주었다. 체념은 했지만 우덕호의 눈에는 분노가 서려 있었다. 억지로 분을 참고 있는 표정이 역력했다.

 "됐죠?"

 김만석의 손에 돈을 쥐어주며 우덕호가 이를 앙다물고 이제 그만 가보라는 듯 말했다. 돌아서려는 우덕호의 손을 잡고, 김만석은 주머니에서 십원짜리를 꺼내 하나둘씩 세어서 정확하게 80원을 손바닥 위에 쥐어주었다.

"잔돈은 받아가야지? 앞으론 우유 값 제때 낼 자신 없으면 수퍼에서 사다 드슈. 수퍼 우유도 맛은 똑 같애."

김만석의 등 뒤로 쾅하니 문 닫히는 소리가 복도를 울렸다. 그래 봤자, 니 집 문 부서지지 내 집 문 부서지냐?

집에 도착한 김만석은 오늘따라 유난히 살포시 대문을 닫으며 마음속에서 저절로 흘러나오는 노래를 흥얼거리기 시작했다. 아, 즐거운 나의 집.

김만석이 마당에 들어서자 손녀딸인 연아의 눈길이 만석이 들고 있는 확성기로 향했다. 김만석은 자기도 모르게 확성기를 뒤로 감추었다. 저놈이 리틀 김만석이야. 아니나 다를까 연아가 눈총과 입총을 함께 쏘아댄다.

"아니, 할아버지! 또 우유 값 받겠다고 확성기 들고 갔어? 할아버지, 그만 좀 해. 동네 창피하게 왜 자꾸 그래?"

"우유 값 안 내고 도망간 놈이 챙피하지. 내가 왜 챙피해? 어른이 갖다 주는 우유 마셨으면 우유 값에 금테를 쳐둘러서 바쳐도 모자를 판에 야반도주한 놈인데. 에라이, 지가 뱉은 가래침 지 얼굴에 도로 날아와 쳐맞을 놈!'

……라고 말은 하지만, 김만석의 말꼬리가 목구멍을 향해 기어들어갔다. 내가 세상에 무서워하는 게 하나도 없는데, 저 녀석의 잔소리 하나는 무서워. 김만석은 생각했다. 하나뿐인 외동손녀인데다 어릴 때부터 하는 짓이 자신을 쏙 빼닮아 유난히 예뻐한 탓이다. 인물이면 인물, 성격이면 성격 어디 못난 구석 하나 없는 손녀딸이다. 그냥 안약처럼 자주 눈에 넣고 싶을 정도다.

"아버지도 참…… 날씨도 추운데 이제 웬만하면 집에서 좀 쉬시지."

아들 인섭이다. 물에 물 탄 듯 술에 술 탄 듯 물러 터진 놈. 제 엄마 닮아 착하기만 해서 맨날 손해만 보는 못난 놈. 게다가 생김새도 외탁이다. 인섭은 월동 준비를 하느라 마당의 나무들에 새끼로 가마니 조각을 두르고 있었다.

"놀면 뭐하냐? 기계도 굴려야 녹이 안 쓸고, 사람도 바지런히 움직여야 관절에 녹이 안 끼는 법이야."

"애아빠가 아버님 건강 생각해서 그러는 거잖아요. 이제는 아버님도 나이 생각하셔야죠. 그리고 연아 듣는 데서는 욕 좀 그만 하세요, 아버님. 아버님이 자꾸 욕을 하시니까 연아도 여자애가 입에 욕을 달고 살잖아요."

연아 엄마다. 이윤희 여사. 연아가 붙여준 별명 '이율배반여사.' 뭐든지 똑 부러지고 늘 정답만 말하지만 막상 내 일이 되면 이율배반, 말과 행동이 달라진다고 해서 붙여준 별명이다. 그래도 며느리 윤희가 순둥이 인섭보다는 낫다. 하나밖에 없는 아들놈이 공부라도 못 했으면 모르겠는데, 애비를 닮아 머리는 좋아 공부도 곧잘 한 놈이 겨우 동사무소(요새는 주민센터래나 뭐래나? 아무튼!) 동장이다. 공부머리는 있는데, 잔머리가 없다. 그러게 이놈아, 그렇게 애비가 법대나 의대 가라고 할 때 니가 좋아하는 외대 간 거까지는 좋다. 근데 왜 하필이면 베트남어과냐? 니가 베트남전에 참전을 했니, 우리 집에 손자가 있어 베트남 며느리를 맞을 거니? 물러터진 놈!

김만석이 인섭을 쳐다보며 혀를 끌끌 차면서 혀목탁을 두드리고 있을 때, 연아가 엄마에게 선전포고를 한다.

"엄마! 내가 언제 욕했다고 자꾸 그래? 내가 욕하는 거 엄마가 봤어?"

올커니. 지고는 못 사는 녀석이 그냥 넘어갈 리가 없지.

"니가 할아버지보다 욕 더 잘하거든!"

그건 아닌 듯. 연아가 할애비 따라오려면 아직 한참 멀었어. 욕도 연륜이 쌓여야 늘어. 그럼, 이것도 내공이 필요한 일이지. 둘의 싸움을 속으로 은근히 부채질하며 김만석은 룰루랄라 모른 척 시치미를 떼고 마당을 가로질렀다.

"헐~ 대박! 내가 뭔 욕을 했다고 그래?"

"대박은 큰 바가지가 대박이고. 너 맨날 '지랄' '염병' 이런 말 입에 달고 살잖아? 너, 니가 9시 뉴스 볼 때, 니가 얼마나 욕 많이 하는지 모르지? 그냥 욕이 자동으로 튀어나오더라. 기지배 입이 무슨 욕 자판기도 아니고……."

"그거야, 요새 정치하는 놈들이 정치를 개판으로 하니까 그런 거지!"

"저 봐 저 봐, 또 놈이라지……. 너는 명색이 공무원이라는 애가 어떻게 된 게 허구헌 날 정치인 욕만 하고……"

이율배반여사와 리틀 김만석이 또 말싸움을 하는 틈을 타서 이미 김만석은 마당을 다 건너 현관문에 다다랐다. 그래, 둘이 열심히 싸워. 이기는 편 우리 편. 리틀 만석 파이팅! 현관문을 닫으며 김만석은 참고 있던 웃음을 혼자서 흘흘~ 흘리기 시작했다.

오늘은 앓던 어금니 같던 우덕호의 우유 값도 받았겠다, 내일 새벽 4시에 또 배달 나가려면 일찍 자야 하는데, 오늘은 발 뻗고 편안하게 자겠구나, 생각하는 김만석의 얼굴에 반달처럼 웃음이 번졌다. 거실 창문 너머 저 멀리 달동네 위로 달이 천천히 떠오를 채비를 하고 있는 게 눈에 들어왔다.

오늘따라 유난히 달이 크다.

제1화
# 돌멩이 하나의 인연

달이 지고 있다. 보름달이다.
호빵처럼 탐스럽게 생긴 보름달이 옥수동 달동네 위로 기울어 가고 있었다.
부타타타타타타타타타타······
오토바이 엔진소리가 천둥처럼 골목길 사이를 가득 채웠다. 새벽바람을 가르며 김만석이 오토바이로 달려가는 골목마다 개들이 깨어났다. 잠 깬 개들이 컹컹 짖어대는 소리가 보름달을 물어뜯을 기세였다. 개 짖는 소리와 함께 기지개 켜듯 창문마다 불이 켜졌다. 시골 밤길, 옷깃에 풀잎이 스치면 반딧불이 날아오르는 듯 창들이 하나둘씩 환하게 피어올랐다.

새벽녘 골목길을 달려가는 김만석의 입에서 나오는 입김이 볼을 스치며 흰목도리처럼 휘날렸다. 김만석은 쌈지공원 맞은편 3층 빌라집 1층 대문 앞에 오토바이를 세우고, 우유 두 개를 조심스럽게 대문 안으로 밀어 넣었다. 다시 오토바이를 달렸다. 달리고, 세우고, 넣고, 달리고, 세우고, 넣고······ 늘 반복되는 일이다.

오늘따라 오토바이가 말썽부리지 않고 잘 달려주었다. 만석의 애마가 된 지는 햇수로 7년째. 그때부터 중고였으니 십수 년은 된 오토바이다. 사람으로 따지면 7, 80살은 더 된 셈이지만 그래도 가끔 시동 꺼지는 걸 제외하곤 지금까지 만석의 속을 크게 썩인 적이 없는 고마운 놈이다.

오토바이가 달리고 잠깐 멈출 때마다 우유들이 하나 둘씩 줄었다. 그만큼 오토바이의 달음질도 가벼워졌다. 우유들이 하나씩 줄 때마다 김만석의 마음속 짐도 하나씩 줄어드는 홀가분한 느낌, 좋았다.

평지 골목길을 돌아서자 문제의 고바위가 나타났다. 옥수동 160번지 오르막. 길이도 길이지만 경사각이 장난 아니다. 어둑어둑해서 더 까마득해 보이는 오르막 위로 둥그런 보름달이 큼직한 대형조명등처럼 걸려 있다.

김만석은 고바위 아래에서 지친 말에게 숨 돌릴 틈을 주듯 잠시 쉬었다. 드드드등드드드드…… 오토바이도 잠시 숨을 고르고 있는 듯했다. 말머리를 쓰다듬듯 김만석은 핸들바 한가운데 오토바이의 목덜미부분을 토닥토닥 어루만져 주었다.

"여기만 넘으면 오늘 일도 대충 끝이다. 잘 올라갈 수 있지? 자, 오늘도 힘내자 잉~"

이 고바위는 아래에서부터 빠른 속도로 치고 올라가 탄력을 받아야만 끝까지 올라갈 수 있다. 중간에 시동이라도 꺼진다면 영락없이 끌고 올라가야 한다.

드릉드릉드드드드드……다다다다다……

김만석은 서서히 엔진의 출력을 올리며 밑에서부터 속도를 내어 치고 올라갔다. 저기 골목 끝에 걸린 보름달이 점점 커지는 느낌이었다. 김만석은 핸들바쪽에 가슴을 찰싹 붙이고 기어비를 낮춘 후 오토바이 출력을 최대로 끌어올렸다.
뿌타타타타타타타따따따따따따따…….
오늘따라 오토바이 소리가 가벼웠다. 김만석은 마음도 가볍게 언덕배기 끝에 걸린 보름달을 향해 달려 올라갔다. 중간에 뭔가 희끄무레한 것이 보였다. 수레였다. 목도리와 보자기로 목과 머리를 칭칭 둘러싼 할머니가 수레를 끌고 언덕길을 내려오고 있었다.
파지 줍는 할머니였다. 오토바이 불빛에 환하게 비친 모습에서 김만석은 가끔씩 골목길에서 마주치곤 하던 파지 줍는 할머니란 것을 알아차렸다. 어제 우덕호네 빌라에서 생쇼에 가까운 원맨쇼를 벌일 때 김만석을 보고 풉~ 하고 웃었던 것도 저 할망구였던 듯. 할망구~ 사람 민망하게스리.
애써 모른 척하며 김만석은 앞만 보고 오토바이를 더 바짝 가슴쪽으로 당겼다. 김만석은 뒷바퀴에 뭔가 끼었다가 순간적으로 튕겨나가는 느낌을 받았다. 아마 돌멩이였을 것이다. 한두 번 겪는 일이 아니다. 돌멩이가 튀거나 말거나 무시하고 오르막을 올라가고 있는데 김만석의 뒷통수에서 '악' 하는 모기소리만한 비명소리가 들렸다. 와장창 소리도 들린 듯했다. 이 정도 소리면 꽤 큰 소리일 수 있다는 직감이 언뜻 김만석의 뇌리를 스쳤다.

**\* \* \***

가파른 내리막길에 리어카가 미끄러지지 않도록 무릎과 발바닥에 힘을 줘가며 송씨는 천천히 골목길을 내려오던 터였다. 어스름한 새벽 골목길 아래에서 다

다따따뿌따따따따 요란한 소리를 내며 오토바이가 올라오고 있었다. 늘 한결같은 소리, 자명종처럼 늘 꼭 같은 시간. 동네 사람들의 새벽잠을 깨우는 그 오토바이였다.

송씨는 오토바이 헤드라이트 불빛에 순간, 눈이 부셨다. 동공에 사로잡혔던 검은 반점이 사라지기도 전에, 뭔가가 갑자기 송씨의 관자놀이를 때렸다. 순간, 눈앞에 별이 번쩍이면서 다리가 휘청거렸다. 리어카를 놓치면 안 된다고 생각했지만, 중심을 잃은 송씨를 리어카가 엄청난 무게로 밀어붙였다. 짐의 무게에 손잡이가 위로 들려버린 리어카가 뒤로 주저앉으며 좌좌자아아악~ 소리를 내며 미끄러지다가 왼쪽 벽을 쾅 들이박았다. 와장창 쨍그랑 날카로운 소리가 골목 안에 울려퍼졌다.

가로등 불빛을 따라 송씨의 눈에 애써 모아온 빈병들이 조각조각 깨지고 파지들이 어지럽게 널린 모습들이 들어왔다. 다행히 몸이 다친 것 같지는 않았다. 얼마나 애써 모아온 것들인데…… 라면 몇 봉지를 살 수 있는 빈병들이 산산조각난 파편으로 길바닥에 흩어져 있었다.

왜 이렇게…… 사는 게…… 힘들지……?

그렁그렁 맺히려는 눈물을 참으며 송씨는 잠시 길바닥에 손을 짚은 채 주저앉아 있었다. 늘 혼자였다. 몇 십년 동안. 아니 거의 평생 동안. 넘어져도 일으켜줄 사람 하나 없다. 아니, 다친 데 없냐고 물어봐 주는 사람 하나 없다. 혼자다. 늘.

그 순간이었다. 엎어진 채 주저앉은 송씨의 손 앞으로 신발 한 쌍이 보였다. 그 위로 바지춤이 보였다. 사람이었다. 그 사람. 우유배달 오토바이. 자명종 할아버지.

김만석은 넘어진 채 일어나지 않고 있는 송씨를 묵묵히 바라보았다. 다행히 크게 다친 듯 보이지는 않았다. 송씨가 주섬주섬 몸을 일으켰다. 그러더니 흩어진 파지들을 주워 다시 묶기 시작했다.

"거기…… 나 때문에 자빠진 거…… 아니지?"

저 노인네, 도와주려면 도와주든가. 무슨 구경난 것도 아니고……. 은근히 심통이 난 송씨가 대답을 않자 김만석이 다시 물었다. 아무렇지 않은 듯 물었으나 목소리가 기어들어갔다.

"아니……지?"

송씨는 김만석을 향해 걱정 말고 그냥 가라는 몸짓으로 고개를 끄덕끄덕해주고는 다시 파지 모으는 일에 열중했다. 남들은 쓸데없다고 버리는 '쓰레기'지만 송씨에게는 '쓸 애기'들이다. 밥이 되고 기름이 되는 쓸모 많은 귀한 애기들. 쓸 애기.

송씨가 흩어진 파지들을 차곡차곡 다시 리어카에 쌓는 동안, 우유 배달 할아버지도 주섬주섬 파지들을 모아주고, 깨신 병소삭들을 치워주는 게 보였다.

"그러고 보니까 거기, 새벽에 종종 마주치는구만."

고물상 이씨 할아버지 부자를 제외하고는 송씨에게 누군가 말을 붙인 것도 오랜만이었다.

"거기도 보아하니 이런 일하기엔 나이가 있어서 힘이 좀 딸릴 텐데 말이야……"

"네…… 그래도 이 일도 그럭저럭 할만해요……"

그대를 사랑합니다

라고 말을 했는데, 목소리가 입안에서만 뱅글뱅글 맴돌았다.
"새벽부터 나와서 이깟 파지 주워 팔아봐야 몇 푼이나 된다고……"
그래도 이 파지 판 돈이 내 밥값과 방값인데…… 송씨는 말을 삼켰다.
"아니, 돈 벌어다 주는 자식도 없어?"
갑자기 김만석이 소리를 버럭 질렀다. 그제서야 송씨는 살짝 고개를 들어 김만석을 한번 흘깃 쳐다본 후 다시 눈을 내렸다. 저 노친네, 말 시켜놓고는 듣지도 않고 어째 자기 말만 하누……
잠시 아무 말도 없다가 송씨는 나지막한 목소리로, 하지만 또박또박 말했다.
"이 나이에…… 할 수 있는 일도 없고…… 이런 일은 으레 나 같은 할머니들이 하는 일로 다들 아니까요. 이거라도 감지덕지 해야죠."
"흐음……"
저 할망구가 뭐라고 말을 한 것 같기는 한데, 당췌 뭔 말인 줄 알아들어먹을 수가 있어야지! 이런 된장 짜장 고추장 십이지장……. 보청기라도 하고 나올 걸, 김만석은 생각했다.
김만석이 팔짱만 낀 채 아무런 말이 없자 송씨는, 혹시 내가 뭐 말을 잘못했나? 하는 생각이 들었다. 얼핏 살펴보니 김만석의 낯빛이 영 좋지 않았다. 김만석의 미간의 주름이 점점 찌그러졌다.
"뭐라고?"
"네?"
아무래도 뭔가 잘못 말한 모양이다. 송씨는 진땀이 났다. 그때였다. 갑자기 김만석이 벼락같이 소리를 버럭 질렀다.

"아, 뭐라는지 하나또 안 들려!!"
얼마나 목청이 큰지 송씨는 화들짝 놀라 몸을 움츠렸다.
"뭔 목소리가 모기소리만 해가지고…… 사람이 알아들을 수 있어야지!"
그제서야 송씨는 깨달았다. 아, 이 노인네…… 가는귀가 먹었구나.

파지 줍는 할머니가 놀란 듯한 모습에 김만석은 남은 말들은 그냥 목구멍으로 씹어 삼켰다. 지 혼자 백날 뭐라고 중얼거려본들 누가 알아듣나? 말이란 건 알아쳐 먹으라고 하는 거여.
송씨는 김만석이 애기 옹알이 하듯 뭔가 입속에서 구시렁 구시렁거리는 게, 말은 안 해도 지청구란 걸 알아차렸다. 아까 고함소리에 놀라는 바람에 더 이상 고함은 못 지르고 혼자 구시렁거리는 걸게다. 노인네, 그렇다고 성질은…….
송씨가 더 이상 대꾸를 앉자 김만석은 송씨 할머니가 어디 다친 데 없나 다시 한번 살펴보았다. 그리고는 주머니에서 수첩과 볼펜을 꺼냈다.
"어디 다친 데는 없지?"
"네, 없어요."
"그래도 혹시 모르니 여기다가 이름하고 전화번호 하나 적어 봐. 원래 자빠지고 이런 건 그 다음날 더 쑤시고 아픈 법이야. 이십대는 뼈가 부러지면 껌으로 붙이고, 삼십대는 본드로 붙인다는데, 우리 같은 노인네들은 철심 박아야 돼."
순간, 송씨는 당황스러웠다. 눈앞의 수첩과 볼펜 때문에 가슴이 두근두근했다.
"아니, 일 없어요. 그냥 가세요. 다친 데도 없어요. 그리고 그쪽 때문에 넘어진 것도 아니에요."

김만석이 또다시 버럭 고함을 질렀다.

"아니, 이 할망구가 이름하고 전화번호 적으라면 적을 일이지, 무슨 말이 이렇게 많아? 왜? 내가 젊은 놈들처럼 전화번호라도 따려고 작업하는 것처럼 보여? 세상이 하도 지랄 같아서 나중에 껀수 잡았구나 하고 돈 뜯어내려는 인간들이 많아서 그래. 그냥 적으랄 때 거기 이름하고 전화번호 적어!"

"그게 아니라, 정말 다친 데 없다니까 그러시네요. 정 그러시면 영감님 이름하고 전화번호라도 적어서 주시든가요. 제가 아픈데 있으면 전화 드릴게요."

"정말 다친 데 없어? 그럼 말고! 나중에라도 다친 데 있음 저기 아래 옥수동우유보급소로 연락해. 치료비 내가 내는 거 아니고 보급소 소장이 내든, 보험처리하든 할테니까. 괜히 사서 고생 말고!"

김만석이 수첩을 도로 잠바 춤에 집어넣자 두근거리던 송씨의 가슴이 조금 가라앉았다.

"그럼, 수고하셔! 나 가네."

김만석이 오토바이를 향해 성큼 성큼 걸음을 옮겼다.

"아, 니미럴. 이노무 빌어먹을 고갯길…… 가파르긴 드럽게 가팔라서 아주 그냥…… 제기랄 새 빠지고 똥꼬가 다 빠지겠네, 니미. 오늘따라 미끄럽기는 왜 이렇게 또 미끄러워? 어떤 놈이 여기다가 개기름을 처발랐나, 아니면 코기름을 처발랐나? 내가 그냥 확 대패로 깎아버리든지 불도저로 아주 확 밀어버리든지 해야지, 니미……"

구시렁거리는 김만석을 보며 송씨는, 저 영감님 기차 화통을 삶아먹은 데다가 입에다 아주 욕을 달고 사는구나, 하고 생각했다.

"이런 니미. 오늘따라 이노무시키는 왜 또 시동까지 꺼져가지고. 니미, 얄짤없이 저 꼭대기까지 오토바이 끌고 가게 생겼네. 아이구야. 헥헥. 이노무 오토바이 왜 이리 무거워!"

오토바이를 끌고 올라가는 동안 잠시도 쉬지 않고 김만석은 중얼중얼 구시렁구시렁 지청구를 추임새처럼 늘어놓으며 언덕을 올라가고 있었다.

혹시 못 챙긴 파지나 깨진 유리조각은 없나 바닥을 살펴보았는데, 송씨는 큰 유리 파편들은 얼추 깨끗이 치워진 것을 발견했다. 저 노인네, 입에는 구정물을 달고 살아도 보기보단 꼼꼼한 양반이구먼.

그러고 보니 자기 때문에 넘어진 게 아니라고 해도 끝까지 치우는 걸 도와주고, 병원까지 가보라고 했다. 문득, 뜬금없이 송씨는 고향 생각이 났다. 잠깐만 담가도 발이 시리다 못해 아프기까지 하던 그 맑고 서늘했던 고향의 계곡물. 갑자기 목이 말랐다. 송씨는 김만석을 불러세웠다.

"여, 여봐요! 우유 하나 파세요……"

그러나 김만석은 송씨의 말은 들은 척 만 척 계속 숨을 헉헉거리면서도 구시렁거리는 걸 멈추지 않았다.

"그래, 오토바이 나이도 십년이 넘었으면…… 헥헥…… 너도 노인네 다 된 거지 뭐…… 힘도 딸리고…… 니나 내나…… 헥헥…… 몸무게 좀 빼자 인제…… 헥헥…… 서로 같이 늙어가는 처지에…… 서로 상부상조…… 서로 돕고 살아야지, 넌 어찌 이리…… 날 괴롭히냐?"

저 노인네, 또 못 알아들었구나. 송씨는 손나발을 만들어 고함을 질렀다.

"여봐요! 우유 하나 파세요!"

그제서야 김만석이 뒤돌아보았다.

"뭐? 뭐라구? 힘들어 죽겠는데 왜 불러 싸!"

"잠깐만 기다리세요."

송씨는 김만석을 향해 올라가며 허리춤 깊숙이 숨겨놓은 쌈지를 찾았다.

"우유 하나에 얼마죠?"

송씨가 쌈지에서 꼬깃꼬깃 천원짜리 하나를 건네주었다.

저놈의 할망구가 늙었다고 내외도 안 하나? 어디 사내 앞에서 고쟁이를 뒤적거리고 있어? 추운 겨울인데도, 김만석의 얼굴이 화끈거렸다.

"우유 하나 주세요."

"……"

잠시 김만석도 송씨도 말을 잊었다.

"우유 하나 마실게요. 하나 파세요."

아, 이 양반 가는귀가 먹었지……

"우.유. 하.나. 파.시.라……"

송씨가 또박또박 말하며 목소리를 높이자 김만석이 소리를 버럭 질렀다.

"들었어! 그 정도는 나도 다 들려. 아니 이 할망구가 누구를 귀머거리로 아나?"

아니, 이 노인네가 왜 성질을. 나이 자신 분이 목청하곤!

"내가 그것 좀 도와줬다고 나한테 우유 하나 팔아주겠다 이거야? 일없어, 이 할망구야. 가져가. 어차피 남아!"

김만석은 송씨에게 우유 하나를 불쑥 내밀고는 민망함에 얼굴을 돌려 언덕을 올라갔다.

"이상한 할망탱이 같으니라구! 어디 여자가 막 고쟁이에 손을…… 응? 내복을 주섬주섬…… 응? 시대가 어느 시댄데 아직도 속쌈지에 돈을 넣어갖고 댕기나, 응? 별 이상한 노인네 다 보겠네. 나, 참 나……."

김만석이 잠시도 쉬지 않고 구시렁거리며 언덕을 올라가는 모습을 송씨는 물끄러미 쳐다보았다. 처음에는 달을 가리고 있던 김만석의 등이 점점 달 속으로 빨려 들어가더니 나중에는 달밑에 달라붙은 작은 개미처럼 작아졌다. 달 속에서 부투투타타타 거리는 오토바이 소리가 들렸다. 이윽고 달만 남고 오토바이가 사라졌다. 오토바이는 사라졌지만 오토바이가 남기는 소리는 여전히 골목길을 돌아 부타타타타타다다다다아아……거리며 잔성으로 남았다.

오토바이 소리 한번 요란하구나.

송씨는 김만석이 건네준 우유팩을 뜯어 우유를 한 모금, 두 모금 마셨다. 차가운 우유였지만 우유가 아침 빈속을 채워주자 좀 힘이 도는 기분이었다. 송씨는 다시 리어카를 끌었다. 아슬아슬 내리막을 다 내려와 곧 평지로 접어들었다.

벽에 부딪힌 탓인지 리어카에서는 송씨가 한걸음 움직일 때마다 끼익끼익 소리가 났다. 그 끼익 거리는 소리가 거슬리지 않고 노랫소리처럼 들렸다. 송씨는 아까 마시다 말고 리어카 줄에 끼워놓은 우유가 잘 있는지 돌아보았다. 무사했다. 우유를 보자 왠지 송씨의 기분이 좋아졌다.

\* \* \*

〈동성주차장〉의 주차장 관리실의 닫힌 유리창에는 〈직원 구함 —교대근무자 가능〉이라고 쓰인 구인광고가 붙어 있었다. 얼마나 오랫동안 붙어있었던 것인지, 종이는 누렇게 떴고 종이를 붙인 스카치테이프엔 먼지가 엉겨 붙었다. 성에가 잔뜩 낀 유리 창문 너머로 백열등 불빛이 새어나왔다. 여명이 밝아오는 어스름 무렵이었다.
　장군봉은 창문 너머로 끼익끼익 거리는 손수레 소리를 들었다. 파지 할머니일 게다. 주차장 관리원 노릇을 하며 장군봉이 파지 할머니의 끼익 거리는 손수레 소리를 들은 것도 꽤 오래다.
　오늘은 끼익 거리는 수레 소리가 전날과 조금 다르다. 파지를 잔뜩 모아온 모양이군. 할머니, 참 바지런도 하시지. 잠시 돋보기를 치켜 올리고 창문 너머를 잠깐 바라보던 장군봉은 읽고 있던 책으로 다시 눈길을 돌렸다. 책장 몇 장을 넘기지도 못하고 또 잠이 쏟아졌다. 장군봉은 잠시 일어나 난로 위에 끓고 있는 물주전자에 커피믹스를 조금 더 부었다. 장군봉은 커피를 한 모금 더 마신 후에 다시 책을 펴 들었다. 다시 나른한 졸음이 쏟아지기 시작했다. 교대근무자가 있을 때는 하루 9시간 근무였는데, 교대근무자가 없는 지금은 하루 17시간 근무였다. 교대근무자가 없으니 피곤과 졸음만 교대로 몰려왔다. 안개처럼 스멀스멀 몰려오는 잠에 결국 장군봉은 책 위로 고개를 떨구었다.

*　*　*

주차장 옆 이판술의 〈부자고물상〉 사무실 안에서는 아침 드라마가 흘러나오고 있었다. 텔레비전 앞에는 덩치가 곰만한 사내가 앉아서 아침 멜로드라마에 푹 빠져 있었다. 연신 눈물을 훔치는 손등은 솥뚜껑만 했다. 준범이다. 하나뿐인 아들 준범이 마흔을 코앞에 둔 나이에 장가갈 생각은 않고 매일 아침 드라마나 보면서 눈물 콧물을 훌쩍이는 꼴에 이판술은 은근히 부아가 났다. 순간적으로 자신도 모르게 오른손이 아들놈의 뒤통수를 향해 날아갔다.

"아주 지랄을 헌다, 지랄을! 누가 보면 니 애비 죽은 줄 알겠다."

가뜩이나 여주인공이 죽는 서러운 장면에, 느닷없이 뒤통수까지 얻어맞은 준범은 눈물범벅이 된 얼굴로 씩씩거리며 아버지를 째려보았다.

"아, 같이 늙어가는 처지에 왜 또 그러셔유? 원래 나이가 들면 드라마가 재미있어진다고 하신 건 아버지잖아유. 우는 놈 뺨 때린다는데, 어째 아부지는 뺨은 안 때리고 맨날 뒤통수만 때리신대유?"

"왜? 앞으론 뺨도 때려주랴? 이눔아, 너도 장가 가서 아들 낳아봐. 꼭 너 닮은 아들 낳아서 뒤통수 한번 쳐다봐 봐. 나이 마흔 넘은 노총각 아들놈이 드라마 보며 훌쩍거리는 거 보믄 너도 모르게 본능적으로 손이 날아갈 거니까."

이판술은 준범의 할아버지가 어릴 적 시시때때로 자신의 뒤통수를 때리는 것이 그렇게 못 마땅했는데, 준범을 낳고 보니 아버지의 마음이 이해가 되는듯했다. 귀여워서 한 대, 얄미워서 한 대…… 이게 은근히 중독성이 있단 걸 이판술은 나중에 알았다. 어떨 때는 준범의 뒤통수를 향해 자석처럼 날아가는 오른손을 왼손으로 붙들려고 해도 말릴 수가 없었다. 허긴, 그래서 예수님도 오른손이 허는 일은 왼손도 못 말린다고 했다잖어.

　아무튼 하나뿐인 외아들 준범이 늦게라도 마음잡고 애비에게 효도하겠다고 고물상 일을 거들어주는 것이 이판술은 한없이 고마울 뿐이다. 그래서 덩치가 산만한 아들놈이 드라마보다 눈물 질질 짜며 애비를 째려보는 것도 그렇게 밉지만은 않았다. 주먹 쓰던 놈이 아버지 일 물려받겠다고 돌아와준 것만 해도 감지덕지다. 그래도, 니가 효자다.

　"그래, 까짓거 이왕 때린 거 계속 한번 때려 보셔유. 아부지 아들 죽지 내 아들 죽남유?"

　이판술은 애비에게 머리 들이밀며 엉기는 준범을 밀쳐내었다. 힘으로는 이길 수 있는 놈이 아니다.

　"내 아들 내가 때리는데 웬 말이 이리 많어? 너도 복수하고 싶으면 빨리 장가가서 아들 낳아서 넌 니 아들한테 복수혀."

　더 때려봐유, 때려봐유 하며 엉겨붙는 준범을 떼어내느라 애를 먹고 있는데, 때마침 고물상 안으로 송씨가 들어오는 게 보였다.

　"야, 그나저나 송씨 왔다. 잔말 말고 빨리 뛰어나가봐. 송씨 할머니 춥겄다."

　그래도 애비 말이라고 군말 없이 엉덩이를 들고 나가보는 준범이 이판술은 대견했다. 그저 눈 감기 전에 떡두꺼비 같은 손자놈만 떡~ 허니 안겨주면 더 이상 소원이 없으련만.

　"아이고, 할머니! 오늘은 많이 좀 하셨어요? 무게 다는 건 제가 헐테니까 할머니는 따뜻한 데 들어가서 몸이나 좀 녹이셔유."

　"오늘은 많이 못 주웠어. 그나마 빈병들도 좀 주웠었는데 오다가 넘어져서 다

깨져버리고."

"아니! 넘어지셨다고요? 어디 다친 데는 없으셔유?"

준범은 일부러 목소리를 높여 과장되게 송씨의 안부를 물었다. 아니나 다를까, 송씨가 다쳤다는 말에 1초도 안 지나 화들짝 사무실 문을 박차고 아버지가 뛰어나오는 게 보였다.

준범의 소심한 복수였다. 준범은 속으로 키득키득 웃었다. 대놓고 어디 다쳤나 묻지도 못하고 안절부절하는 아버지의 표정이 눈에 선했다.

"아이고, 날도 추운데 나이 드신 분이 자빠지면 큰일나셔유. 어여 안으로 들어가 몸부터 녹이셔유. 제가 대충 내려놓고 무게 잴 때 할머니 부를께유."

"그러면 좀 부탁해."

송씨 할머니가 추운지 손을 호호 불며 사무실 안으로 들어가자 이판술이 준범에게 나지막한 목소리로 속삭였다.

"파지에 무게 많이 나가게 물 좀 적당히 뿌려놔."

"오늘같이 추운 날은 물 뿌리면 금방 얼어서 티나유. 그건 제가 알아서 헐테니까 아버진 같이 들어가보셔유."

"알았다. 그럼 뒷일은 네가 알아서⋯⋯ 흠흠⋯⋯ 잘 처리허거라."

이판술이 헛기침과 함께 송씨 할머니를 따라 가게로 들어가자, 준범은 리어카의 파지들을 차곡차곡 내리기 시작했다.

아버지는 참 고지식해가지고. 파지가 무슨 소여? 각통질할 것도 아닌데 물 먹이게? 그냥 무게 달 때 적당히 손으로 눌러주거나, 할머니 모르게 발로 슬쩍 저울 한 귀퉁이를 밟아주면 그만이지. 암튼 울 아부진 너무 구식이야, 구식.

"요즘 저울 좋은 게 얼마나 많은데, 아부진 여즉까지 눈금 보는 구식 저울 타령이야? 나이 자셔서 눈도 침침한 양반이. 저러니 아직까지 말을 못하지."

혼자서 구시렁거리다 준범은 아버지를 바라보는 답답한 마음에 가슴을 쳤다. 고마 말을 하셔유, 말을. 하긴, 저런 아부지를 닮았으니 아직 나도 여태 장가를 못 갔겠지……

대충 무게를 달 준비를 끝낸 뒤, 송씨 할머니를 부를까 하다가 추운데 몸 좀 더 녹이시라고 준범은 밖에서 기다렸다.

"괜히 송씨 할머니 일찍 불러냈다간 눈치 없는 놈이라고 아버지한테 뒤통수나 맞을 게 뻔한데…… 어이고, 추워라."

손에다 입김을 불어 손을 녹이며 준범은 발을 동동 굴렀다.

근디, 이건 정말루다가 가오가 안 사는구만……

문득 옛날 생각에 준범은 멀리 눈길을 던졌다. 떡 허니~ 가오 잡고 서있으면 '오빠 오빠' 하면서 야들야들한 것들이 엉겨붙던 그런 호시절도 있었다. 그래도 아부지 목숨하고 바꾼 일인데, 잘했어. 잘헌 일이여. 준범은 손에 입김을 호호 불며 생각했다.

바깥바람이 쌀쌀했다. 칼바람이 옷깃을 파고들었다. 이미 수술자국이 아문 지가 오래건만 겨울만 되면 허리쪽 칼댄 자국이 더욱 시린 느낌이었다. 아직은 추운 겨울이었다.

\* \* \*

"와! 와! 이라지 말라카이~ 가스나 마음은 갈대라카이~
안된다 와이카노 잡지 말라카이~ 더 이상 내한테 물으시몬 안 댄다카이~
오늘 첨으로 만난 니지만 내 사랑이라 안하나~"
한창 유행하는 유행가 〈어머나〉를 사투리 버전으로 바꿔 부르며 고석호는 빈 우유팩들을 부지런히 정리하고 있었다. 그냥 말없이 우유팩을 정리하는 것보다는 이렇게 방정맞은 콧노래라도 흥얼거리는 게 훨씬 일이 덜 힘들고 재미났다. 노래는 우유보급소 소장 십수년 경력이 석호에게 준 선물이었다.

우유팩을 거의 다 정리하고 장윤정의 〈어머나〉를 수없이 불러재꼈을 때, 석호의 눈에 멀리서 오토바이를 끌고 오는 김만석의 모습이 보였다. 김만석의 구시렁대는 욕지거리가 들려왔다.

"니미, 이런 빌어먹을 놈의 오토바이, 그냥 콱 고물상에다 팔아버릴까 보다. 어떤 때는 조강지처처럼 말을 잘 듣더니 오늘은 왜 또 바람난 둘째 마누라마냥 속을 썩이나 그래? 그저 마누라랑 명태랑 오토바이는 사나흘에 한번은 줘 패야……."

아따, 할배, 말은 저래도 여자 몸에 손가락 하나 까딱하는 것도 기함하는 양반이 맨날 말로만 저칸다 카이. 석호는 김만석이 들을까봐 말로는 못하고 속으로 웃음을 참았다.

"와예? 오토바이가 또 말썽인교?"

그러나 김만석은 석호의 말에는 대꾸도 없고 본 척 만 척이다. 그저 오토바이를 세워놓고 오토바이 어디에 이상이 있나 살펴보기만 할 뿐. 아따, 할배. 오늘 또

그대를 사랑합니다 37

보청기 놔뚜고 나오셨는갑네.

"오! 늘! 마! 이! 늦! 으! 셨! 네! 예!"

그러자 김만석이 버럭 소리를 질렀다.

"늙은이 간 떨어지게 왜 고함을 지르고 지랄이야?"

"작게 말하마 알아듣지도 못 하시민서…… 고마 이제 보청기 쫌 끼고 댕기시소."

"이놈아, 보청기 끼고 오토바이 타고 댕기다 고막 터질 일 있냐?"

"할배는 몬 들으니까 속 팬할지 몰라도 동네사람들은 할배 때매 새벽잠 설친다꼬 난리가 아이라요. 지도 할배한테 이야기할 때마다 고함 지르니라 목청 다 터진다 아입니까? 제 나이가 마흔 둘인데 할배 때매 목청 다 갈라져가 전화로만 제 목소리 듣는 사람들은 할배랑 내캉 친군줄 안다 아입니까?"

"시끄러, 임마. 잔소리 말고 이거나 받아!"

김만석이 석호의 손에 쥐어준 것은 어제 우덕호에게서 받아온 15만 9천9백 2십원. 우유 값이었다. 갑자기 석호의 얼굴 가득 웃음이 떠오르며 석호는 비굴모드로 돌변했다.

"우예, 받으셨네에? 글마, 아주 진상이라 카드만."

"잔말 말고, 우덕호 외상값 장부 다 지우고. 그리고 내 오토바이 기스 난 데 니스 좀 칠해놔."

할배가 말은 저래도 외상값 받아오는 거 하나는 귀신이라. 할배가 온 뒤로는 외상값 몬 받을 걱정은 없다 카이. 속으로 웃으며 석호는 김만석의 비위를 맞춰주었다.

"아이고, 걱정 마이소. 문디가 지 마누라 화장하듯이 제가 깨끗하게 고쳐 노께예."

"대충 대충하지 말고 꼼꼼히 잘 손 봐. 맨날 대충 대충 하니까 이놈이 시동이 꺼졌다 들왔다 하잖아."

"예, 예, 예, 걱정 마이소."

김만석이 뒷짐 지고 거들먹거리며 돌아서 가자, 석호는 정리하던 우유팩을 땅바닥에 패대기치면서 혼자서 분풀이를 했다.

"아이 씨. 누가 보마 할배가 소장이고 내가 배달이라 카겠네. 아, 여기가 우유보급소지, 오토바이 정비소가? 맨날 내보고 수리하고 청소하라 카노? 할배는 손이 없는교, 발이 없는교?"

분명히 보청기를 안 하고 온 게 분명한데, 석호의 혼잣말을 들었는지 김만석이 갑자기 뒤돌아 석호를 쩨려보았다.

"너, 지금 내 욕 했지?"

"아입니다. 제가 욕은 무슨. 그냥 이 오토바이 욕 좀 했지예. 살펴 가시소."

"그럼, 수고!"

김만석이 골목을 돌아 눈에서 사라지자, 석호는 그때서야 제대로 분풀이를 했다.

"아따. 귀 묵었다는 양반이 자기 욕하는 거는 귀신맨치 알아들어요. 귀 묵은 거 맞나? 여자들은 뒤통수에 눈이 하나 더 달리가 남이 쳐다보는 거는 귀신맹키 안다 카드만, 저 할배는 뒤통수에 눈까리 대신에 보청기를 달았나?"

한두 번 이런 것도 아이고 화내본들 내만 손해다…… 생각하고 석호는 오토바이 정비도구를 가지러 보급소 안으로 들어갔다.

"내가 웃는 기 웃는 기 아이야~ 내가 우는 기 우는 기 아이야~"

석호는 다시금 노래를 흥얼거리기 시작했다. 매사에 긍정적인 마인드. 이왕 할 거면 노래하듯 즐겁게. 나름대로 유용한 석호의 개똥철학이었다.

＊＊＊

"눈이 오실려나?"

김인섭은 동장실 창밖 너머로 잔뜩 찌푸린 하늘을 올려다보며 혼잣말을 중얼거렸다. 눈이 오면 골치 아픈 일들이 많다. 가뜩이나 12월이라 연말연시를 앞두고 처리해야 할 일들이 많은데 눈까지 오면 큰일이었다.

독거노인들을 위한 김장 나눔 행사도 마무리해야 하고, 새해에 새롭게 신청할 국가보조금, 예를 들어 노인연금의 신청과 기초생활수급자 실태도 조사해서 보고를 마쳐야 한다. 이런 판국에 눈까지 내린다면, 그나마 빠듯한 주민자치센터 인원들을 제설작업에 빼앗기게 되니 낭패가 아닐 수 없었다.

그나저나 조만간 보내준다던 공익근무요원은 도대체 언제 보내주는 거야?

김인섭은 눈 때문에 심란한 마음으로, 동장실 문을 열고 주민생활지원팀 맹신혜 팀장을 불렀다.

"이봐요, 맹 팀장. 그 보내준다던 공익근무요원은 어떻게 되어가고 있는지 한번 알아봤어요?"

산부인과에서 받은 검진 때문에 조금은 심란한 마음이던 맹신혜는 김인섭의 질문에 화들짝 놀라 정신을 차렸다.

"아뇨, 아직 언제 보내준다는 연락은 없었습니다. 우선 전화로 알아보고, 안되면 공문을 보내 협조요청을 하도록 하겠습니다."

"올해가 가기 전에 꼭 인원 배정받도록 맹 팀장이 신경 좀 쓰세요. 요즘 우리 센터에 일손이 달리는 것은 맹 팀장이 가장 잘 알고 있을 테니."

"네."

평소에 남에게 싫은 소리도 잘 안 하고, 군소리나 잔소리도 않는 김인섭이 따로 챙겨서 지시를 하는 것을 보니, 동장님이 뭔가 심기가 불편하신 일이 있으신가 보다 하고 맹신혜는 짐작했다. 주민자치센터 내에서는 동장인 김인섭 다음으로 가장 오래 근무한 고참인데다 눈치 백단 코치 천단이란 별명을 가진 맹신혜의 예리한 촉수가 그렇게 말하고 있었다.

"연아씨. 연아씨가 공익 언제 오는지 한번 알아볼래?"

맹신혜가 옆자리에 앉은 연아에게 김인섭이 넘긴 일을 토스하려 했으나 연아는 울상을 하며 맹신혜를 쳐다보았다. 그러더니 낮은 목소리로 애원하듯 말했다.

"언니. 연말 김장 기부 받느라 하루종일 전화 돌리고, 이번 주까지 독거노인 실태 조사까지 다 마무리해야 되는 거 알잖아요?"

슈렉에 나오는 장화 신은 고양이 마냥 커다란 눈을 글썽거리며 애써 불쌍한 표정을 짓고 있는 연아를 보니 맹신혜는 마음이 약해졌다. 공식적으론 팀장님과 부하직원이지만 사적으로는 언니 동생 하는 사이인데, 일벌레인 연아가 저런 표정이란 것은 진짜로 할 일이 산더미란 뜻인 것을 맹신혜는 말하지 않아도 잘 알고 있었다.

맹신혜는 연아 너머로 눈길을 던졌다. 같은 팀원인 박성호와 이민경은 책상에 머리를 박고 뭔가 열심히 일을 하는 듯한 표정이었다. 하여간, 저 뺀질이들! 꼭 이럴 때만 열심히 일하는 척하지…. 쩝!

"알았어. 그건 내가 처리하지."

그제서야 연아와 박성호, 이민경의 표정이 밝게 펴졌다. 맹신혜는 속으로 혀를 끌끌 찼다. 그래, 앓느니 죽지. 그냥 내가 처리하고 마는 게 내가 장수하는 비결이겠다.

그나저나 40세가 되어 건강보험공단에서 의례적으로 하는 종합건강검진을 받았을 뿐인데, 왜 산부인과에서 따로 정밀검사를 받아보라는 것인지 걱정이 되었다. 시킨대로 산부인과를 다녀오긴 했지만 맹신혜의 마음에는 먹구름이 잔뜩 끼어 있었다. 바깥의 하늘도 눈을 품은 듯 검붉은 빛을 띠고 있었다. 곧 눈이 오시려나 보다.

맹신혜는 마음속의 우울한 기분을 털어버리고 전화기를 들었다. 산부인과에도 전화를 넣어보고, 그 놈의 공익은 언제나 보내줄 건지 확인해볼 참이었다. 쇠뿔은 단 김에 빼라고 하지 않았던가. 곧 있으면 크리스마스고, 좀 더 있으면 새해다. 그러면 빼도 박도 못할 사십대다. 한 살이라도 더 젊을 때, 해야 할 일들은 하고 보자. 드디어 창밖으로 한 점 두 점 꽃잎처럼 눈발이 날리고 있었다.

## 제2화
# 오토바이, 리어카, 그리고 커피

　새벽 창밖에는 소리 없이 눈발이 흩날리고 있었다. 모두가 깊이 잠든 새벽에 잠든 아이의 이마를 만져주는 어머니의 손길처럼 부드럽고 소리 없이, 지붕 위로 담장 위로 눈이 쌓이고 있었다.
　부다다다다다다…… 멀리서부터 조금씩 커져오는 오토바이 소리에 송씨는 눈을 떴다. 오토바이소리는 골목 골목을 돌아 점점 커져오고 있었다.
　부다타타타타. 세번째 나무대문. 부타타타타타. 요앞 돌담 골목길. 부타타타타타타. 창밑 맞은편 집 대문…… 오토바이 소리만 들어도 오토바이가 어디쯤 오는지, 뉘 집 앞에 섰는지 송씨는 머릿속에 그림이 그려졌다.
　이부자리에서 일어난 송씨는 창문을 살짝 열고 내다보았다. 노란 가로등 불빛 아래, 드렁드러렁 코고는 소리처럼 엔진소리를 내며 오토바이가 세워져 있고, 김만석이 우유상자에서 우유를 꺼내 맞은편 집으로 우유를 넣어주는 모습이 보였다. 매일 똑같은 시간이네. 하루도 시간을 어기는 날이 없어.
　김만석이 다시 오토바이에 올라앉더니 요란한 부타타타타타 소리를 내며 골목

그대를 사랑합니다 **43**

너머로 사라졌다. 매일 새벽 깨워줘서 고맙수. 나도 나가야지 이제……

송씨는 창밖으로 잠시 손을 뻗어 눈을 만져보았다. 나풀나풀 함박눈이었다. 손등에 진달래 꽃잎처럼 내려앉았던 눈은 금세 녹았다. 다행히 싸리눈이 아니라 많이 미끄럽지는 않겠다.

송씨는 옷을 갈아입으러 옷장 서랍을 열었다가, 얼마 전 동사무소 공무원 아가씨가 전해준 종이쪽지를 쳐다보았다. '복지대상자 보상/급여(변경) 신청서'라 쓰어 있었다. 하지만 송씨는 그 종이를 물끄러미 쳐다만 보다가 다시 서랍 속에 곱게 넣어두었다.

＊＊＊

오늘은 우유 배달이 다른 때보다 좀 일찍 끝났다. 오토바이도 말썽을 안 부린 데다 눈이 와서 눈길이 미끄러워지기 전에 좀더 서두른 까닭이다. 물론 눈 때문에 나중으로 미뤄둔 곳도 몇 곳 있다.

우유보급소의 유리창도 성에가 끼어 우윳빛처럼 뿌옇게 변해 있었다. 유리창 너머로 보급소장 석호의 노래가 흘러나왔다. 흥에 겨워 우유박스를 옮기다 박스를 내려놓고 엉덩이춤까지 실룩대던 석호가 김만석을 발견하고는 춤을 멈췄다.

"뭐가 그렇게 좋아서 엉덩이까지 흔들고 지랄이냐?"

"안 좋은 일 없으면 그기 다 좋은 기지예."

사람 좋은 웃음을 지어보이던 석호가 물었다.

"근데 벌써 끝내셨는교?"

"뭐라고? 좀 크게 말해!"

김만석이 버럭 소리를 질렀다.

"오. 늘. 은. 엄. 청. 시. 리. 일. 찍. 끝. 내. 셨. 다. 꼬. 예."

석호가 김만석을 바라보며 한마디씩 똑바로 이야기를 하자, 입술 모양을 보고 정확하게 말을 알아들었다. 진작에 그럴 것이지, 하루 이틀도 아니고. 김만석은 두 눈에서 석호를 향해 레이저를 쏘았다. 느꼈는지 석호가 찔끔했다.

"아냐, 좀 더 남았는데 오토바이 두고 걸어서 가려고."

"와 예?"

"이렇게 눈이 왔는데 옥수동 160번지 언덕길을 오토바이로 올라가다 다리짝 부러뜨릴 일 있냐? 늙었어도 오늘 같은 날은 내 다리로 가는 게 더 안전해."

보급소 바닥에 철푸덕 신문지를 깔고 앉아 빈 우유팩을 펴고 있던 석호는 손은 우유팩을 펴면서 고개는 김만석을 향해 이야기하느라 목이 뻐근했다. 할배요, 내 목 돌아가삐겠심다.

"그라이까 오토바이 새걸로 바꾸시라 카이께요. 엔진 좋은 놈으로 뽑아가 타이야 신삥으로 딱 갈아끼믄 그냥 단박에 올라갈낀데. 머한다꼬 그 고물 오도바이를 몬 버리시는교?"

김만석은 석호의 입보다는 석호가 펴고 있는 우유팩에 눈길이 먼저 갔다. 가만 있자, 저거면…… 흠흠……

"또 몬 들으셨지예? 오. 토. 바. 이. 고. 마. 바. 꾸. 시. 소!"

그러자 갑자기 김만석이 버럭 고함을 질렀다.

"시끄러 임마! 어른 생각하시는데!"

"아이고, 깜딱이야. 얼라 떨어지겠네."

노총각 뱃속에 얼라가 떨어지거나 말거나 신경 안 쓰고 만석은 살짝 열린 창밖으로 하염없이 쏟아지는 눈을 바라보았다. 아, 왜 눈은 내리고 지랄이야? 160번지 언덕길 미끄러울 텐데……

김만석은 우유팩을 곱게 개고 있는 석호를 향해 눈덩이를 던지듯 툭 말을 던졌다.

"야, 그 우유팩 임자 있는 거냐?"

"우유팩 임자야, 저지예. 와 예?"

그건 니가 알 필요 없고!

"그럼, 앞으로 우유팩 잘 챙겨 놔. 내가 가져가게."

걱정스런 마음에 김만석은 창밖을 다시 한번 내다보았다. 나한테는 아무 상관 없는 일인데…… 왜 자꾸 눈에 밟히고 지랄이야, 지랄이. 니미. 웬 눈은 이리 지랄맞게 내리누. 김만석은 파지 줍는 할머니답지 않게 곱게 늙은 송씨의 고운 얼굴이 자꾸 눈에 밟혔다.

* * *

모아온 파지와 박스를 실은 리어카를 160번지 언덕 위에 세워놓고 송씨는 하염없이 160번지 언덕길을 내려다보았다. 쪼그리고 앉은 채 어제 부딪힌 무릎을 토닥토닥 조물락거렸다.

이미 아침이 밝을 시간이었지만, 구름이 낮게 깔린 데다 눈까지 내리고 있어 언덕길은 아직 어둑어둑했다. 언덕 저 아래에서 누군가 구시렁구시렁대며 올라오는 소리가 들렸다.

"니미, 걸어오니 더 멀어. 높기만 하든지, 왜 길기까지 해가지고 사람을 애먹여! 미끄럽기는 더럽게 미끄러워 가지고 니미, 다리 다 뽀사지겠네 뽀사져……"

송씨가 쪼그리고 앉아 지켜보는 와중에도 김만석은 잠시도 욕을 쉬지 않고 구시렁거리며 160번지 언덕길을 올라왔다.

"헥헥…… 니미럴, 오지게…… 높아가지고…… 미끄럽기는 드럽게…… 헥헥……"

욕이라도 안 하고 올라오시면 좀 덜 힘드시겠구만. 송씨는 생각했다.

"아이고, 다리 다 뽀사지겠네……. 근데 눈도 많이 오는데, 거기 쭈그리고 앉아 뭐 하는 거야?"

양손에 묵직하게 든 비닐봉투를 길바닥에 내려놓고 김만석이 참견을 했다.

"아니, 이렇게 눈이 많이 오면 그냥 구들장에 몸이나 지지고 있지, 왜 나왔어?"

어자피 말해도 못 알아들을 거면서……. 송씨는 속으로 생각했다.

"입이 얼었어? 왜 말이 없어?"

송씨는 김만석의 얼굴을 올려다보며 하나씩 말을 끊어 또박또박 들려주었다.

"오. 늘. 은. 일. 찍. 끝. 나. 셨. 나. 보. 네. 요."

쉽게 알아들으라고 하나씩 천천히 말해주는 송씨의 입술을 바라보고 있는데, 마지막 "요"자에서 입술이 꼭 뽀뽀하러 내미는 입술 같아 김만석은 갑자기 얼굴이 화끈거렸다. 뒷덜미 쪽에서 삐이~융~ 하고 폭죽이 날아가 뻥 터지는 느낌이

그대를 사랑합니다

들었다. 머리꼭대기에서 활화산이 분출하여 그 열기에 낯짝이 뜨끈거리는 기분이었다. 뭐지, 이 요상한 기분은?

"난…… 뭐…… 그냥…… 집에 가는 길이지……"

잠시 말문이 막혀 김만석은 생각나는 대로 아무 말이나 던졌다.

"아, 날씨 조오타!"

눈 오는 날 날씨가 좋다는 뜬금없는 김만석의 소리에 어이없어, 송씨는 쪼그려 앉았던 무릎을 펴고 일어섰다. 좀 쉬었더니 다리 힘이 다시 조금 붙은 듯했다.

"끙~ 차~. 그럼, 나 먼저 가요."

송씨가 뭐라는지 김만석은 알아듣지 못했다. 그래도 송씨의 행동으로 기어이 송씨가 눈 내린 미끄러운 언덕길을 내려갈 참이란 것을 알아차렸다. 내 이럴 줄 알았어.

송씨는 한 발짝 한 발짝씩 조심스럽게 언덕길을 내려갔다. 어딘가 휜 모양인 듯 바퀴 쪽에서 끼익끼익 소리가 났다. 아직은 괜찮은데 조금 더 내려가면 가파른 내리막이다. 다행히 리어카도 생각만큼 무겁지 않아서 조심조심 내려갈만했다.

그런데, 왠지 뭔가 뒤통수가 따갑기도 하고 인기척이 나는 것 같아 돌아보니 김만석이 따라 내려오고 있었다. 어차피 말을 해도 못 알아들을 거고, 송씨는 무슨 일이냐는 듯 고개를 돌려 김만석을 한번 바라보았다.

"신경 쓰지 말어. 난 내가 가는 길을 가는 거니, 거기는 그냥 거기 가는 길을 가서."

송씨는 뭐 따라오든지 자기 길을 가든지 알아서 할 일이라 생각하고 그냥 내리막길을 내려갔다. 길이 미끄럽긴 했지만 다행히 크게 힘들이지 않고 내려갈 수 있어 다행이었다.

"근데, 거기 말이야. 꼭 이 길로 내려가야 하나? 딴길로 돌아가는 길은 없어?"

물어보기는 뭘 물어보누? 이 동네 골목길은 나보다 더 잘 알면서. 그리고 말해본들 알아듣지도 못하면서.

묵묵히 내려가고 있는데, 아니나 다를까 또 김만석이 고함을 버럭 질렀다.

"아, 왜 또 사람이 묻는데 대답을 안 해?"

이번엔 송씨도 심통이 나서 고개를 돌려 김만석을 바라보며 또박또박 말했다.

"어.차.피. 대.답.해.도. 못. 알.아.들.으.시.잖.아.요."

또 그놈의 "요"자다! 김만석은 이번엔 김만석의 볼따구 위에 폭죽이 펑 터지는 느낌이 들었다. 낯이 붉어졌다. 송씨가 리어카를 세우고 김만석에게 따져 물었다. 내리막길은 거의 다 내려온 참이었다.

"근데, 영감님은 왜 자꾸 저를 따라 온데요?"

"따라오긴 누가 따라와. 난 그저 집으로 가는 길이라니까."

하더니 김만석이 허둥허둥 다시 언덕길로 올라가기 시작했다. 누가 쫓아오는 것 마냥 허겁지겁 다시 언덕길을 올라가던 김만석이 뒤돌아보며 한마디 던졌다.

"그럼, 조심해 가시게. 눈길 조심해야 돼."

참, 실없는 할아버지일세. 송씨는 헛웃음을 지으며 김만석의 뒷모습을 바라보았다.

김만석은 미끄러운 언덕을 엉거주춤 기듯이 걸어 올라가면서도 구시렁거리는

그대를 사랑합니다

욕은 쉬지를 않았다.

"니미, 이게 등산이지 보행이야? 아따 눈도 정말 드럽게, 징그럽게도 오네."

구시렁구시렁…… 중얼중얼……

그때였다. 송씨의 눈에 리어카의 파이프프레임 중에서 한 곳만 눈이 녹아 있는 것이 보였다. 다른 곳은 눈이 소복히 쌓였는데, 그곳만 눈이 없었다.

그제서야 송씨는 김만석이 자신을 따라 내려온 이유를 알 것 같았다. 생각보다 내리막길이 한결 덜 힘들었던 이유도……

맨손으로 쇠파이프 잡고 내려오려면 손이 시려웠을 텐데…… 장갑이라도 끼고 오시지.

"고마워요……"

송씨는 멀어져가는 김만석의 뒷모습을 보면서 조용히 속삭였다. 누군가에게 고맙다는 말을 해본 게 얼마 만인지 기억에 없었다. 점점 멀어져가는 김만석의 모습이 눈발에 가려 보이지 않을 때까지 송씨는 160번지 언덕길을 물끄러미 바라보았다.

\*\*\*

송씨는 리어카를 끌고 〈부자고물상〉으로 들어섰다. 원래는 〈형제고물상〉이었다. 동생이 병으로 죽고, 형이 혼자 운영하던 것을 형도 신부전증에 걸려 신장을 이식하지 않으면 죽을 수도 있는 상황이었는데, 집 나갔던 아들이 돌아와 아버지에게 신장 하나를 떼어주어 아버지를 살리면서부터는 〈부자고물상〉으로 바뛰었다. 아들 되는 준범이 사람이 워낙 순하고 착해서 전혀 그렇게 보이지 않지만, 들리는 소문으로는 강남 잘 나가는 곳에서 주먹 꽤나 쓰는 사람이었다는 얘기도 있었다. 뭐 직접 본 게 아니라 사실인지 소문인지 알 수는 없다. 어릴 때부터 지켜봐온 준범은 그럴 사람이 아니라고 송씨는 생각했다. 장성한 뒤로 꽤 오랫동안 얼굴 보기가 힘들었던 적이 있어 확신할 수는 없지만.

"날씨도 추운데 많이도 수거해 오셨네유."

고물상 안으로 송씨가 들어서는 것을 보고 준범이 부리나케 뛰어나왔다. 아니, 준범의 어디를 봐서 주먹 쓰는 사람이었다는 건지, 원. 사람들 입방정도 참……

"오늘같이 눈 오는 날은 댁에서 좀 쉬시지 그러셨어유."

"집에 있으니 적적하기만 하고, 놀면 뭐해요. 몸 성할 때 한 푼이라도 더 벌어야죠."

"지가 이거 금방 무게 달아서 좋은 값 쳐드릴게유. 잠시만 기다리셔유."

파지며 빈 박스를 내리던 준범이 뭔가 묵직한 봉투 하나를 끄집어내었다. 못 보던 봉투인데? 내가 주운 것은 아닌데…… 이상한 일이라고 송씨는 생각했다.

"뭘, 이리 꽁꽁 묶어놨지?"

준범이 꺼내보니 봉투 안에는 차곡차곡 쌓인 우유팩들이 잔뜩 들어 있었다.

"어유~ 이게 무게가 꽤 나가는데유? 보기보단 여간 무거운 게 아니예유."

그러고보니 아까 오토바이 할아버지가 언덕을 올라올 때는 양손에 묵직한 봉투를 들고 있었는데, 다시 올라갈 때는 한손에만 봉투를 들고 있었던 것 같다. 이 무거운 걸 들고 올라오느라 그렇게 헉헉거렸었구나.

송씨는 김만석의 따뜻한 마음이 느껴졌다. 그 노인네, 입은 거칠어도 보기보단 마음이 참 고운 양반이구나…….

고마워요. 송씨는 혼잣말로 고마운 마음을 전했다.

파지들 무게를 다 달고, 파지 값도 후하게 쳐서 계산해준 준범이 송씨 눈앞에 뭔가 하나를 불쑥 내밀었다. 우유였다.

"아까 우유팩 봉투 안에 들어 있던데, 제조 날짜가 오늘 날짜네유. 누가 할머니 드시라고 넣어뒀나봐유."

아까 그 할아버지 짓이다. 그 노인네, 마음씀씀이 참……

"아까 누가 줬어요."

"아니, 그럼 받으실 때 드셔야쥬. 우유가 이렇게 차가워졌잖유."

"어제 새벽에도 우유를 마셨는데, 나중에 배가 살살 아프더라구요."

준범이 반색을 하며 말했다.

"하하하하. 그럼 제가 대신 마셔 드릴까유?"

준범의 말이 끝나기도 전에 송씨가 대답했다.

"아니!"

아니, 할머니, 방금 배가 아프시담서 안 드실 것처럼 말씀하시드만 사람 무안하게 하시냄유. 하하하흑흑……

"내가 마실 거예요."

똑 부러지는 소리로 송씨가 대답했다. 준범은 뭔지 모르지만 순간적으로 얄궂은 기분을 느꼈다. 건달 생활을 하다보면 말로 설명할 수 없지만, 본능적으로 누군가 갑자기 뒤에서 연장을 담글 것 같은 위기감을 느낄 때가 있었다. 그런 생존

본능이 여러 번 준범의 목숨을 구했었다. 뭐라고 설명할 수는 없지만, 송씨 할머니의 얼굴에 떠오르는 몇 년 만의 환한 미소가 뭔가 준범의 편에서는 왠지 안 좋은 일일 것 같다는 불길함이 느껴졌다.

준범은 송씨 할머니의 쌈지를 두둑하게 만들어준 낯선 우유팩봉지를 발로 툭툭 차며 중얼거렸다.

"그나저나 아부진, 송씨 할머니 벌써 댕겨가셨구만 여즉 주무시는겨?"

\*\*\*

불을 켰다. 배달 나갈 시간이다. 시계를 보지 않아도 항상 똑같은 시간. 김만석의 생체시계는 원래부터 우유배달부가 천직이었던 것처럼 타이머가 맞춰져 있다.

김만석은 낡은 잠바를 입고 귀마개를 했다. 그리고 서둘러 방을 나서려다 거울 앞에 돌아와 다시 한번 옷매무새를 가다듬었다. 근데 영락없는 노인네다. 마음에 안 든다. 김만석은 낡은 잠바를 벗고 새 잠바로 바꿔 입었다. 귀마개도 벗었다. 좀 낫다. 그런데 이번엔 헤어스타일이 마음에 안 든다. 빗을 찾다가 김만석은 아내의 영정 사진과 눈이 마주쳤다. 아내가 누굴 만나러 가길래 그리 멋을 내고 가슈, 하고 묻는 것 같다.

"억울하면 지금이라도 당장 살아서 돌아오든가!"

미안한 마음에 아내의 사진에다 대고 김만석은 혼자 고함소리를 던졌다. 니미, 좀 오래라도 살든가. 뭐가 급하다고 그리 일찍 가가지고······.

***

부다다다다…… 오토바이 올라오는 소리가 들렸다. 세 번째 나무대문을 돌아오는 소리다. 송씨는 자리에서 일어나 일나갈 채비를 차리기 시작했다.

어제처럼 쌓일 정도는 아니지만 간간히 눈발이 날리고 있었다. 눈발에 아랑곳없이 김만석은 오토바이를 달렸다 세웠다 하며 우유배달에 열중했다. 쌓이지만 않으면 큰 문제는 없다.

골목 안을 가득 채운 오토바이 소리에 장군봉도 잠을 깼다. 서둘러 세수를 하고, 아내의 요강을 비웠다. 장군봉이 일어나자 덩달아 일어난 아내는 어느 틈에 창가에 서서 밖을 내다보고 있었다. 하긴, 하루 종일 집안에만 갇혀 지내니 잠깐이라도 바깥구경을 하고 싶겠지. 미안해 여보…… 마음으로 인사를 하고 장군봉은 집을 나섰다.

몇 대문 건너에서 대문 밑으로 우유주머니를 밀어 넣는 김만석이 보였다. 덕분에 오늘도 어김없이 잘 일어났수다. 마음으로 인사말을 전하고 장군봉은 대문 밖에서 자물쇠를 걸어 잠근 후 총총 걸음을 옮겼다.

노란 가로등 불빛 아래 목도리와 보자기로 머리며 입을 가린 할머니가 앞서 걸어가는 게 보였다. 파지 줍는 할머니. 송씨다. 한참을 같은 동선으로 같이 걸었다.

이윽고 〈부자고물상〉에 도착했다.

"아이고, 송씨 할머니. 오늘 같은 날 왜 나오셨대유? 그냥 들어가셔유. 눈이 점

점 더 온다는 예보가 있던데 괜찮으시것슈?'

고물상집 아들 준범의 목소리다. 한동안 몸이 안 좋아 시름시름 앓던 고물상 주인 이판술도 아들이 돌아온 뒤론 얼굴이 환해졌다.

그나저나 영희는 잘 지내나, 요즘 통 연락이 없누. 장군봉은 딸 영희가 요즘 연락이 없는 것도, 무소식이 희소식이려니…… 하고 좋게 생각하기로 했다. 맨날 애비에게 돈 꾸는 게 면목 없다더니 연락 없는 걸 보면 사는 형편이 나아진 걸게다. 애비한테는 괜찮지만 오빠네에는 더 이상 손 안 벌렸으면 좋으련만. 쯧쯧. 안 그래도 요새 돈 문제 때문에 시누 올캐 사이가 영 말이 아닌 듯했다.

장군봉은 고물상을 지나 주차장 앞에 딸린 컨테이너식 관리실로 들어섰다. 불을 켜고 난로심지에 불을 지피고, 그리고 주전자를 올려놓았다. 물이 끓으면 커피 한 잔을 마실 심산이었다. 그래도 커피가 잠을 쫓아준다고 하니, 싸구려 믹스커피지만 커피 한 잔 마시는 게 장군봉의 유일한 취미생활이었다. 술이나 담배를 하지 않는 장군봉에게 원래 독서가 유일한 취미이자 가장 오랜 취미였다. 하지만, 요즘은 독서도 취미가 아니라 조는 걸 가리기 위한 핑계일 뿐이다.

장군봉이 개인택시를 그만두고 주차장 관리인으로 취직한 것은 전적으로 아내 조순이 때문이었다. 벌이야 개인택시 쪽이 훨씬 나았지만, 아내를 위해서는 집 가까운 곳에 있는 주차장 관리인 쪽이 시간을 내기가 더 나았다. 집에서 걸어 다닐 수 있는 거리라 언제든 집을 들여다 볼 수도 있는 데다, 맞교대라 시간도 넉넉한 편이었다. 하지만 교대근무자가 그만 둔 후로는 상황이 달라졌다. 예전처럼 시간이 넉넉한 것도 아니었고 월급이 두 배로 는 것도 아니었다. 늘어난 것은 졸음뿐이었고 졸음을 쫓기 위해 커피를 마시는 일만 늘었다. 곧 교대 근무자를 구해준다는 사장의 말은 몇 주, 몇 달이 지나도 지켜지지 않았다. 그렇게 시간만 흘렀다.

커피물이 끓기를 바라는 동안 송씨 할머니가 관리실 앞을 지나는 게 보였다. 장군봉이 주차장 앞에다 가지런히 내다놓은 박스와 폐지도 송씨가 주워 담고 있었다. 어려운 처지인 사람들끼리는 서로 돕고 사는 게 도리다.

커피 물이 끓고 커피 한 잔을 마신 뒤, 몇 대의 차가 빠져나가고, 읽고 있던 책에서 화들짝 놀라 잠을 깬 장군봉 앞으로 송씨 할머니의 손수레가 끼익끼익 소리를 내며 지나갔다. 참 바지런한 할머니다. 하루에 서너 차례는 고물상을 드나든다.

"날씨도 궂은데 많이도 해오셨네유. 아니, 이건 무게가 꽤 나가는데유? 우와, 이건 뭘 이리 꽁꽁 묶어놨대유?"

옆집 고물상 총각 준범의 목소리가 담장 너머로 들려왔다.

"오늘의 날씨를 말씀드리겠습니다. 어제에 이어 오늘도 계속해서 눈이 내릴 것으로 예상됩니다. 어제보다 양은 적어 적설량은……"

라디오에서 흘러나오는 일기예보를 들으며 장군봉은 또다시 쏟아지는 잠을 못 이겨 꾸벅꾸벅 졸기 시작했다. 오늘도 하루가 시작되고 있었다.

## 제3화
# 우연과 필연 사이

"너희들 그거 들었어?"

오늘따라 맹신혜가 호들갑이었다.

"뭘요?" 연아가 물었다.

"이번에 공익으로 온다는 애! 서울대 출신에 대박 잘 생긴 거 있지? 내가 사진으로 미리 봤는데, 귀티가 잘잘 흐르더라. 집안도 대박 짱이라는 소문이던데?"

"근데, 언니가 웬 호들갑이래요? 언니한테는 너무 핏덩이 아닌가?"

"너도 알다시피 내가 워낙 동안이라, 아래로 열두 살 띠동갑까지는 커버하지 않니?"

"정신차려요. 언니. 언니 나이도 내일 모레면 마흔이야."

"얘는 무슨 소릴 그리 섭하게 하니? 내가 호적이 잘못되서 한 살 많게 올라가서 그런 거고 음력으로 치면 한 살 빠지니까 정확하게 말하면 서른 여덟이야."

"근데 언니랑 띠동갑이면 나랑 동갑이란 얘긴데, 걔는 뭐하다 이렇게 삭을 때까지 있다가 공익으로 왔대요?"

"내가 말했잖아. 집안이 짱이라고. 집에서 빽 좀 썼겠지 뭐."
"완전 재수 없는 놈이네."
　서울대 출신에 부잣집 아들이 스물일곱 나이에 공익근무요원으로 오는 거면 안 봐도 비디오였다. 연아는 은근히 부아가 났다. '인 서울' 이긴 하지만 일류대 출신도 아니고, 죽어라고 고시 보듯 공무원 시험 공부해서 어렵게 공무원 합격하고 사회복지사 자격증을 딴 연아로선 이런 식의 불공평함은 참아내기 힘들었다. 누군 코피 흘려가며 죽어라 공부해서 공무원 되고, 누군 코딱지 파며 부모 잘 만나 공익근무요원으로 와서 세월아 네월아 시간만 보내다 군필 달고 가산점 받아 좋은 데 취직한다 이거지? 우리 주민센터에 있는 동안만은 내가 빡세게 굴려 주겠어! 가뜩이나 산더미처럼 밀려있는 사회복지사 업무에 눌려있는 판에, 업무를 도와줄 공익근무 요원이라고 하나 들어오는 것이 '신의 아들' 행세를 하는 것은 그냥 두고 볼 수 없다고, 연아는 단단히 마음 먹었다.

* * *

　서울대 출신에 부잣집 아들이라는 공익근무요원은 다음날 주민자치센터로 배정되었다. 오래 기다려온 탓인지 동장실로 데리고 들어갔던 김인섭이 새로운 공익요원을 직접 소개했다.
　"자, 잠깐 여기 주목들 하세요. 오늘부터 우리 주민센터에서 함께 일할 공익근무요원 정민채군을 소개합니다.
　김인섭이 손짓을 하자 정민채가 바짝 군기 잡힌 표정으로 거수경례와 함께 인사를 했다.

"충성! 공익근무요원 정민채, 옥수동 주민센터에 근무를 명받았습니다. 이에 신고합니다!"

주민센터 식구들의 박수소리가 이어졌다. 유난히 여직원들의 박수소리가 컸다. 그중에서도 맹신혜와 이민경의 박수가 제일 큰 듯했다. 강력한 경쟁자가 등장했다고 느낀 탓인지 박성호의 박수만 건성건성이었다.

"자세한 소개나 인사는 나중에 환영회식 때 따로 하기로 하고, 정민채군은 당분간 주민생활지원팀에서 지도를 좀 부탁드립니다. 새 식구니까 잘 좀 챙겨주세요."

이렇게 말하고 김인섭이 맹신혜와 김연아를 찾았다.

"맹신혜 팀장, 그리고 김연아씨. 두 분이 잘 좀 챙겨주세요."

새로운 공익근무요원을 바라보는 맹신혜와 김연아의 표정은 사뭇 달랐다. 맹신혜의 눈에선 하트 모양이 체인링크처럼 줄줄이 쏟아져 나왔고, 김연아의 눈에선 시뻘건 레이저 광선이 발사되고 있었다.

"어쩜, 쟤는 그냥 자체발광이다. 어쩜 저렇게 잘 생겼니?"

맹신혜의 말에 연아가 시니컬하게 쏘아부쳤다.

"자체발광이 아니라 지랄발광이겠지. 내 눈엔 기생오래비처럼 생겼구만."

"그럼, 연아씨는 빠져요. 쟤는 내가 먼저 찜했어요."

이민경이 넋을 놓고 정민채를 바라보며 말했다.

"찬물도 위아래가 있고, 똥물에도 층계가 있는데, 민경이 너는 그렇게 경로사상이 없니? 자체발광 공익 쟤는 내가 경로우대석으로 번호표 먼저 뽑았다. 순서

그대를 사랑합니다 59

지켜!'

맹신혜의 말이었다.

* * *

"자, 오늘은 새로운 식구도 오고했으니까, 다들 약속 없으면 다같이 점심이라도 합시다. 주민생활지원팀 단합 점심, 어때?"

맹신혜 팀장이 들뜬 목소리로 점심 회식 제안을 했다. 이민경이 열렬히 지지하고 나섰고, 박성호도 대찬성이었다. 하지만, 정민채는 곤란한 표정을 지었다. 안 그래도 조금 전부터 문자로 연락을 주고 받은 후 주민센터 바깥에 외제 승용차 한 대가 비상깜빡이를 켠 채 주차하고 있었다. 몇 년간 외국 생활만 하고 돌아다니다 귀국하자마자 논산훈련소에서 훈련을 받고 곧바로 주민센터로 배치 받은 까닭에 아직 제대로 인사를 가지 못해, 회사에서 보낸 차일 거라고 정민채는 짐작했다. 아마도 차에서 기다리고 있는 것은 회장님의 지시를 받은 준혁일 것이다. 동기동창인 데다 게임 개발도 처음부터 같이 한 동료이기도 하니까. 아까부터 기다리고 있는 회사 차 때문에 정민채는 영 마음이 편치 않았다. 준혁이 자식도 참…… 그냥 퇴근 후에 봐도 될 일을…….

"어떡하죠? 죄송하지만 아까부터 기다리고 있는 친구가 있어서…… 오늘 점심은 아무래도 힘들 것 같습니다. 점심은 다음에 하죠. 죄송합니다."

정민채가 인사를 꾸뻑하고 먼저 자리를 뜨자, 주민생활과의 유일한 남자직원인 깐족이 박성호가 못 마땅한 표정으로 쏘아붙였다.

"와, 끼리끼리 논다더니. 재벌2세 티내는 거야 뭐야?"

"와, 멋있어. 그동안 공익 많이 봐왔는데 저렇게 튀는 공익은 처음이다. 그치 연아씨?"

그 와중에도 새로운 신입 공익에 흠뻑 빠진 이민경은 동문서답중이었다. 출근 첫날부터 직장 상사와 동료들의 회식 제안을 거절하고 외제차 타고 점심 먹으러 나가다니 정말 개념 없는 왕싸가지라고 연아는 생각했다.

이왕 회식이 무산된 거 점심은 간단하게 햄버거나 샌드위치로 떼우고, 연아는 시간을 쪼개서 얼마 전에 돌린 복지대상자 신청서나 걷으러 가야겠다고 생각했다. 연말 전까지는 실태파악을 다 끝내고 신청서도 모두 받아두어야 했다. 그래야 새해에 독거노인 어르신들에게 조금이라도 더 빨리, 그리고 더 많이 혜택이 돌아갈 터였다. 나라에선 기초생활수급자에게 몇 만원 줘도 그만 안 줘도 그만일 수도 있겠지만, 실제로는 돈 십 만원 남짓한 이 돈이 어르신들에게는 목숨과도 같다는 것을 잘 알고 있는 터였다. 실제로 기초생활수급자에서 제외되면서 자살한 어르신도 있었다.

* * *

"저기…… 할머니. 죄송한데요……"

버스 정류장에서 오래 기다린 끝에 목표물로 정한 할머니의 옷자락을 잡아끌며 민지는 입을 열었다.

"응?"

할머니가 민지를 내려다보았다.

"제가…… 집에 가야 하는데 차비가 없어서요…… 죄송하지만…… 천원만 빌려주시면 안돼요?" 그 할머넌 오랜 시간 버스정류장에서 기다리다가 찾아낸 목표물이었다. 차비를 빌리는 일도 아무한테나 해서는 안 된다는 것을 민지는 경험으로 알고 있었다. 가장 쉬운 목표물은 데이트 중인 연인들, 그리고 민지 또래의 아이를 자녀나 손녀로 두었을 법한 부부나 할머니들이다. 연인들은 상대방에게 창피하지 않기 위해서라도 꼭 지갑을 꺼냈다. 민지 또래의 자녀나 손녀를 두었을 나이의 어른들도 자식이나 손자 생각 때문에 동전 한 푼씩은 쥐어주곤 했다.

"아이고, 집이 어딘데?"

할머니가 불쌍하다는 표정으로 내려다보았다. 절반은 성공한 셈이다.

"수원이요……"

실제로 민지의 집은 옥수동이었다. 그러나 옥수동이 집이라고 하면서 차비를 얻을 수는 없는 일이다.

"아이고, 어린 게 어쩌다가…… 쯧쯧. 그러지 말고 정 안되면 경찰서에라도 가봐, 알았지?"

알면서도 속아주는 것인지 모르고서 속아주는 것인지 민지는 알 수 없었지만, 할머니는 그래도 민지에게 천 원짜리 한 장을 쥐어 주었다. 몇 번의 시도 끝에 겨우 번 천원이다. 한번 실패하면 버스 정류장의 사람들이 새로 바뀔 때까지 기다려야 한다. 안 그러면 늘 돈 빌리는 아이로 찍히고, 그러면 그나마 민지의 유일한 수입원이 없어진다.

뱃속에서 꼬르륵 소리가 났다. 그래도 오늘은 벌이가 괜찮다. 천 원짜리 두 장에 동전 몇 개. 오늘은 굶지 않아도 된다. 돌아가는 민지의 발걸음이 가벼워졌다. 그때였다.

"야, 너 이리 와봐!"

민지가 돌아보자 한적한 골목어귀에서 껄렁대며 중학생 또래의 오빠들 둘이서 민지를 향해 손가락을 까닥거리고 있었다. 민지가 힘들게 번 돈을 빼앗아간 예전의 그 오빠들이었다. 민지는 있는 힘껏 달리기 시작했다. 그러나 배가 고파 다리에 힘이 없었다.

* * *

연아 스스로 자청해서 나온 외근이었지만 애초에 계획했던 일을 다 할 수 있을지는 장담할 수 없었다. 해야 할 일들이 너무 많았다. 몸이 두 개라도 모자랄 지경이었다. 임대주택지원제도에 대한 전화상담, 기초생활수급자 현장방문, 한부모가족대상자, 장애인연금수급대상자, 차상위계층대상자 파악, 저소득층학생 교육비신청…… 노인과 장애인, 아동 및 영유아, 청소년, 기초생활수급대상자, 차상위계층 등 거의 모든 주민 사회복지 관련업무들이 연아가 처리해야 할 일들이었다. 야근은 기본이고, 여차하면 휴일까지 나와서 잔업을 처리해야 할지도 모를 일이었다.

이런 와중에 '허위 기초생활대상 수급자가 많으니 기초생활수급대상자들 현황을 파악하라'는 감사 지적. 현황 파악에 만전을 기할 것!'이라는 내용으로 상급기관에서 공문이 내려왔다. 어떻게든 나갈 돈을 조금이라도 줄여보자는 속셈일 것이다. 연말에 멀쩡한 보도블록 뒤엎고 다시 까는 일은 잘도 하면서, 기초수급 생활자들의 지원금이나 줄이려는 상급기관의 지침에 부아가 났다. 전화상담도 해야 하고 전산작업도 해야 하지만 결국 연아는 기초생활수급대상자를 방문하는 일은 직접 자원해서 나섰다. 돈도 있고 잘 살면서 기초수급대상자에 올린 사람들은 철저하게 찾아내겠지만, 연아가 더 신경 쓰는 일은 혹시라도 한 사람이라도 억울하게 기초수급대상자에서 빠지는 일이 없도록 하는 것이었다. 다른 곳은 몰라도 연아가 담당한 옥수동에서만큼은 절대로 용납할 수 없는 일이었다. 억울한 사람, 소외된 사람이 한 사람이라도 있어서는 안 된다는 것이 연아가 사회복지사가 되고자 한 이유였기 때문이다.

빵과 우유로 대충 점심을 해결하고, 아직 회수하지 못한 기초생활수급대상자 신청서를 마저 회수하기 위해 옥수동 언덕길을 올라가기 위해 큰길에서 골목길로 접어들려는 찰나였다. 무심코 지나칠 뻔했는데, 조그만 여자아이 하나가 넘어져있고, 중학생 또래의 남학생들이 둘러싸고 있는 게 보였다. 오늘 처리해야 할 산더미같은 일들을 떠올리며 그냥 지나칠까 했는데, 연아를 쳐다보는 여자아이의 눈빛이 너무 간절했다. 연아는 학생시절 불량한 오빠들에게 삥 뜯길 때 지나가던 아저씨의 도움으로 위기에서 벗어났던 순간을 기억했다. 순간, 오지랖 넓은 연아의 발걸음이 자동으로 돌아섰다.

"야, 뭐야, 니들?"

"아줌마는 상관 말고 가던 길이나 계~속 가세요."

그러면서 남학생들은 불량스럽게 길바닥에 가래침을 퉤~ 하고 뱉었다.

"뭐, 아줌마? 이 자식들이 누굴 보고 아줌마래?"

중학생 애들이 뭐라고 대꾸할 틈도 없이 연아는 우선 한 녀석에게 불꽃싸다귀를 후려 갈겼다. 예상치 못한 공격에 한 녀석은 저만치 나자빠 떨어졌고, 다른 한 녀석은 넘어진 제 친구를 쳐다보더니 곧 반격할 태세였다. 연아는 틈을 주지 않고, 단화 뒤꿈치로 다른 한 녀석 발등을 내리찍었다. 으악~ 하는 소리와 함께 발을 싸안고 나동그라졌다. 그러더니 잠시 후 정신을 차린 두 녀석이 눈빛을 주고받더니 동시에 연아를 향해 덤벼들 준비를 했다. 이 장면에서 결정적 공격.

"나, 경찰이야!"

이 한마디에 두 녀석은 엉덩방아를 찧듯 놀라 뒷걸음치더니 후다다닥 도망쳐, 금세 시야에서 사라졌다. 짜식들, 뻥카에 놀라기는.

"얘, 괜찮니?"

그제서야 연아는 넘어진 아이를 살펴보았다.

\* \* \*

하루가 어떻게 지나갔는지 연아는 정신이 하나도 없었다. 모두가 민지라는 여자 아이 때문에 생긴 일이었다. 골목길에서 나쁜 아이들에게 삥 뜯길 뻔한 여자 아이의 이름은 민지라고 했다. 마침 사는 집이 연아가 기초생활수급자 실태조사를 나가는 방향과 같았다. 그래서 연아는 민지의 집에까지 민지를 데려다 주었다. 그런데, 민지라는 아이가 사는 집에 들어가 본 순간, 연아는 기함을 했다. 사람 사는 집이 아니었다. 온갖 쓰레기들이 산더미처럼 쌓여있고, 연아가 열어본 냉장고에는 먹을 것이라곤 아무것도 없었다. 금세 이유를 알 수 있었다. 도시가스며 전기가 모두 요금체납으로 잠겨 있었다. 가스도 끊긴 집에 어린 여자 아이가 혼자 살고 있었던 것이다. 최소한의 전기만 공급되는 집에서 전기담요 한 장과 휴대용 가스레인지만으로 버티면서.

"어떻게 된 거니? 어른들은 아무도 안 계셔?"

연아의 물음에 여자아이는 망설이는 빛, 아니 뭔가 두려워하는 빛이 역력했다.

"아빠가 계셔요."

"아빠는 어디 가셨는데? 아빠가 계시는데 집이 이 모양이야?"

아이의 표정에서 점점 공포가 몰려오는 것이 보였다.

"아빠는 일하러 가셨어요…."

아이의 말꼬리가 힘없이 흐려졌다.

"괜찮아. 사실대로 이야기해봐. 언니가 도와줄게."

"……"

아이가 말이 없자, 연아는 명함을 꺼내 민지에게 건네주었다.

"자, 봐봐. 언니는 옥수동주민자치센터 사회복지사 김연아라고 해. 언니는 공무원이야. 공무원 알지? 공무원 중에서도 사회복지사는 어려운 사람들을 도와주라고 나라에서 월급 받고 일하는 사람이야. 그러니까 언니가 민지를 도와주는 건 언니가 당연하게 해야 할 일인 거야. 그러니까 겁먹지 말고 솔직하게 이야기를 해줘, 그래야 언니가 민지를 도와줄 수 있어. 너, 글은 읽을 줄 알지?"

민지가 연아의 명함을 쳐다보며 고개를 끄덕였다.

아빠에 대해서는 더 이상 입을 열지 않는 민지를 데리고 주민자치센터로 내려온 연아는 민지의 집에서 가지고 온 전기요금체납고지서와 몇 통의 편지 등을 통해 민지 아버지의 신상자료를 파악했다. 그리고 평소에 주민자치센터와 업무협조를 하고 있는 옥수동 치안센터의 유 순경에게 연락해 민지 아버지의 소재를 파악했다. 금세 결과가 나왔다.

민지의 아버지는 폭력 혐의로 구속되어 구치소에 수감중이었다. 유 순경의 이야기로는 예전에도 동종의 폭력 전과가 있는 데다 피해자가 합의를 거부해서 집행유예로 나오기는 힘들고 아무래도 실형을 살게 될 것 같다고 했다. 그랬다. 일하러 나갔다던 민지의 아버지는 무슨 이유에선지 폭력을 휘둘렀다가 지금 구속되어 있는 상황이고, 미성년자인 민지는 그런 아버지를 기다리며 혼자서 집을 지키고 있었던 것이었다. 즉각적으로 보호조치가 필요한 사안이었다.

연아는 유 순경과 협조하여 민지가 거처할 보호소를 알아보았다. 관내에서 가장 가까운 상록보육원으로 민지를 인계하는 것으로 서류를 꾸몄다. 민지는 절대로 고아원으로는 갈 수 없다고 울며불며 매달렸다.

"제가 집을 지키고 있어야 아빠가 저를 찾아오실 거예요. 제가 집에 없으면 아빠가 어떻게 저를 찾아와요?"

"민지야. 언니가 아빠한테, 민지가 어디에 있는지 다 알려드릴 거야. 그러니 걱정하지 않아도 돼."

"그러면 오빠는요? 그럼 언니가 우리 오빠도 찾아주실 수 있어요?"

이상한 일이었다. 분명히 전산상으로는 아빠 외의 동거인은 없었다. 어머니만

2년 전에 사망한 것으로 나올 뿐. 이상하다 싶어 유 순경에게 물어보았더니 유 순경이 알기 쉽게 정리해서 이야기해주었다.

"황민지 어린이의 새어머니 김보라씨가 재혼하기 전에 전 남편 사이에서 낳은 오빠가 있었네요. 그런데 김보라씨가 황인걸씨와 재혼을 하면서 황인걸씨의 호적에 전 남편의 아들을 올리지를 않았어요. 정식 혼인신고를 하지 않아 김보라씨는 동거인으로 올랐는데, 무슨 일인지 김보라씨의 아들은 동거인으로도 안 올랐네요. 그러니까 황인걸씨의 딸인 황민지와 새 엄마인 김보라씨의 아들과는 아무런 혈연적, 법적 관계도 없는 게 되네요."

"아니에요. 엄마가 돌아가시면서 말씀하셨단 말이에요. 저한테도 오빠가 있다고, 오빠를 꼭 찾으라고."

민지가 울먹이면서도 똑부러지게 말했다. 민지가 보기보다 야무진 아이라고 연아는 생각했다.

고아원에 가기 싫다고 우는 민지를 야속하게 그냥 보육원으로 보내버릴 수는 없었다. 연아는 유 순경과 상록보육원 원장님께 양해를 구하고 민지를 우선 연아의 집으로 데리고 왔다. 물론 아빠도 허락을 한 터였다. 지금껏 연아가 무엇을 한다고 하면 단 한 번도 반대한 적이 없는 아빠로선 당연한 일이었다. 그만큼 아빠가 연아를 믿고 응원하고 있다는 것을 연아도 잘 알고 있었다.

연아는 집으로 돌아와 욕조에 따뜻한 물을 받아 민지를 씻겨 주었다. 얼마 동안 제대로 목욕을 못 한 것인지 땟국물이 까맣게 나왔다. 연아는 민지와 같이 욕조에 들어가 민지의 온몸을 골고루 씻어 주었다. 삐쩍 마른 민지의 몸매가 연아의 눈에 아프게 박혔다. 민지의 옷을 세탁기로 돌리는 동안, 연아는 자신의 옷 몇 가지를 꺼내서 민지에게 입혔다. 헐렁한 입성이 웃기기는 했지만 그래도 나름 어울리긴 했다.

이율배반 여사가 무슨 일이냐고 핀잔을 줄 법도 했지만, 아마도 아빠가 미리 이야기를 한 탓인지 민지가 어색해하거나 불편해 할 말들은 하지 않았다. 연아는 민지를 바라보면서 새삼 자신에게 엄마 아빠 같은 분이 부모로 계시다는 사실에 감사했다. 한편으론 엄마 없이 아빠 품에서 홀로 자라다 아빠마저 잃어버린 민지가 안 되었다는 생각을 했다.

어느새 연아의 침대에 누워 곤히 잠든 민지의 이마를 쓰다듬어주며 연아는 민지를 위해 해줄 수 있는 일이 없을까 곰곰이 생각했다. 이 어린 것이 무슨 죄가 있다고….

연아는 민지의 이마를 어루만져주다가 팔베개를 하며 민지를 꼭 안아주었다. 민지의 눈가엔 마른눈물자국이 남아 있었다.

\* \* \*

새벽녘, 오토바이 소리에 장군봉은 잠을 깼다. 세수를 마친 장군봉은 아내가 먹을 수 있도록 단촐하게 차린 밥상을 준비해놓고 출근길에 나섰다. 눈발이 흩날리는 골목길에 보라색 점퍼에 얼룩무늬 목도리를 한 사람이 앞서 걸어가고 있었다. 파지 줍는 할머니, 송씨였다. 많은 눈은 아니었지만 3일 내리 내린 눈으로 인해 눈길을 걷다보면 뽀드득 뽀드득 이 가는 소리를 내었다. 장군봉의 아내 조순이가 가끔씩 잠자면서 내는 이 가는 소리와 눈 밟는 소리가 신기하게도 닮아있었다. 너도 얼마나 한이 맺혔으면 밟힐 때마다 이 가는 소리를 낼까.

고물상의 문이 아직 닫힌 채였다. 장군봉은 모른 척 지나쳤지만 파지 줍는 할머니의 입에서 하얗게 구름처럼 입김이 뿜어져 나오고 있었다. 추운 겨울 새벽이었다.

장군봉은 전등을 켜고, 난로에 불을 붙이고, 주전자를 올려놓았다. 늘 똑같이 반복되는 순서다. 커피 물이 끓기를 기다리다 장군봉은 창밖을 슬쩍 내다보았다. 할머니는 고물상 앞에 그대로 서 있었다. 할머니의 어깨와 머리에 쌓인 눈 때문에 할머니는 점점 눈사람이 되어가는 듯했다. 아마도 오늘은 부자고물상네 부자가 둘 다 늦잠을 자는 모양이다. 장군봉은 오늘은 커피를 두 잔 따랐다. 그리고 주차장 관리실 문을 열고 조심스럽게 말을 붙였다.

"그…… 여기 말이요…… 날도 찬데…… 이 안에서 기다리시지요?"

눈사람이 된 할머니는 말이 없었다. 가끔 골목길이나 고물상 근처에서 마주치긴 했지만 아직 통성명을 나누지 않은 장군봉의 호의에 송씨는 잠시 망설여졌다. 눈은 내리고, 장군봉의 모자 위로도 한 점 두 점 눈이 쌓이고 있었다.

\*\*\*

김만석은 160번지 언덕길 아래에서 겨드랑이에 손을 집어넣고 발을 동동 구르며 골목길을 기웃거렸다.

오늘은 늦는가? 영 안 오네…… 이거 어디 눈길에 자빠진 건 아닌가? 젠장 어떻게 된 거야!

날이 꽤 추웠다. 옷을 두둑히 입고 오긴 했으나 춥기는 매한가지였다.

"날은 밝아오는데…… 환장하겠네 아주……"

어둑어둑하던 새벽하늘이 희브윰해질 무렵, 김만석은 마침내 더 이상 기다리는 걸 포기하고 언덕길 위로 오토바이를 끌고 올라갔다. 며칠 쌓인 눈 때문에 타고 올라가기엔 미끄럽고 그렇다고 끌고 올라가기엔 무거워, 오토바이 엔진을 걸어놓은 채 김만석의 걸음걸이와 오토바이의 보조를 맞추어 천천히 언덕길을 올라갔다.

"니미럴! 이 노인네 어디 진짜로 미끄러져서 자빠져 있는 거 아냐?"

김만석의 머릿속으로 송씨가 눈길을 걸어가다 미끄러져서 자빠지고 의식을 잃었는데, 그 위로 눈은 쌓이고, 송씨를 미처 발견하지 못한 트럭이 송씨 위로 그대로 밟고 지나쳐가는 상상이 떠올랐다. 머리칼이 곤두섰다.

"아니! 아니! 에이, 무슨 별 거지발싸개 같은 생각을……"

머릿속에 떠오른 안 좋은 생각을 지우기 위해 김만석은 계속해서 온갖 욕들을 끄집어내며 구시렁구시렁 거리며 언덕을 올라왔다. 언덕을 다 올라온 다음에야 더 이상 기다릴 게 아니라 먼저 찾아나서 봐야겠다는 생각이 들었다. 생각 끝에 김만석이 오토바이 위에 걸터앉자 마자 오토바이의 시동이 피식하고 꺼졌다. 김만석은 다시금 발로 오토바이의 엔진에 시동을 걸어보았다. 부릉부릉 부퉁퉁퉁투…… 부퉁부퉁투투…… 시동이 잘 걸리지 않았다.

"이거 이놈, 이거 왜 이래? 이놈아, 말 좀 들어!"

계속해서 시동을 걸어보았지만, 오토바이는 부퉁부퉁거리는 소리를 내며 김만석의 말에는 불통이었다. 부통부통부부부…… 부통부통부르르……

가뜩이나 송씨가 보이지 않아서 뾰르퉁해있는 김만석의 심지에 오토바이가 불을 질렀다. 한번 불길이 붙은 심통은 활활 타오르기 시작했다. 이런 니미! 참다 못한 김만석이 골목이 떠나가도록 고함을 질렀다.

"니미 씨부라아아아알~"

김만석의 고함소리가 옥수동 골목골목을 메아리치며 알알이 사라져갔다. 씨부라아아알알알알~~

\*\*\*

송씨는 어디선가 무슨 고함소리 같은 걸 들은 듯했다. 송씨는 양손을 따뜻하게 녹이고 있던 커피잔을 꼭 감싸쥐고 고개를 들었다. 주차장 관리인은 마주앉아서 여전히 책을 보고 있었다. 그래도 얼굴이라도 아는 처지라고 안에서 기다리게 해줘서 덕분에 눈과 추위는 피할 수 있었다. 무슨 책인지는 알 수 없으나 한참 책 읽기에 열심인 주차장 관리인이 송씨는 부러웠다. 그런데 어디서 조용한 소리가 들려오기 시작했다. 그윽그윽그그그그……

무슨 소리인가 싶어 송씨는 주변을 둘러보았다. 마땅히 소리날만한 데가 없었다. 그윽그윽그크크크크……. 그제서야 송씨는 조금 전 소리가 주차장 관리인 장군봉의 코고는 소리란 것을 깨달았다. 장군봉의 머리가 재봉틀 바늘처럼 아래위로 끄덕이고 있었던 것이다. 많이 피곤하신 모양이구나. 나처럼 바깥에 돌아다니는 일이 아니라 따뜻한 실내에만 있는 일이라 쉬운 일인 줄 알았는데, 이 일도 생각처럼 쉬운 일만은 아닌가 보다, 하고 송씨는 생각했다. 졸다가 퍼뜩 잠을 깬 장군봉이 송씨가 쥐고 있는 커피 잔을 보고 다시 커피를 따라주려고 했다.

"아, 전 아직 덜 마셨어요."

"네?"

"커피 아직 그대로 있어요. 제가 물 빼고는 뭘 마셔도 속이 썩 안 좋아서……"

"그럼, 저만 한 잔 더……"

하면서 장군봉이 커피를 더 따랐다.

"나이가 드니까 잠이 많아져서…… 잠 깨려고 커피를 마시는데, 이제 이것도 인이 박혀서……"

커피를 몇 모금 더 마신 장군봉이 다시 책을 펴들더니 이윽고 또 그윽그윽그크크크 소리를 내었다.

그새 또 주무시네. 송씨는 창밖으로 눈길을 돌렸다. 여전히 눈이 내리고 있었다. 이렇게 눈이 계속 오는데 오토바이 할아버진 괜찮으려나 모르겠네.

* * *

아버지 이관술이 깨워주지 않았다면, 준범은 세상없이 계속 자고 있을 뻔했다. 그나마 새벽잠이 없는 이관술이 먼저 일어나 준범의 뒤통수를 후려갈기며, "이노무 자슥. 송씨 할머니 기다리시겠다. 후딱 몬 일어나!' 하고 역성을 드는 바람에 그나마 조금 늦긴 했어도 얼추 시간을 맞출 수 있을 법도 했다. 준범은 일어나서 바지와 점퍼만 걸친 채 거울보고 눈꼽만 겨우 떼고 냅다 고물상을 향해 내

달렸다. 고양이세수라도 하려고 했으나, 아버지 이판술이 고양이 따위는 수백 마리라도 날로 삼킬 듯한 호랑이 눈을 부라렸다. 그 와중에도 아버지는 깨끗하게 세수하고 모양내고 출근하실 심산이 분명했다.

허겁지겁 눈길을 달려와 고물상의 철문 자물쇠를 여는데, 우유배달 할아버지가 혼자서 입속말로 알아듣지 못할 말들을 구시렁거리면서 오토바이를 끌고 지나가는 게 보였다. 준범은 늦잠 잔 탓에 아침도 안 먹고 나온 데다 얼마전 송씨 할머니가 마시던 우유 생각도 났다.

"할아버지, 우유 하나 파세유."

그런데 김만석은 준범의 이야기는 못 들은 척 혼자서 계속 구시렁거리며 그냥 지나쳐 가려 했다. 준범은 오토바이를 막아서며 다시 크게 말했다.

"할!아!버!지! 우!유! 하!나! 파!세!유!"

가뜩이나 파지 할머니 걱정도 되고 오토바이도 시동이 꺼져 말썽이라 심기가 사나운데, 갑작스럽게 눈앞에 웬 큰바위얼굴이 하나 나타나 우유 팔라고 고함을 지르는 탓에 김만석은 깜짝 놀라 버럭 고함을 질렀다.

**"남는 우유 없써!"**

아이고 깜딱이야! 준범은 기차화통을 삶아먹은 듯한 김만석의 고함소리에 계면쩍어졌다. 그 할아버지, 우유 안 팔면 그만이지 왜 고함은 지르고 그러신대유.

김만석이 내지른 고함소리에 송씨는 자리에서 벌떡 일어났다. 장군봉도 졸음에서 화들짝 깼었다. 두 사람은 관리실 문을 열고 밖으로 나가보았다.

무안해져서 얼굴이 빨개진 준범은 어버어버거리며 말도 못하고, 내가 뭘 잘못

했길래 이 할아버지가 고함을 지르실까 골똘히 생각했다. 그때 준범의 눈에 송씨 할머니와 장군봉이 나오는 게 보였다. 일단은 위기에서 벗어나고 볼 일.

"엇? 워매. 송씨 할머니 거기 계셨슈? 지가 좀 늦었지유. 지가 좀 늦잠을 자는 바람에……"

준범이 인사하는 쪽을 바라보다 송씨를 발견한 김만석은 무사한 송씨의 모습에 안심했다.

"허허, 아직 일 안 나간 거였구만."

혼잣말을 하며 안심을 하는데, 송씨 옆에 선 웬 늙은이가 김만석의 레이더망에 포착되었다. 뭐, 뭐지? 저 늙은이? 저기서 둘이 같이 나왔어. 그렇다면?

김만석은 오토바이의 거치대를 내려서 오토바이를 세웠다. 이건 확인해봐야 되는 상황이다.

"아, 그……. 저, 저 뒤에 계시는 분은…… 같이 사시는 바깥양반이신가?"

"네?"

송씨가 화들짝 놀라 말했다.

"아, 아뇨. 전 혼자 사는데…… 고물상 문이 잠겨서 여기 이분이 춥다고 안에서 기다리라고 해서서……"

"에?……아냐?"

듣던 중 반가운 소리였다. 추운 날씨에 오래 기다린 게 심술나서 만나면 지청구라도 한 바가지 쏟아줄 생각이었으나 언제 그랬었냐는 듯 김만석의 입꼬리가 저절로 하늘을 향해 날아올랐다.

"아~ 그래! 허허…… 허허허허허허……. 난 또…… 허허허허…… 어허허허허하하하하."

김만석이 혼자 웃는 소리가 눈송이 날리듯 사방으로 흩날렸다.

송씨와 장군봉과 준범이 무슨 영문인가, 저 노인네가 실성했나 싶어 멀뚱멀뚱 쳐다보는 눈초리들을 보고서야 김만석의 웃음이 그쳤다.

"크흠…… 흠흠……"

언제 웃기라도 했냐는 듯 김만석은 시미치를 뗐다. 민망하니 이럴 때는 삼십육계가 최상이다. 민망한 상황을 조금이라도 벗어나려고 김만석은 생각나는 대로 말을 내뱉었다.

"어제 거기서 한참을 기다렸는데 안 보이더라고. 난 고물상 문이 잠겨서 못 나온 줄도 모르고……"

"거기서 한참이라뇨? 어디서요?" 송씨의 질문에 김만석은 아차! 했다.

"아, 아냐! 그게 아니고. 아이구야! 아직 배달이 한참 밀렸는데, 벌써 시간이 이렇게 됐나? 큰일났네."

김만석은 헐레벌떡 우왕좌왕하다가 배달 상자에서 우유 하나를 꺼내 송씨 손에 쥐어주고는 오토바이 위에 올랐다.

"자, 이 우유나 마셔!"

엉겁결에 송씨는 우유를 받아들었고, 준범이 옆에서 뜨악한 표정으로 김만석을 째려보았다. 할아버지, 좀 전엔 우유 없다든서유!


김만석이 시동 페달을 밟자 오토바이에 시동이 들어왔다. 그제서야 김만석은 깨달았다. 그러고보니 이놈 봐라? 아까는 시동이 죽어라 안 걸리더니…… 지금은 잘도 걸리네?

부릉부릉부투투투투…… 오토바이는 언제든 달릴 준비가 되어 있다는 듯 기분좋은 엔진 소리를 내었다. 아까 시동이 걸렸다면 여긴 그냥 지나쳤을텐데…… 하하 고놈…… 고마운 놈이네……

"저…… 안 그래도 걱정했는데, 눈길 위험하니까 조심해서 다니세요."

송씨가 김만석의 안부를 다 물어주었다. 아까처럼 또 체면불구하고 티낼 수는 없고, 김만석은 짐짓 목소리를 낮게 깔고 송씨에게 말했다.

"어제 그 고갯길 드럽게 미끄러우니까 안 가는 게 좋아. 몇 시간도 안돼서 눈이 엄청 쌓였다구."

그리고는 김만석은 오토바이에 올라 한껏 폼을 잡으며 자리를 떴다.

뭐야, 저 할아버지. 나한테는 왜 우유 안 팔고 그냥 가는 거지?……근디 저 할아버지 저 나이에 은근 가오가 있어, 가오가. 준범은 고개를 끄덕이며 생각했다.

"고갯길?"

고개를 갸우뚱하다가 김만석이 말하는 고갯길이 옥수동 160번지를 말하는 것이란 걸 송씨는 깨달았다. 송씨의 손에 쥔 우유는 꽁꽁 얼어 있었다.

그럼 혹시…… 이렇게 우유가 얼 정도로 오랫동안……?

송씨는 오토바이를 탄 채 멀어져가는 김만석을 물끄러미 바라보았다. 나를 걱정해주었구나…….

장군봉은 멀어져가는 오토바이 소리가 귀에 익은 소리라는 생각을 했다. 매일 새벽 나를 깨워주는 사람이 저 사람이었구나.

그대를 사랑합니다

송씨와 장군봉이 바라보는 시선 속으로 김만석의 뒷모습이 점점 작아져갔다. 점처럼 점점 작아지더니 마침내 김만석은 사라지고 거리에는 눈 내리는 풍경만 남았다.

＊＊＊

　주민센터로 출근하는 길에 연아는 민지를 같이 데리고 나왔다. 동장인 아빠 김인섭도 그렇게 하라고 했다. 연아는 어제 처리했어야 할 일들 위에 오늘 밀려든 다른 일들 때문에 골치가 지끈지끈 아팠다. 요즘 들어 소화가 잘 안되고 변비가 다시 도진 것도 이놈의 스트레스 때문일 것이다. 하지만 다른 여러 일들도 중요하지만, 보호자 없는 미성년자인 민지를 안전하게 보육시설로 보내는 것은 가장 시급하고도 중요한 일이었다.
　"귀여운 꼬마네? 조카야?"
　맹신혜가 연아에게 물었다. 외동딸인 연아에게 조카같은 게 있을 리 없다는 것을 누구보다도 잘 아는 맹신혜였지만, 연아는 길게 설명하기가 곤란해서 우선은 고개를 끄덕였다. 그리고 민지와 잠시 떨어져 있을 때 맹신혜에게 귓속말로 그간의 일을 간단하게 전했다. 혹시라도 민지가 상처를 받을지도 몰라 조심스러웠다. 눈치빠른 맹신혜는 금방 연아의 말을 이해했다
　"그랬구나. 한창 사랑받을 귀여운 나이인데……."
　맹신혜가 안타까운 표정으로 민지를 바라보았다. 민지는 박성호와 이민경 등과 인사를 나누고 이런저런 이야기를 주고받고 있었다. 마음속엔 어른들보다 더

깊은 상처가 있지만, 한편으론 야무지고 다른 한편으론 붙임성도 있는 아이였다.

그러나 박성호와 이민경이 일은 안 하고 민지와 계속 노닥거리기만 하자, 지켜보던 맹신혜가 드디어 화산폭발을 일으켰다.

"두 사람, 일은 안하고 하루종일 노닥거리기만 할 거야? 지금 연말연시라 제일 바쁜 때인 거 몰라? 오늘도 야근 안하고 싶으면 일들이나 해!"

평소 같으면 이렇게까지 신경질을 낼 일도 아니었지만, 어제 산부인과 병원에서 의사가 한 말 때문에 맹신혜는 살짝 심기가 불편해 있었다. 말도 안돼. 이제 겨우 마흔, 호적상 잘못된 것을 바로잡으면 이제 겨우 서른 여덟일 뿐인데 조기폐경의 위험이 있다니. 결혼도 못해보고 애기도 못 낳아보고 벌써 폐경이라니 말도 안돼! 맹신혜는 거의 멘붕 직전까지 간 정신을 다잡았다.

박성호와 이민경이 책상 앞에 앉아 업무로 복귀하자 민지가 혼자 뻘쭘하게 앉아있었다. 하지만 연아는 민지를 보육원으로 보내기 위한 연락과 서류작업 때문에 그간 밀린 전산작업 일들까지 처리하느라 민지와 놀아줄 틈이 없었다. 대충 한번 쓱 살펴보는 것만으로도 눈치를 파악한 맹신혜가 새로 온 공익인 정민채를 불렀다.

"정민채씨, 명문대 나온 고학력자한테 이런 일 맡겨서 미안하긴 한데, 잠시만 애 좀 봐줄래요? 지금은 다들 좀 바빠서."

"괜찮습니다. 애들하고 놀아주는 건 제 전공입니다. 사람들이 제게 유아교육과나 레크리에이션과 나왔냐고 물을 정도니까 걱정하지 마세요. 제가 일들 하시는 데 방해되지 않도록 재미있게 놀아주겠습니다."

예상 외로 순순하게 정민채가 민지를 맡아주었다.

"어쩜, 정민채씨는 생긴 것하고 똑같이 마음씨까지 고울까? 어린애 좋아하는 사람치고 마음 나쁜 사람은 없다지 않니?"

맹신혜가 정민채를 넋놓고 바라보며 연아가 들으라는 듯 넋두리를 했다. 사람 좋은 웃음을 짓는 정민채를 바라보며, 연아도 정민채가 아주 싸가지 없는 부잣집 개망나니는 아닌가 보구나 하고 생각했다. 하긴. 그동안 주민센터의 고장난 컴퓨터며 지문인식기 등을 군말없이 뚝딱 고쳐내는 것을 보면 그닥 심성이 나쁜 사람 같지는 않았었다. 어쩌면 정민채의 모든 죄는 부모 잘 만난 죄일지도 모를 일.

서류작업과 보육원에 연락이 모두 끝난 뒤, 보육원장님이 오실 때까지 민지는 직원 휴게실에서 정민채와 재미있는 시간을 보낸 모양이었다.

점심시간에 식사를 하러 가기 위해 둘을 불렀을 때, 민지는 활짝 웃는 얼굴로 생기를 되찾아 있었다.

"민지야, 언니랑 점심 먹으러 가자. 심심하지 않았어?"

연아가 묻자 민지가 해맑게 웃으며 대답했다.

"아뇨. 마술오빠가 정말 정말 재미있게 놀아줬어요."

"마술오빠?"

정민채를 가리키는 말인 듯했다.

"네, 마술을 얼마나 잘하는지 몰라요. 제게도 마술을 가르쳐 주셨어요. 볼래요?"

그러더니 빨간 손수건 한 장을 엄지손가락으로 꾹꾹 눌러 주먹 안으로 밀어넣더니 순식간에 손수건이 사라져버리는 마술을 보여주었다. 신기했다.

"아니, 어떻게 한 거야?"

"그건 마술사들끼리의 비밀이라 가르쳐줄 수 없어요. 크크."

그 마술에 대해서는 나중에 정민채가 비밀을 알려주었다. 비결은 엄지손가락 모양의 고무골무에 있었다. 골무 안으로 얇은 손수건을 꾹꾹 눌러 넣은 후 엄지에다 다시 그 골무를 끼면 감쪽같이 손수건이 사라지는 것처럼 보이게 되는 것이었다.

"알고 보면 간단한 트릭이죠."

"정민채 씨는 그런 마술을 어디서 배웠어요?"

연아가 물었다.

"책에서 배우기도 하고, 혼자 연구하기도 했는데, 맨처음 마술을 배우게 된 것은 유럽여행 떠났을 때 한동안 같이 지냈던 체코 출신의 보헤미안에게 배웠어요. 흔히 집시라고도 하죠."

"아 네…… 유럽여행이라……. 젊은 나이에 좋은 데 다녀오셨네요."

잘났어 정말.

"마술을 본격적으로 한 것은 캄보디아와 베트남 등 동남아에서였어요."

"유럽, 동남아……. 저는 한 번도 못 가봤는데 정민채씨는 안 가본 곳이 없으시네요?"

사실, 민채가 안 가본 나라가 거의 없다는 것은 사실이었다. 중동과 아프리카의 분쟁 국가들을 제외하고는 거의 대부분의 나라를 민채는 다녀왔다. 자전거 세계일주를 통해서였다. 한 발 한 발 페달을 밟아서 거의 모든 대륙을 다 돌아다녔다. 세계 거의 모든 나라를 정직하게 땀 흘리며 직접 제 힘으로 돌아다녔었다.

하지만 민채는 연아에게 그런 자세한 이야기를 하지 않았다. 그런 이야기를 나눌 만큼 편한 사이도 아니었을 뿐더러, 연아의 말 속에 왠지 모를 가시가 박혀 있다는 것을 직감적으로 느꼈기 때문이었다.

민채가 마술의 필요성을 느낀 것은 캄보디아와 라오스에서였다. 외국인을 보기만 하면 "원 달라, 원 달라!" 외치던 아이들. 그 아이들을 학교로 이끌어내기 위해서 민채가 생각해낸 것 중에 하나가 마술이었다. 우선은 아이들에게 마술처럼 재미있는 것을 통해 학교가 재미있는 곳이란 것을 가르쳐 주고, 그다음에는 차츰차츰 공부하는 맛을 알아가게 했다. 그리고 당장의 생계를 위해 아이들을 학교가 아니라 관광지로 앵벌이를 내보내는 부모들을 설득하기 위해 아이들에게 장학금을 주고, 부모들에게도 일자리를 만들어주고 경제적 지원을 했다. 브라질의 룰라 대통령에게서 배운 방법이었다. 효과가 있었다.

하지만 이 모든 것을 연아에게 설명할 수도 없었고, 설명해야 할 이유도 없었다. 연아의 가시돋힌 빈정거림에도 불구하고 민채는 그냥 한번 웃어 넘기고 말았다.

"그렇다고 해서, 세계 여행을 많이 다닌 게 부끄러워 할 일도 아니죠."

\* \* \*

퇴근 무렵, 상록보육원에서 원장님이 직접 나와서 민지를 데리고 갔다. 하룻밤새 정이 든 것인지 민지를 떠나보내는 연아의 눈엔 눈물이 그렁그렁 맺혔다. 민지도 연아와 헤어지기가 싫은지 보육원 차를 타기까지 연아와 잡은 손을 놓아

주려 하지 않았다.

"민지야, 너무 걱정하지 마. 언니가 곧 찾아갈게. 민지 집에 있는 민지 옷이랑, 민지 물건들 챙겨서 금방 찾아갈 거야. 그러니까 걱정하지 말고, 원장님 말씀 잘 듣고 새로운 친구들도 많이 사겨. 알았지?"

민지도 애써 눈물을 참으며 고개를 끄덕였다.

"우리 아빠한테 꼭 민지가 어디 있는지 알려주세요, 네? 그리고 우리 오빠도 꼭 찾아주세요. 저는 아빠도 있고, 오빠도 있으니까 고아원에는 오래 안 있을 거예요. 그쵸?"

그게 아닐 수도 있다는 것을 알았지만 연아는 고개를 끄덕여주었다.

민지를 데리고 떠나기 전에 상록보육원 원장님이 연아에게 나지막하게 한 마디를 건넸다.

"아이에게 헛된 희망을 심어주는 것은 좋지 않습니다. 지금 아이에게 필요한 것은 헛된 희망이나 동정이 아니라 제대로 된 가정을 찾아주는 겁니다. 이 아이를 끝까지 책임질 자신이 없다면 처음부터 너무 깊은 정을 붙이지 않는 것이 서로에게 좋아요. 지금 민지에게 필요한 것은 제대로 된 가정과 부모의 품입니다."

연아는 원장님의 말이 옳다는 것을 인정하면서도, 눈에서 눈물이 쏟아지려는 것은 막을 수가 없었다. 위 아래로 오빠나 동생도 없이 혼자 외동딸이라는 것만으로도 외로웠던 시절이 있었는데, 지금 민지에게는 엄마도, 심지어는 아빠조차도 없다. 그것이 여덟살 여자아이에게 얼마만큼 커다란 두려움일지는 충분히 짐작이 되고도 남았다.

정민채 또한 민지가 떠나가는 모습을 지켜보며 마음이 착잡했다. '제대로 된 가정'이란 무엇을 말하는 걸까? 부모님이 모두 있는 가정? 그러나 민채는 지금까지 캄보디아, 미얀마, 라오스 등에서 부모가 아이들을 길거리에 구걸을 위해 내보내는 모습들을 너무 많이 보아왔다. 베트남에서 수없이 보아온 라이따이한들, 필리핀에서 유학온 유학생들이나 관광객들이 무책임하게 싸질러놓고 버리고 간 코피노들, 캄보디아 등에서 본 어린 한국인 2세들……. 그들에게 '제대로 된 가정'이란 도대체 무엇이란 말인가? 처음부터 책임질 생각도 의지도 없었던 한국인 아버지들. 아버지란 이름으로 불릴 자격도 없는 발정난 수컷들! 낯선 동남아의 나라들에서 만난 한국인의 얼굴을 한 현지 어린아이들의 모습에서 수없이 치를 떨었던 기억들이 새삼스럽게 민채를 분노케 했다.

거기에 비하면 민지는 차라리 복을 받은 편이다. 그래도 민지를 위해 애써 주는 공무원과, 민지를 받아줄 기초적인 제도와 시스템은 있는 나라에서 태어났으니까.

착잡한 마음에 민채는 퇴근 후 자전거로 남산이나 북악하늘길을 한 바퀴 돌아야겠다는 생각을 했다. 마음이 착잡할 때는 몸을 힘껏 움직여 땀을 빼는 것이 최고였다. 겨울날씨이긴 하지만 자전거로 남산과 북악을 한 바퀴 돌고나면 땀으로 흥건히 젖고도 남을 것이다. 답답한 마음에 민채는 자전거 안장 위에 몸을 실었다.

제4화
# 로맨스그레이

하늘이 낮게 내려앉았다. 노인의 얼굴에서 탱탱한 생기가 사라지고 검버섯이 짙어지듯 어둑어둑 날이 저물고 있었다. 장군봉은 동성주차장 관리실에 불을 켰다. 서서히 바빠질 시간이다. 간혹 빠져나가는 차들도 있었지만, 퇴근 시간이 지난 무렵부터는 들어오는 차들이 훨씬 많았다.

졸음을 쫓기 위해 장군봉은 또 한 잔의 커피를 마셨지만, 쏟아지는 잠을 이기기엔 역부족이었다. 출퇴근 시간이 한참 지나 드나드는 차들도 뜸하자 몇 번 졸았다 깼다를 반복했다 싶었는데 눈을 떠보니 어느새 자정에 가까워 있었다. 장군봉은 차 키들을 보관하는 사물함의 시건장치를 잘 잠그고, 관리실의 문도 잘 걸어 잠근 후 퇴근길에 올랐다.

살짝 저물어가는 보름달이긴 하지만 휘영청 달이 밝았다. 달빛과 보름달이 비추는 골목길을 걸어 장군봉은 집에 이르렀다. 잠겨있는 자물쇠를 열고 집안으로 들어섰다.

늦은 시간인데도 방안에 불이 환했다. 장군봉의 아내 조순이는 벽에 붙여놓은 하얀 종이 위에 크레파스로 이런 저런 그림들을 잔뜩 그려놓고 있었다. 다른 것은 이미 머릿속의 지우개가 다 지워버리고 없었지만, 학창시절의 꿈이었던 그림 그리는 일과, 남편인 자신의 얼굴을 용케 알아보는 것만으로도 장군봉은 감사했다. 조순이는 똥 싼 바지를 깔고 앉은 채 그림을 그리고 있었다.

"여보…… 요강에다가 누라니까 또 그냥 바지에 쌌소?"

장군봉은 그래도 싫은 기색을 하지 않고 내복 바지를 벗기고 성인용 기저귀를 벗겼다. 그리고는 아내를 화장실로 데려가 깨끗이 씻겼다. 아내가 찬물에 놀라지 않도록 따뜻한 물로 정성껏 닦아 주었다. 엉덩이살도 별로 없는 것이 요즘 들어 부쩍 말라가는 아내가 장군봉은 안쓰러웠다. 그 다음에는 똥이 묻어나온 바지를 빨고, 널고, 아내의 옷을 새것으로 갈아입힌 후 밥상을 차려 한 술 두 술 밥을 먹여 주었다. 이부자리를 깔고, 아내가 이미 그린 벽의 종이들을 떼어내고 내일을 위해 새 종이들을 스카치테이프로 다시 붙여놓았다. 어느덧 시계바늘은 한시 반을 훌쩍 지나 있었다.

어깨도 결리고 허리도 아파서 혼자 어깨를 툭툭 두드리며 안마를 하고 있는데, 아내가 말했다.

"오늘은? 오늘은…… 응?"

오늘 있었던 이야기를 해달라는 거다. 피곤하여 자리에 눕고 싶지만 장군봉은 하루 종일 아무도 없이 벽에다 그림만 그리며 혼자 지낸 아내가 안쓰러워, 오늘 있었던 일들을 들려주었다.

"오늘은 말이야, 무슨 일이 있었냐 하면…… 아침에 저기 옆골목에 사는 노인네 있잖아…… 당신보다 한 서너 살 정도 더 많아 보이던데…… 고물상 문이 잠겨서 내 관리실에서 쉬었다 갔고……"

장군봉은 자려고 자리에 누운 조순이의 머리맡에 앉아 머리를 쓰다듬어주며 계속 말을 이어갔다. "맨날 오토바이 타고 지나가는 소리가 누군지도 알았어. 내 또래겠더라구. 이 일 시작하면서 걱정하는 게 새벽에 깨는 거였잖아? 내가 그 양반 오토바이 소리 때문에 새벽에 깰 수 있었는데…… 또 목소리는 어찌나 큰지…… 아주 괄괄한 양반이더라구……

그리고 또 아침엔 백반집에다가 주문해서 김치찌개를 먹었고……, 아 다른 것도 좀 먹고 싶은데…… 주차장 사장이 식대를 사천 원으로 제한해놔서.

근데 그 식당 요즘 점점 맛이 없어지더라고…… 역시 김치찌개는 당신이 제일 잘 끓이는 데 말이야…… 북어대가리로 국물 낸 거 있잖아…… 이젠 다른 식당을 알아봐야겠어……

점심엔 관리실에서 라면을 끓여 먹었지. 당신도 알잖아. 그러면 삼천 원이나 절약되거든…….

오늘은 주차장에 차가 스무 대 정도 들어왔다 나갔어. 요즘 주차장이 잘 안 되서 걱정이야. 이런 산동네가 자꾸 재개발되고 아파트가 들어서니까. 아파트들은 주차장도 크게 잘해놓는다고 하더라고……

근데, 요즘 차들은 역시 좋더라고.. 내가 옛날에 몰던 차하고는 달라서 슬슬 밟아도 앞뒤로 잘 나가…… 요즘은 젊은 사람들도 무슨 돈이 그렇게 많은지 외제차들을 많이 몰고 다니더라고. 오늘도 외제차가 더 많이 들어왔어……

그런데 그런 차들은 비싸서 그런지 손님들이 여간 깐깐한 게 아니야. 젊은 사람들이 인사할 줄도 모르고, 그냥 차에 흠집 나면 안 된다는 이야기나 하고……
 그리고 또 뭐가 있더라……?'
 두런두런 하루 종일 있었던 이야기를 들려주는 사이에 조순이는 새근새근 잠이 들었다. 장군봉은 곱게 잠든 아내의 얼굴을 내려다보며 깊은 한숨을 쉬었다.
 "후우~"
 새벽 두시 반이었다. 그래도 한 시간 반은 잘 수 있겠네…… 장군봉은 생각했다.
 "여보, 당신의 수다가 그립구려……"
 장군봉은 잠든 아내의 어깨 위로 이불을 고쳐 덮어주며 혼잣말로 중얼거렸다.

* * *

 아내는 원래 쾌활하고 말이 많은 사람이었다. 장군봉은 5년 전 일을 떠올렸다.
 택시 운전을 마치고 집으로 돌아오면 아내가 밝은 목소리로 맞아주었다.
 "이구, 여보! 당신 흰머리가 왜 이렇게 또 많이 늘었어? 일루 와요. 내가 흰머리 뽑아줄게."
 "그냥 내버려 둬. 늙으면 머리 하얘지는 건 당연하구만."
 장군봉이 귀찮은 기색을 내어도 아내는 싫은 기색 없이 장군봉을 무릎에 눕혀놓고 흰머리를 뽑아주며 수다를 늘어놓곤 했다. "가만 좀 있어 봐요. 이쪽에 완전히 서리가 내렸네. 젊어 보이면 좋잖아요."
 "내가 젊어보여서 뭣에다 써. 나이도 낼 모레면 일흔인데……"

"됐어요! 당신은 대머리도 벗겨져서 머리까지 하얗게 세면 완전 팔십 넘은 노인네 같단 말이에요."

그러면서 장군봉을 무릎 위에 눕혀 놓고 조순이는 하루 종일 있었던 일들에 대해 미주알고주알 수다를 늘어놓기 시작했다.

"그러니까, 오늘 무슨 일이 있었냐 하면…… 아침에 시장에 갔더니 배추가 금값이잖아요. 이젠 만원 가지곤 김치는커녕 반찬 한 끼 찬거리도 못 만들겠지 뭐예요…… 어이고, 시장에 갔다 돌아오는데 요새 가시나들 옷은 왜 그리 짧아진데요? 손바닥만한 짧은 치마를 입고 다니는데, 이건 잘하면 아주 빤스까지 보이겠더라구요. 남사스러워서 말이지 호호호. 그리고 말이에요……"

흰머리를 뽑아주겠다고 해놓고 오늘도 날 잡아놓고 수다를 떠는군…… 하고 장군봉은 생각했다.

"……그리고 오늘 낮에 예천 사는 시조카한테서 전화가 왔는데 그 집 사위가 이번에 대기업에 입사를 했대나 뭐래나, 얼마나 자랑하는지…… 그런데 가만 듣다보니까 우리 애랑 자꾸 비교를 하는 것 같아서 뼬이 꼬이더라구요. 우리 사위가 요즘 사업이 많이 어렵다고 하던데 걱정이 많으시겠네요, 호호……거리는데, 그래서 내가 네 남편 바람기는 좀 잠잠해졌냐고 말을 돌리니까 그때서야 잠잠해지더라구요…… 어머~ 또 까만 머리 뽑았네?"

"당신 눈도 이제 나이 먹어서 예전 같지 않으니까 이제 차라리 염색을 하는 게 어떨까?"

"아니, 난 이게 더 좋아요. 좋잖우. 이렇게 마주보고 수다도 떨구……"

"나 원 참……"

"아, 내가 어디까지 이야기했더라…… 그집 남편이 예전부터 젊은 여자만 보면 아주…… 그래서 말이죠…… 그래 가지고…… 호호호……"

어쩌면 흰머리를 뽑아준다는 것은 아내의 핑계였을지 모른다고 장군봉은 생각했다. 아내는 그렇게 나와 이야기하는 것을 좋아했다. 그러나……

여느 때처럼 택시 운전을 마치고 귀가하는 길이었다.

"여보, 나 왔어. 여보~ 어디 갔나?" 다른 때 같으면 장군봉의 인기척에 먼저 뛰어나와 맞았을 아내였지만, 장군봉이 방안에 들어갈 때까지 아내인 조순이는 멍하니 벽을 바라보고 앉아 있었다.

"여보, 나 왔다니까?"

"응~"

정신을 놓고 있던 조순이는 한참 뒤에나 정신이 돌아온 듯했다.

"……아이구야! 내 정신 좀 봐. 호호호 여보 왔어요?"

"뭐해? 멍하니 앉아서 넋빠진 사람처럼……"

장군봉이 벗어준 외투를 옷장에 걸고 양말을 벗어 편한 차림으로 갈아입은 다음에야 조순이는 예전처럼 장군봉을 무릎 위에 눕힌 후 흰머리를 뽑아주려고 했다.

"얼른 누워봐요. 내가 흰머리 뽑아줄게."

"아이구야, 또 시작이구만……"

"가만 있어봐요."

"아, 이제 머리 반 이상이 흰 머리카락이야. 좀 내버려두자고. 정 하얀 머리가 보기 싫으면 염색을 하자니까. 이걸 언제 다 뽑아?"

말은 그렇게 해도 장군봉은 아내의 수다가 싫지 않았다.

"가만있어요. 오늘은 말이에요. 호호호 아침에 당신이 나가고 글쎄……"

조순이가 잠시 말을 잇지 못했다.

"그러니까…… 아침에 당신이 나가구…… 그러니까…… 음……"

"왜 그래?"

"그러니까…… 내 정신 좀 봐…… 내가 아침에 뭘 했더라……?"

농담처럼 장난처럼 장군봉은 아내를 놀렸다.

"어이구야. 어쩌나~ 이 할머니 치매 오셨구만?"

"그런가 봐요. 호호호."

조순이도 계면쩍은 듯 호들갑스럽게 웃었다.


그러나 그날 이후로 아내 조순이는 점점 말수가 줄어들었다. 허공을 바라보며 멍하게 앉아있는 시간이 많아졌고, 뭔가 애써 기억을 해내려 혼자서 중얼거리기도 했다.

어느 장마비 내리는 여름날이었다. 넋을 놓고 장마비를 바라보던 조순이가 문득 입을 열었다.

"여보, 당신 염색합시다."

"왜? 전에는 싫다며."

염색보다는 흰머리를 뽑아주면서 수다 떠는 걸 더 좋아하던 아내가 정색을 하고 염색을 하자고 하니 이상한 생각에 장군봉이 조순이에게 물었다.

"아니, 더 늦기 전에 내가 해줘야겠어."

그러더니 염색약과 머리빗을 가지고 왔다. 염색을 위해 장군봉의 얼마 남지 않은 머리를 가지런히 빗던 조순이가 말했다.

"요즘…… 좀 멍해. 그리고 기억이 잘 안 나……"

아내가 정성스럽게 머리를 빗어주는 손길을 느끼며 장군봉이 물었다.

"뭐가?"

한동안 말없이 머리를 빗겨주고 염색약을 골고루 발라주던 조순이가 말했다.

"뭐든."

장군봉은 더 이상 묻지 않았다. 묻지 않아도 그것이 무엇을 의미하는지 장군봉은 알고 있었다.

염색이 아주 잘 나왔다며, 오랜만에 조순이가 입가에 잔뜩 미소를 머금고 말했다.

"호호호. 이십년은 더 젊어 보이네."

하지만 장군봉은 더 이상 웃지 않았다. 거울 너머로 장군봉의 눈에는 이십년은 더 젊어진 자신의 모습보다는 이십년은 더 늙어버린 아내의 얼굴만이 가득했다. 그래도 장군봉은 울지 않았다.

그리고 얼마 후, 조순이는 예순여덟의 이른 나이에 치매에 걸렸다는 진단을 받았다.

점점 기억을 잃고, 점점 어린 시절로 돌아가기만 하는 조순이는 학창시절, 유년시절에 머무는 듯했다. 그렇게 젊은 시절 입버릇처럼 말하던 그림그리기를 마음껏 시작했다. 아무 데나 연필이나 크레파스만 잡으면 낙서를 해서, 장군봉은 벽 한쪽 면에 A3 복사지들을 가득 붙여주었다. 처음에는 자꾸만 낙서하는 도배지를 대신할 요량이었으나 조순이가 복사지를 캔버스처럼 여기면서부터는 둘 사이의 암묵적인 약속이나 되듯 조순이는 그리고, 장군봉은 종이를 다시 붙이는 나날들이 계속되었다.

지우개로 하나하나 지워가듯 기억들이 지워져 가는데도 조순이의 마음 한켠에는 장군봉의 흰 머리칼에 대한 기억이 남아있었던 것일까. 어느 날 검정색 크레파스로 벽에 붙인 흰 백지에 그림을 그리던 조순이가 장군봉에게 다가와서 검정색 크레파스로 장군봉의 흰 머리칼을 검게 칠하기 시작했다.

"이렇게, 이렇게……"

조순이는 나름대로 최선을 다해 장군봉의 흰머리를 검은색으로 칠해주려 애를 썼다.

"내가 할게, 여보."

늘 아내가 해주던 염색약과 빗을 들고 거울을 보던 장군봉은 홀로 흰머리에 염색약을 발랐다. 눈물이 흘렀다.

"여보, 오늘 당신은 집에서 뭐했어?"

늘 장군봉에게 하루 종일 있었던 일들을 미주알고주알 수다로 늘어놓기 바빴던 조순이는 더 이상 없었다. 지금은 자기만의 세계에 빠져 열심히 벽에다 그림을 그리고 있는 병든 아내만 있을 뿐이었다.

"여보, 난 말이야…… 아침에 나가서 주차장 일을 알아봤어. 마침 나같은 노인도 할 수 있는 일이 있다고 하더라고…… 물론 내가 택시 몰던 것보다는 돈을 많이 받는 것은 아닌데…… 그래도 집에서 가깝고…… 당신이 어디 아프면…… 내가 금방 집으로 올 수도 있고……"

그때부터 장군봉의 수다가 시작되었다. 원래 장군봉은 말수가 적은 사람이었다. 하지만, 아내의 수다를 더 이상 들을 수 없게 된 장군봉은, 아내가 치매에 걸리지 않았다면, 아내가 나였다면 어떻게 했을까 생각하며, 아내가 늘 그랬듯이 조순이에게 수다를 늘어놓기 시작했다.

그때였다. 조순이가 장군봉에게 다가와 아는 체를 했다. 그제서야 장군봉은 염색이 다 되어 옛날 모습을 찾으니 아내가 나를 알아본다는 것을 깨달았다.

조순이는 장군봉을 보며 방긋 웃으며 소매를 붙잡고 계속 보채기 시작했다.

"허허…… 내가 이렇게 이야기해주니까 좋아? 당신이 이렇게 좋아하는 줄 알았으면 진작에 이야기 많이 해줄 걸……"

장군봉은 모처럼 방긋 웃는 조순이의 웃음이 좋았다. 처녀시절 첫눈에 반한 그 웃음이 아직 여전히 남아 있었다.

"그래…… 그래…… 앞으로는 내가 밖에 나가서 있었던 일을, 예전에 당신이 나한테 했던 것처럼 다 이야기해줄게……. 그래서 말이야…… 그 주차장이 말이지…… 아마도 다음 주부터는 출근하게 될 것 같은데, 사장도 좀 깐깐해 보이고…… 다른 건 그렇다 치고 새벽에 일어나는 게 문제야. 다섯 시까지는 가야 하는데, 어떻게 제 시간에 일어날 수나 있을지……"

장군봉이 예전에 조순이가 하던 것처럼 수다를 늘어놓은 사이, 조순이는 편안하게 장군봉의 어깨에 기대어 잠들어 있었다.

……그렇게 세월이 흘렀다. 어김없이 새벽 네 시면 오토바이소리가 골목길을 돌아 장군봉을 자명종처럼 깨워줬고 장군봉은 자리에서 일어나 아내를 위한 소박한 밥상을 준비하고는 출근을 시작했다. 그렇게 몇 년……. 늘 장군봉을 자기 무릎에 눕히고 수다를 떨어놓던 조순이는 장군봉의 무릎을 베고 수다를 들었다. 장군봉이 수다를 늘어놓는 그 순간만큼은 예전의 조순이, 그 모습 그대로라고 장군봉은 생각했다. 사랑해, 여보. 미안해, 여보. 고마워, 여보……

*  *  *

이제는 더 이상 엇갈리지 않아도 되었다. 애써 만나려고 해도 자꾸만 엇갈리기만 하더니, 이젠 김만석에게도 나름의 요령이 생겼다. 하루에 서너 차례 고물상을 오가는 송씨의 동선을 파악한 것이다. 니미, 진작에 이럴 걸. 그동안에 괜한 개고생을.

160번지 언덕 위로 송씨의 리어카 모습이 보이자 김만석은 미리 따끈따끈하게 엔진을 덥혀둔 오토바이를 타고 승전보를 알리는 장수처럼 단숨에 언덕길을 치고 올라갔다.

"또 만났구만."

짐짓 우연히 만난 척 김만석은 슬쩍 인사를 던지고 오토바이를 언덕 위에 세웠다. 그러고는 슬그머니 송씨의 리어카 뒤쪽을 붙잡고 언덕 아래까지 에스코트했다. 송씨도 김만석이 뒤따라오는 걸 알지만 모른 척했다.

"고마워요."

"내가 뭘 어쨌다고? 가끔씩은 이렇게 운동하고 해야 혈액순환에 좋다구."

김만석은 공연히 계면쩍은 마음에 달밤에 체조를 시작했다. 헛둘 하나둘. 뼈마디에서 우둑둑 뼛소리가 났다. 챙피하게시리.

"그럼, 나 가네."

니미, 쪽팔리게 거기서 뼛소리가 날게 뭐람. 나도 허리가 예전 같지 않어. 쪽팔리는 마음에 구시렁거리며 올라가는 김만석을 송씨가 불러 세웠다.

"여기 좀 봐요!"

꽤 큰 고함소리에 김만석이 돌아보니 송씨가 김만석을 향해 손가락으로 가리키며 뭐라고 말하고 있었다.

"저기…… 그거……"

아, 맞다, 우유! 송씨에게 주려고 주머니에 하나 챙겨온 우유를 깜빡했다.

"뭐, 어차피 남는 우유라…… 어따 버릴 데도 없고…… 그냥 마시라고……"

우유를 건네받으며, 송씨는 괜히 주책을 부렸나 생각했다. 모른 척 할 걸.

"그리고말야…… 나, 내일은 우유배달 안 나와. 일요일은 원래 쉬어."

송씨가 고개를 들어 김만석을 쳐다보았다. 그리고 김만석이 알아들을 수 있게 또박또박 말했다.

"알고 있어요."

그래서 일요일은 저도 매번 조금씩 늦지요.

"그래? 알고 있었어? 알고 있었구나~. 난~ 또. 모르는 줄 알았지!"

김만석의 입이 귀에 걸렸다.

\*\*\*

관리실에 앉아 졸고 있는 장군봉을 준범이 깨웠다.

"할아버지. 지난번에 고물상에 자명종 들어오면 하나 달라구 하셨쥬?"

장군봉은 화들짝 깨어 고개를 들었다. 잠이 부족해 늘 졸기는 하지만, 언제 차가 드나들지 모르니 늘 가수면 상태라 조그만 소리에도 금세 잠을 깨곤 했다.

"그래, 좋은 거 들어왔어?"

"여기 있슈. 오늘 하나 들어왔는데, 시간은 잘 맞아유. 알람도 잘 울리는 거 같구유."

장군봉이 시계를 이리저리 살펴보았다. 마음에 들었다. 거의 새것 같았다.

"허허. 요새는 이렇게 멀쩡한 새것도 그냥 버리는 사람들이 있네."

"근데, 이거 너무 믿으시믄 안 돼유. 그냥 이건 보조알람이다 생각하셔유. 아시잖아유. 저도 그저께 알람 믿고 자다가 알람 안 울려서 지각한 거유. 그때도 아부지 아니었음 대낮까지 잘 뻔했어유."

"어쨌든 고마워. 잘 쓰겠네. 어차피 일요일만 쓸 거라 괜찮아."

"일요일만유? 그럼 다른 날은 누가 깨워줘유?"

"그런 게 있어. 잘 쓸게. 고마우이."

장군봉은 앞으로는 일요일도 늦게 일어날까봐 선잠 들지 않고 푹 잠들 수 있을 거란 생각에 기쁜 마음으로 알람시계를 소중히 챙겼다.

\* \* \*

7년째 우유배달에 생체시계가 맞춰진 김만석은 일요일에도 어김없이 세시에 일어났다. 일요일이면 늘 하던 대로 김만석은 거실로 나가 텔레비전을 틀었다. 딱히 챙겨보는 프로그램이 있는 것은 아니어서 김만석은 24시간 뉴스채널을 틀어놓고 세상 돌아가는 일이나 눈동냥했다. 아직 이른 새벽이라 혹시 애들이라도 깰까봐 보청기를 끼고 텔레비전 앞에 바짝 다가앉아 소리를 줄여놓고 보았다.
  뉴스도 별로 볼만한 게 없었다. 리모콘으로 다른 채널들을 이리 저리 돌려보고 있는데 잠옷차림으로 부스스한 머리를 한 채 연아가 거실로 걸어나왔.
  "할아버지. 벌써 일어났어? 일요일 하루 쉬는데, 오늘 하루라도 푹 주무시지……"
  이놈은 항상 이 모양이다. 친하다고 반말 했다가, 높인다고 존댓말 했다가. 순전히 제 맘.
  "그러는 넌 이 시간에 안 자고 왜 일어났어?"
  "화장실 갔다가 이제 자려고요……"
  화장실로 가려던 연아가 문득 뭔가를 발견하고는 쪼르르 달려와 김만석 옆에 쪼그리고 앉았다.
  "할아버지, 보청기 하니까 잘 들리죠?"
  김만석은 고개를 끄덕였다.
  "그러니까 앞으로 어디 나갈 때 보청기는 꼭 챙겨다녀."
  끄덕끄덕.
  "그거 내가 첫 월급 타서 할아버지 사드린 건데, 그것도 벌써 한참이다. 그치?"

"그래, 동사무소 일은 할만해?"

"요새는 동사무소가 아니라 주민센터라고 몇 번을 말해줘도 할아버진 아직도 동사무소래?"

"동사무소나 주민센터나……"

"요새 경기가 어렵다보니까 어려운 분들이 너무 많아서 걱정이에요. 사회복지사가 되고 공무원이 되면 어려운 사람들을 마음껏 도와줄 수 있어서 좋겠다 싶었는데…… 예산은 쥐꼬리만하고 도와드려야 할 곳은 너무 많고……"

"근데 노령기초연금인가 노인수당인가 그거 있잖냐? 한달에 몇 만원 나오는 거? 그거 노인이면 누구한테나 다 나오냐?"

"나이되고 자격되면 누구한테나 나오지 그럼. 왜 할아버지? 누구 챙겨줄 사람이라도 있어?"

"그러니까 흠……"

김만석은 얼핏 송씨 할머니를 떠올렸으나 가만 생각하니 성도 이름도, 아무 것도 아는 게 없다는 생각이 들어 말꼬리를 감췄다.

"아니다 됐다. 일 봐라."

"아함~ 졸려. 그럼 난 들어가 잘게, 할아버지."

\* \* \*

"아이구…… 역시 조금 늦었네."

우유배달 오토바이가 지나가지 않는 일요일이면 매번 조금씩 늦곤 했는데, 역시나였다. 송씨는 다른 때보다 더 늦은 시각이라 서둘러 고물상을 향해 총총 발걸음을 재촉했다.

고물상에 도착해보니 주차장 관리실에 불이 꺼져 있었다. 평소 늘 같은 시간에 출근하는 사람인데, 자신이 늦었는데도 아직 출근을 안했다니 송씨는 걱정이 되었다.

"오늘 옆에 주차장은 쉬는 날인가 보네요?"

준범이 놀라 물었다.

"엥? 여적 불이 꺼져 있어유? 주차장은 원래 하루도 안 쉬어유. 워쩐대유? 아무래도 제가 드린 자명종이 맛이 갔나 보내유. 주차장 할아버지가 일요일만 쓰면 된다구, 고물상에 자명종 들어오는 거 있으면 하나 달라고 해서 드렸는데…… 그게 고장난 거 아닌가 모르겠어유."

일요일만? 그럼 그 노인네도 나처럼 오토바이 소리에 잠을 깨는가 보네.

"자명종 땜에 못 일어나신 거면 죄송해서 어쩌지유?"

준범이 걱정스러운 표정으로 장군봉이 내려와야 할 골목길 쪽을 바라보았다.

그 시각, 장군봉은 세상모르고 잠들었다. 새로 구한 알람시계를 머리맡에 두고 새벽 네시에 알람을 맞추어 놓았지만, 벽걸이 시계가 세시를 지나고 네시를 지나고 다섯시 반에 가까워갈 동안, 알람시계는 여전히 세시를 조금 지난 시간에서 시계바늘이 멈추어 있었다.

장군봉이 일어난 시간은 다섯시 오십분이 다 되어서였다. 끄응. 지금이 몇 시야?

"어, 이런!"

여섯시가 다 되었다. 장군봉은 자리에서 벌떡 일어나 급히 주섬주섬 옷을 꿰찼다. 그리고는 세수도 생략하고 급히 후다닥 자리를 뛰쳐나왔다. 급히 나오느라 장군봉은 대문 자물쇠를 잠그는 것도 깜빡했다. 마음이 급했다.

추운 겨울날이지만 온몸에 땀이 날 정도로 허겁지겁 달려온 장군봉은 주차장 관리실 문을 열었다. 다행히 기다리는 손님은 없었다. 하마터면 큰일날 뻔했어. 그렇지 않아도 주차장에 차들이 줄어드는데, 다행이야. 장군봉이 관리실의 불을 켜고, 난로 심지에 불을 붙이는 그때, 장군봉의 집 대문이 빼곡 열렸다. 그리고 내복차림의 조순이가 대문을 빠져나왔다.

* * *

"오늘은…… 좀 늦었구만?"

김만석이었다. 송씨는 160번지 내리막길을 내려가는 초입에서 서성이는 김만석을 보았다.

"어? 오늘은 일요일이라…… 쉬는 날이시라더니…… 왜?"

"왜긴 왜야? 바람도 쐴 겸 운동도 좀 하러 나왔지" 김만석이 딴청을 피며 대답했다. 이 추운 겨울날씨에 바람은. 송씨는 김만석의 말이 핑계일 뿐이란 것을 알았다. 그러나 아무런 말도 하지 않았다. 무슨 말을 할 것인가.

"거, 그쪽은 가던 길, 안 가나?"

송씨는 말없이 160번지 내리막길을 내려가기 시작했다. 김만석이 뒤에서 리어카를 잡아주었다. 한결 수월했다.

송씨와 헤어지기 전, 김만석은 며칠 전부터 하고 싶었던 말을 하기 위해 조심스레 입을 열었다. 그래서 일부러 보청기까지 챙겨왔다.

"거…… 그러고보니 우리 아직 통성명도 안 했네. 인사나 나눕시다. 난 김해 김씨, 김가고, 일만 만자에 밝을 석자 쓰네. 김만석이야. 거기는…… 이름이 어떻게 되나?"

"어…… 그게…… 제 이름은 송씨에요."

"성은 송가고…… 이름은?"

"저기 그러니까…… 그러니까……"

송씨가 자꾸 망설이는 게 자신이 말을 잘 못 알아듣기 때문이란 생각에 김만석이 말했다.

"오늘은 귀 잘 들려. 오늘은 오토바이를 안 갖고 나와서 보청기를 끼고 왔거든."

"……"

"아, 이름 없어?"

묵묵히 고개를 숙이고 있던 송씨가 갑자기 고개를 들며 말했다.

"네. 이름이 없어요. 어릴 적부터 이름이 없었어요. 그래서…… 송씨, 그게 어쩌다 내 이름이 되었어요. 송씨. 그게 내 이름이에요."

* * *

반나절 동안 십여 대의 차들이 들어오거나 빠져나갔다. 뭐라고 설명하기는 힘들지만 뭔가 허전하고 불안한 마음이 장군봉의 마음 한구석에 자리했다. 뭐지? 뭘 빠뜨렸나? 영희네가 요즘 통 소식이 없더니 무슨 일이 생긴 건가. 불안한 마음으로 찜찜해하고 있을 때 새로 들어온 차가 빵빵 울리며 장군봉을 불렀다. 장군봉은 얼른 달려가 키를 받고 차를 주차장에 가지런히 주차시켰다. 열쇠보관함에 꽂아두기 위해 열쇠를 쳐다보는 순간, 장군봉은 오늘 출근하면서 대문 자물쇠를 잠갔는지 안 잠갔는지 자신이 없었다. 불안한 마음에 관리실과 주차장 입구를 오가며 곰곰이 생각했다. 아무래도 자물쇠를 잠근 기억이 없었다.

마침 고물상 안에서 나오는 준범이 보였다.

"여보게, 준범이. 자네 운전할 줄 아나?"

"예? 전 트럭은 몰 줄 아는데…… 왜유?"

"나 잠깐 집에 급히 갔다 올 일이 있어서 그러는데 자네가 주차장 잠깐만 좀 봐주게."

준범이 난감한 표정을 지으며 말했다.

"전 1종밖에 안 몰아봐서 자신이 없는데유…… 주차장엔 오토가 더 많이 들오잖유. 지가 오토는 한 번도 못 몰아봐서유…… 괜히 차에 흠집이라도 내면 어쩐대유? 괜찮겠어유?" 듣고보니 그도 문제라 장군봉은 난감했다.

"이거 어쩌지……"

그때 마침 리어카를 끌고 오는 송씨 할머니가 보였다. 맞아, 저 할머니가 집이 같은 방향이지. 장군봉은 송씨가 가져온 파지 등을 모두 내리고 셈을 치르는 동안 기다렸다가 송씨에게 말을 꺼냈다.

"저기…… 일은 다 끝나신 건가요?"

"아, 예."

"저기, 일 끝나시고 집으로 바로 가시지요?"

"네, 집에 가는데."

"저…… 염치없지만 부탁이 하나 있는데요.."

장군봉은 자신의 집 위치를 자세히 설명하고 대문이 잘 잠겼는지, 아내가 잘 있는지를 확인해달라고 부탁했다.

"제가 사는 집이 거기 할머니가 사는 집에서 몇 발짝 안 떨어져 있거든요. 골목 안쪽으로 세 집 건너인데 나무로 된 파란대문이지요. 나올 때 제가 급하게 나오느라 아무도 대문을 잠그지 않은 것 같은데, 괜찮으시면 가시는 길에 저희 집에 가서 대문 좀 잠가 주시겠어요? 혹시라도 몰라서……"

"아이고, 어쩐대요? 도둑이라도 들면……"

"그게 아니라 아내가 걱정돼서…… 그러니까 그냥…… 제 아내만 잘 있나 봐주시면 정말 고맙겠습니다."

송씨가 장군봉의 집에 도착했을 때, 자물쇠는 잠겨 있지 않았고 대문은 살짝 열려 있었다. 송씨는 혹시나 하는 마음에 집안으로 걸음을 옮겼다. 현관문도 열려 있었다.

"계세요? 아무도 없어요?"

조심스럽게 신발을 벗고 방안을 둘러보았다. 아무도 없었다. 방안에는 벽 한쪽에 하얀 백지들만 붙어 있고, 그곳에는 그리다만 낙서만 있을 뿐, 사람은 아무도 없었다.

이거 큰일 났구나, 송씨는 생각했다.

송씨는 급히 주차장으로 돌아가 장군봉에게 소식을 전했다.

"대문이 열려 있고, 집 안엔 아무도 없어요……"

"아무도 없다고요?"

평소에 침착한 장군봉이었지만, 송씨의 이야기를 듣고서는 도화지처럼 머릿속이 하얘졌다.

"아이고야~! 여보!"

송씨나 준범에게 주차장을 부탁할 겨를도 없었다. 장군봉은 집을 향해 최대한 빠른 속도로 전력질주를 했다. 쓰고 있던 모자가 벗겨지고, 대머리인 양옆으로 얼마 남지 않은 머리카락들이 아무렇게나 헝클어져 휘날렸다. 늙은 몸이라 다리가 마음처럼 움직여주지 않는 게 그렇게 원망스러울 수 없었다.

송씨는 고물상 준범에게 주차장을 대신 좀 부탁한다는 말을 전하고 장군봉의 뒤를 쫓아 바쁜 걸음을 옮겼다. 아까 내려올 때 한 차례 무리를 한 탓인지 아직도 다리가 후들거렸다.

***

늘 집안에만 갇혀 있자니 답답했다. 화가가 꿈이었던 꿈 많은 소녀 조순이는 미군부대에서 운전기사를 하던 장군봉을 만나, 부모님의 반대를 무릅쓰고 결혼했다. 미군부대 근처에서 클럽을 운영하며 나름 유지노릇을 하던 조순이의 부모님이 미군부대에서 배운 운전면허로 택시나 몰던 전쟁고아인 장군봉을 반대한 것은 당연했다. 부모님의 도움이 끊기면서 화가의 꿈도 접었다. 오로지 사람 하나 좋은 장군봉을 만난 것으로 어릴 적부터 키워오던 소녀 조순이의 꿈은, 장군봉의 아내 조순이 그리고 세 남매의 어머니인 조순이의 몸에 갇혔다. 조순이 안에 있던 화가는 아들 장영철과 장영수, 그리고 막내 장영희의 꿈을 그리는 주부로 바뀌었다.

아이들이 크고, 그 아이들이 자라면서 이제는 아이들 대신 손자 손녀를 업어서 키우면서 화가를 꿈꾸던 조순이의 꿈은 잊혀졌다. 손자 손녀들까지 다 커서 학교에 들어가고 제 부모들을 찾아 떠나면서 집안에는 아이들의 웃음소리가 그쳤다. 이제 바라볼 것은 평생을 택시운전으로 고생한 늙은 남편 장군봉 뿐이었다. 남편이 돌아오면 하루 종일 참았던 이야기들을 토해내었지만, 피곤한 남편은 곧 잠이 들곤 했다. 조순이가 사랑했던 전쟁고아도 이젠 나이든 할아버지가 되었다. 밤늦게 귀가하는 남편을 기다리면서 조순이는 마을 놀이터에 나갔다. 그래도 그곳에는 왁자지껄한 아이들의 웃음소리가 있었다. 그러나 오래된 집들이 사라지고, 아파트가 들어서고, 놀이터에선 아이들의 웃음소리마저 사라졌다.

그때부터였을 것이다. 아내 조순이, 엄마 조순이, 할머니 조순이가 사라지고,

소녀 조순이가 찾아온 것. 평생을 잊고 살았던 화가를 꿈꾸던 소녀가 조순이를 찾아오면서 조순이는 마침내 꿈을 찾았다. 그리고는 아내로, 엄마로, 할머니로 지냈던 모든 기억들을 잊었다. 조순이의 몸 한쪽 구석에 씨앗처럼 숨어있던 꿈이 새롭게 자라나면서, 조순이는 그대신 평생을 살아왔던 모든 삶의 기억들을 잊어버렸다.

와자지껄한 아이들이 그리웠다. 아이들이 땅바닥에 그리는 그림들, 얼토당토 않은 이야기로 꾸며내는 와자지껄 황당한 꿈들…… 그러나 그 꿈을 그리기엔 조순이는 너무 늙었고, 너무 많은 시간들을 잃어버렸다. 장군봉이 벽에다 붙여놓은 백지 위에만 그리기엔 조순이가 그리고 싶은 것들은 너무 많았다. 조순이의 머릿속에서 너무 많은 것들이 녹슬어 버렸다. 그 모든 것들을 잃어버리고, 단 하나 조순이가 찾은 것은 어린 시절 화가를 꿈꾸던 소녀의 기억이었다.

그렇게 치매가 시작되었다.


늘 잠겨있던 파란 문이 열려 있었다. 파란 하늘, 파란 꿈, 파란 크레파스. 소녀는 어린 시절 늘 그래왔듯이 맨발로 땅바닥을 밟으며 산들산들 나들이를 시작했다. 대문을 나서면 모든 것들은 푸르고 싱그러웠다. 파란 하늘, 푸른 나무들, 길가의 꽃들, 흙냄새…… 아, 이 모든 것들을 그리고 싶어. 저 노랗게 이글거리는 태양까지도, 꽃잎 한 장까지도…… 그릴래, 그릴래.

그런데 놀이터에는 아이들이 없었다. 함께 놀던 친구들도, 키 작은 나무들도 모두 사라지고 없었다. 소녀 순이는 오지 않는 친구들을 기다리며 놀이터 바닥에다 나뭇가지로 그림을 그렸다. 바닥 가득 점점 더 많은, 점점 더 큰 그림을 그려

넣었다. 할 수만 있다면 이 세상 모든 것을 다 그리고 싶었다. 세상은 조순이에겐 커다란 한 장의 도화지였다.

그런데, 갑자기 세상의 색깔이 변했다. 파랗고 초록이던 색깔들이 어둡고 칙칙한 회색으로 변했다. 그리고 따스하던 봄이 갑자기 찬바람 불고 눈발 날리는 한겨울로 변했다. 발이 시렵고 손이 떨렸다. 온몸이 으슬으슬 추웠다. 엄마, 무서워. 집에 가고 싶어. 소녀 순이는 낯선 서울의 달동네에서 길을 잃었다.

*＊＊＊*

일요일이라 우유배달도 없이 집에만 있자니 몸에 좀이 쑤시기 시작한 김만석은 잠바를 꺼내 입고, 마실을 나섰다. 딱히 목적지가 정해진 것은 아니었다. 김만석의 발길이 향한 것은 늘 가던 마을 놀이터였다.

놀이터 운동장 한복판에 분홍색 내복을 입은 웬 할머니가 나뭇가지로 그림을 그리고 있었다. 뭐야, 저 노인네? 이 추운 겨울에 내복만 입고 흙장난이라니 춥지도 않나? 저 노인네가 미쳤나?

지나는 길에 슬쩍 곁눈질해보니 실성한 노인인 듯했다. 김만석은 혀목탁을 끌끌 두드렸다.

"쯧쯧쯧……."

그때였다. 뭔가 흙을 쥐고 조물락거리던 할머니가 흙을 입안에 집어넣으려 하고 있었다. 김만석은 자기도 모르게 버럭 고함이 나왔다.

"그걸 왜 먹어? 드럽게!" 소녀 조순이는 고함지르는 동네 아저씨를 올려다보았다. 저 아저씨는 먹을 수 있는 흙이 있다는 걸 모르나봐? 얼마나 맛있는데……

"에~?"

조순이가 아저씨를 쳐다보았다. 아저씨는 무서운 표정을 지으며 조순이에게 윽박질렀다.

"땅거지야, 땅거지? 드럽게 그 걸 왜 집어먹어!" 무서운 아저씨다. 말대답했다가는 더 혼날지도 몰라. 조순이는 그냥 해맑게 웃었다.

"헤, 헤에~."

추워서인지, 무서워서인지 입술이 파랗게 질리며 떨려왔다. 엄마, 무서워. 집에 가고 싶어.

\*\*\*

"아, 여기 보호자 없어? 여기 이 노인네 데리고 나온 사람 없냐고?"

마을 놀이터에서 주변의 주택가들을 향해 김만석은 고래고래 고함을 질러보았지만, 목만 아플 뿐 누구 하나 나타나거나 대답하는 사람이 없었다. 이런 젠장할. 정신 나간 노인네를 혼자 밖에 내보내면 어쩌자는 거야?

"이봐, 할멈. 여기 혼자 나왔어?"

답답한 마음에 김만석은 조순이에게 물었다.

"응? 에? 에헤헤."

말귀도 못 알아듣는지 돌아온 대답은 엉뚱한 웃음소리뿐이었다.

"이런, 썩을……"

뭐, 내 일도 아니고, 좀 있으면 누가 데리러 오겠지 뭐. 오거나 말거나!

김만석이 애써 외면하고 발걸음을 돌리는데 조순이가 땅바닥에 그림을 그리며 혼잣말을 했다.

"여보오~"

김만석은 왠지 그 말에 가슴이 철렁 내려앉는 느낌이었다. 오랫동안 가슴을 무겁게 내리누르던 그것이 더욱 가슴을 답답하게 하는 듯했다.

"헤에…… 여보오~"

김만석은 걸음을 멈추고 조순이를 바라보았다. 조순이의 얼굴에 이미 세상을 떠난 아내의 얼굴이 겹쳐져 떠올랐다.

'여보오~ 같이 좀 가요.'

언제나 김만석이 앞장서서 성큼성큼 걸어가면 뒤에서 짐을 들고 낑낑대며 뒤쳐져 오던 아내는 김만석을 그렇게 불러 세웠다. 그러면서도 아내는 한 번도 대신 짐을 들어달라고 한 적도 없었다. 당연히 짐은 자신의 몫이라 여기는 듯했다. 남편이 하늘이면, 아내는 땅이라면서.

니미, 짐이라도 좀 들어달라고 하든가! 그랬으면 내가 좀 덜 미안했잖아!

"저렇게 두고 가면 감기 걸리겠지?"

병색이 완연한 모습으로 병원에 누워있던 아내의 얼굴이 아른거렸다. 빌어먹을 오지랖!

\* \* \*

장군봉이 숨을 헐떡거리며 집에 도착해보니 문은 열려 있고 아내는 없었다. 아내가 그리다만 그림만 벽 한 귀퉁이에 남아 있을 뿐이었다. 풀잎과 꽃 그림이었다. 장군봉은 허둥허둥 집밖을 나섰다. 뒤늦게 따라온 송씨가 한마디 했다.

"저…… 잠깐 바람이라도 쐬러 나가신 거겠지요. 집에서 기다리시면……"

송씨의 말을 들었는지 못 들었는지 장군봉은 벌써 대문을 나서 골목을 두리번거리고 있었다.

"저기요! 저도 도와드릴게요. 아내 되시는 분의 이름이 어떻게 되지요?"

아직도 거친 숨을 하악하악 헐떡거리며 장군봉이 입을 열었다. 장군봉의 안경 너머로 눈물이 가득 고였다.

"내 아내는…… 내 아내는…… 치매란 말이오. 자기 이름을 불러도 알아듣지도 못해요."

장군봉의 뺨으로 두 줄기 눈물이 흘러내렸다.

아! 그랬구나……

"그럼, 어떻게 생기셨는데요?"

장군봉은 송씨에게 급히 조순이의 생김새를 설명해주고는 골목 여기저기로 뛰어다녔다. 많이 말랐고, 짧은 흰머리에, 분홍색 내복을 입고 있을 거라고 했다. 송씨도 잰 걸음을 옮기며 분홍색 내복을 입은 흰머리 할머니를 찾아다니기 시작했다.

\*\*\*

"니미! 도대체 언제까지 이러고 있어야 되는 거야?"

조순이에게 잠바를 벗어주고서는 김만석은 살을 파고드는 한기에 오들오들 떨며 구시렁거렸다. 일단은 보호자가 올 때까지 놀이터 벤치에 앉아 기다려 보기로 했으나 오지게 추운 날씨라 슬금슬금 짜증이 기어오르기 시작했다.

"씨부랄. 얼어 뒈지겠네. 이봐! 집이 어디야? 할멈 사는 집이 어디냐고?"

"집?"

"그래. 집! 자기가 사는 집이 어딘지도 몰라?"

이젠 발까지 시려왔다. 미친 할망구 추울까봐 신발까지 벗어준 탓이다. 그래도 양말은 안 벗어주길 잘했다. 손이 시려워 겨드랑이 사이에 껴 넣고, 발은 벤치 위로 올려 양반다리를 했다. 그때였다. 조순이가 김만석의 머리를 만지작거리며 입을 열었다.

"머리가 하얘."

"당연히 하얗지. 내 나이가 몇인데."

"이러면 안돼. 늙으면."

이 할망구 정신이 돌아온 거야. 아니면 아직 나가 있는 거야? 자신의 머리를 만지작거리는 조순이를 보며 김만석은 머리를 굴려보았으나 확신이 서지 않았다.

"오늘은 뭐했어?"

조순이가 물었다.

"뭐?"

"나 심심해. 오늘 뭐했는지 얘기해줘."

이런 니미. 내 옷 내 신발 다 벗어주고 노망든 할망구한테 말동무까지 해줘야 되는구만.

"오늘 뭐했는데?"

"아 좀 가만 있어봐. 한다고!"

그래도 뭐, 생각을 좀 정리는 하고 말을 해야 할 거 아니냐고!

"그러니까 오늘은 말이지…… 무슨 일이 있었느냐 하면 말이지…… 그러니까……"

이런 저런 이야기를 주절주절 늘어놓으면서도 김만석의 머릿속에 떠오르는 생각은 하나였다. 도대체 이 할망구 집이 어디야! 보호자는 대체 언제 오는 거야!

빌어먹을! 이야기거리도 다 떨어졌다. 평일에는 우유배달 다니고 일요일에는 집에서 텔레비전 보다가…… 그리고 오늘은 미친 할망구 만난 게 전부다. 뭐 이야기꺼리가 있어야 길게 이야기를 하지. 젠장!

"도대체 할멈 집이 어디야?" 이야기꺼리가 떨어진 김에 별 생각 없이 물은 말에 조순이가 손가락을 뻗어 어딘가를 가리켰다.

"저어기."

"엥? 저기 어디쯤이야? 더럽게 머네. 그래? 저쪽 가면 집을 찾을 수 있는 거지?"

앉아서 얼음등신불이 되느니 집이라도 한번 찾아보자 싶어 김만석이 다시 한번 되물은 질문에 조순이는 해맑은 웃음만 지어 보였다.

그대를 사랑합니다 113

"헤에……"

젠장. 믿어도 되는 거야, 이거? 일단은 밑져야 본전이니 한번 저질러 보기로 했다. 김만석은 조순이의 손을 잡고 이끌어 자신의 집 앞까지 데리고 갔다.

"애들한테 걸리면 챙피하니까 여기 잠자코 기다리고 있어."

연아 애비나 애미에게 들키면 늦바람이라도 난 줄 오해받기 십상이다. 그렇지 않으면 집안까지 들어가서 옷가지랑 신발이라도 좀 챙겨 나올 수 있는데, 혹시라도 들킬까봐 김만석은 마당에 세워둔 오토바이만 살짝 끌고 나왔다. 발이 시려웠다.

"와아, 오도바이다."

조순이가 오토바이를 보고 좋아라 했다. 김만석은 조순이가 오토바이에서 떨어지지 않도록 짐받이에서 오토바이 줄을 꺼내 조순이와 자신의 몸을 단단히 묶었다.

"아야! 아퍼."

"미안 미안. 어디 아퍼?' 조순이가 상의를 열어 배를 보여주는데 깡마른데다가 군데군데 멍까지 들어 있었다.

"자, 조심해서 다시 살살 묶을게. 자아~ 저쪽 언덕 밑에 할멈 집이 있다고 했지?'

김만석은 오토바이 엔진소리도 경쾌하게 부퉁부퉁 부타타타타 출발했다. 골목 사이로 길게 늘어선 파란 하늘 가운데에 구름이 흘러가고 그 사이로 태양이 빛나고 있었다. 갑자기 뒤에 탄 조순이가 어린아이처럼 탄성을 질렀다.

"우와아아~"

조순이의 눈에 파란 하늘과 하얀 구름, 그리고 노란 태양이 들어왔다. 그리고 하늘에서 노란색 분홍색 빨간색 코스모스 꽃잎들이 바람개비처럼 떨어졌다. 세상은 조순이에게 커다란 도화지였다.

"나, 그럴래. 그럴래. 저거 그릴래."

신나고 들뜬 목소리로 조순이가 소리 질렀다.

*　*　*

"씨부랄! 또 여기네. 빙빙 도는구만, 돌아. 벌써 도대체 몇 바퀴째야?"

다람쥐 쳇바퀴 돌 듯 같은 골목을 오르락내리락 뱅글뱅글 요리조리 돌아다니는 것만 서너 바퀴가 넘었다. 드디어 김만석의 인내심이 임계점에 달해 머리꼭대기에서 화산이 터지듯 성질이 터져나왔다. 손이야 손잡이에 달린 방한커버장갑에 어떻게 숨긴다지만 양말만 신고 나온 발은 동상에 걸릴 지경이었다.

"아, 도대체 여기 어디쯤이 대체 어디야?"

그때였다. 조순이가 기어들어가는 목소리로 조용히 말했다.

"똥."

"뭐라구? 똥 쌀 것 같다구? 그런 거야?"

"또옹~"

김만석은 돌아버릴 지경이었다. 내가 이 고생을 왜 사서 하나.

"이, 이 할망구가…… 지금 나 보고 어쩌라구! 지, 지금 급해?"

"또옹!!"

응급상황이다. 김만석의 머릿속에 네비게이션처럼 공중화장실 위치가 빨간불을 깜빡이며 떠올랐다.

"안돼! 참아, 참아야 돼!" 김만석은 오토바이의 출력을 최대한 높이며 화장실을 향해 달려가기 시작했다. 빠당빠당 뿌따타타타타타타타타타…… 오토바이가 바람을 뚫고 쏜살처럼 달리기 시작했다. 오토바이 배기구로 줄방구 나오듯 하얀 증기가 뿌투투투투투 튀어나왔다. 똥마려운 강아지마냥 오토바이가 방귀를 냅다 지르며 옥수동 골목길을 내달렸다.

멀리서 오토바이 소리가 들렸다. 새벽마다 알람처럼 잠을 깨워주던 그 오토바이 소리였다.

"허억, 허억…… 오늘 새벽에 저 오토바이 소리만 들었어도……"

거친 숨을 헐떡이며 장군봉이 말했다. 아침에 출근하기 전에 혈압약만 제때 챙겨먹었어도 좀 숨이 덜 찰텐데. 그나저나 더 이상은 안 되겠어. 몇 시간을 뛰어다녔더니, 헉헉.

저 양반도 오토바이 소리에 잠을 깼어구나, 송씨는 생각했다. 아무래도 나이가 있는 양반이 저리 뛰어다니다가는 곧 쓰러지겠다 싶은 생각이 들었다.

"아무래도 경찰에 신고하는 게 빠르겠어요. 저 밑에 조금만 내려가면 편의점 옆에 공중전화가 있으니 거기서 경찰에 신고하지요."

"하악, 하악……. 그럼, 죄송하지만 경찰에 신고 좀 부탁드려요. 저는 계속 좀 찾아볼게요."

송씨는 장군봉의 이마와 얼굴에 홍건한 땀을 보며 걱정이 되었다. 저 양반, 자기 아내를 위해서 저렇게까지…… 안쓰러운 마음이 들었다. 장군봉은 잠시 숨을 고른 뒤 다시 골목길을 향해 뛰어가기 시작했다. 장군봉의 뒷모습을 보며 자꾸 왠지 모를 눈물이 났다. 송씨는 전화기 있는 곳을 향해 걸음을 옮겼다.

* * *

"여기 꼼짝 말고 있어! 알았어? 다 쌌다고 어디 돌아다니고 그러면 안 된다!"
여자화장실 입구에서 안쪽을 향해 김만석은 고함을 질렀다. 아슬아슬하게 한 발 늦었다.
"어이그 쌍……"
저절로 욕이 나왔다. 나이 먹어서 똥이나 지리고. 조순이가 화장실에서 볼일을 보는 동안 김만석은 속옷을 사러 다녀올 참이었다. 하긴, 아내도 저 나이 때면…… 쩝. 짜증과 성질이 있는대로 몰려왔지만 죽은 아내를 생각해서 참기로 했다.
그러나 결국 참았던 화는 24시간 변의섬 주인에게 터져나왔다. 애꿎은 주인이 쓰나미처럼 밀려온 왕짜증의 희생양이 되었다.
"이런, 순 날강도 같으니라고! 이 손바닥만한 천쪼가리에 9천원씩이나 받아쳐먹는다는 게 말이나 돼? 이건 아주 칼만 안 들었지 순 날강도잖아!"
가뜩이나 찬바람에 양말차림으로 싸돌아다닌 데다, 내 마누라한테도 한 번도 안 사준 팬티를 웬 미친 할망구 때문에 사게 생겼는데, 그게 무려!!! 9천원이라니 이게 말이나 되냐고!

"아니…… 할아버지…… 제가 만든 것도 아니고…… 저야 가격표 붙은 대로 파는 죄밖에 없는데……"

김만석의 서슬에 편의점 주인의 목소리가 기어들어갔다.

"누가 니가 만들었대? 앞으로 제대로 된 물건 갖다 놓으란 이야기야, 알아?"

김만석은 만원짜리 한 장을 탁 내고 천원을 거슬러 받으며 성질을 부렸다.

"에이, 썩을 놈들!"

"아니, 내가 뭘 어쨌다고…… 언니들은 그냥 다들 싸고 이쁘다고 좋아만 하드만……"

편의점 주인이 김만석이 듣지 못하게 조그만 목소리로 울컥해서 중얼거렸다.

김만석은 편의점에서 나오다가 공중전화를 붙잡고 있는 송씨와 맞닥뜨렸다.

"어? 여기서 뭐해?"

"저는 사람을 찾느라 전화를……"

\*\*\*

"이봐, 할멈! 바깥양반이 온대! 지금 데리러 갔으니까 금방 여기로 올거야!"

송씨에게 대략 자초지종 이야기를 듣고, 치매 할머니가 공중화장실에 있다는 이야기를 전한 김만석은 허겁지겁 오토바이로 화장실로 돌아와 반가운 소식을 전했다. 하지만 화장실 안에서는 아무런 대답이 들리지 않았다.

"이봐, 할멈! 바깥양반이 곧 올 거라고! 똥 그만 싸고 얼렁 나와서 이제 내 옷도 돌려줘야지!"

그러나 여자화장실 안은 잠잠했다. 뭐야? 빤스 땜에 못 나오나?

김만석은 쪽팔리긴 하지만 일단 여자화장실에 들어가 화장실 문을 하나씩 두드려보았다.

"여기야? 여봐! 여봐! 할멈?"

다음 문을 두드리려는데 화장실 문이 스스르 열렸다. 조순이였다.

"어이쿠, 미안…… 여, 여기. 이거 입으라구." 김만석은 고개를 돌리고, 사가지고 온 팬티를 내밀었다.

"안에 있으면서 왜 대답을 안해? 문도 안 잠그고……"

괜히 민망함에 구시렁거리는데 김만석의 눈에 조순이가 싼 똥이 보였다. 똥색깔이……?

똥색깔이 이상했다. 아내가 병원에 입원했을 때 종종 보았던 검붉은 색이었다. 황금색 똥이 아니었다.

얼마 뒤, 송씨와 함께 장군봉이 허겁지겁 달려왔다. 조순이의 얼굴이 보이자마자 한 달음에 달려와 장군봉이 조순이를 품에 안았다.

"여보!"

조순이를 안은 장군봉의 눈에서 눈물이 흘러내렸다. 조순이는 처음에는 장군봉을 알아보지 못했으나 자신을 안아주는 장군봉의 염색한 머리색깔과 익숙한 머리냄새가 기억났다. 조순이가 비로소 미소를 지었다.

장군봉이 잠바를 벗어 조순이에게 입히고 아내가 입었던 김만석의 잠바를 돌려주었다. 그리고 신발도 바꿔 신었다. 잠바와 신발을 돌려받은 김만석은 그제서야 좀 살 것 같았다. 맨발의 장군봉이 아내의 어깨를 꼭 끌어안고 언덕 위로 올라갔다. 가다가 몇 번씩을 돌아보면서 장군봉은 김만석과 송씨를 향해 "고맙습니다. 정말 고맙습니다" 인사를 했다. 너무 멀어서 들리지 않을 거리가 되었는데도 장군봉은 또 돌아보며 고맙습니다 인사를 했다.

송씨와 김만석은 두 사람이 멀어져 가는 모습을 지켜보았다. 얼마 후 장군봉이 조순이를 등에 들쳐 업었다. 장군봉이 조순이를 업고 맨발로 걸어올라가는 언덕 위로 반쯤은 기운 반달이 말간 얼굴을 드러냈다. 달 속으로 조순이를 업고 가면서도 장군봉은 또 돌아보며 멀리서 고맙다고 고개를 주억거렸다.

"도대체 몇 번을 인사하는 거야? 그래도 다행이구만."

김만석이 작은 목소리로 구시렁거렸다.

"부럽네요."

무슨 소리인가 싶어 김만석이 송씨를 바라보았다.

"저렇게 늙어가고 싶었는데…… 저렇게 둘이서……"

송씨의 눈에 눈물이 그렁그렁 맺혔다. 송씨의 눈물을 보며 김만석은 생각했다. 그래, 저 영감부부처럼 저렇게 늙어가는 게 로맨스그레이지. 김만석은 죽은 아내에게 미안한 마음이 들었다. 다시 할 수만 있다면 다음 생에는 제대로 잘해주고 싶었다.

"오토바이 탈래? 많이 돌아다녔을 텐데 다리 아프지 않아?"

송씨는 순순히 김만석의 오토바이 뒷자리에 앉았다. 부타타타타타 경쾌한 소리를 내며 오토바이가 저물어가는 저녁 노을 속을 달려나갔다. 김만석은 아까부터 똥 색깔이 마음에 걸렸다. 바짝 마른 몸에 멍. 그리고 변색깔까지…… 집사람도 그랬는데……

송씨는 김만석의 등에 머리를 기대고 바람을 피했다. 그래도 송씨의 눈에서 흘러내리는 눈물이 바람에 날려 빗방울처럼, 꽃잎처럼 날렸다. 나는 왜…… 나는 왜 이렇게 힘들게 살아야만 했지? 나도 저 노인들처럼 서로 의지하며, 기대며, 그렇게 늙어가고 싶었는데……

송씨의 조용한 울음은 김만석의 오토바이 소리가 집어 삼키고 있었다.

***

조순이는 잠이 오지 않았다. 자려고 이부자리에 누웠는데 멀뚱멀뚱 눈만 깜빡였다. 조순이가 바라보는 천장에는 낮에 본 노란 태양과, 분홍색 노란색 빨간색 꽃잎들이 둥둥 떠다녔다. 그릴래, 그리고 싶어. 하지만 지금 일어나 그림을 그릴 수는 없고, 조순이는 크레파스 대신에 말로 오늘 있었던 일을 그리기 시작했다.

"오늘은, 오늘은 내가 뭐했냐 하면…… 오도바이 됐다? 근데 되게 신났어. 하늘도 파랗고, 햇님도 노랗고, 꽃비도 막 내리고…… 그리고 막막…… 하늘에서 커다란 달이, 커~다란 달이 있잖아……?"

조순이가 늘어놓는 수다에 장군봉은 자려고 감았던 눈을 뜨고 반쯤 몸을 일으켜 앉은 뒤, 이야기를 늘어놓은 아내의 얼굴을 내려다보았다. 아내의 얼굴에 생기가 가득했다.

그랬구나. 그동안에는 할 이야기가 없었던 거구나. 집안에만 갇혀 있으니 할

이야기가 없었던 거였구나. 장군봉은 깨달았다.

"그래서? 오늘은 재미있었어? 그리고 오늘은 또 뭐했어?"

"헤헤헤…… 게다가……"

조순이가 오랜만에 늘어놓는 수다를 듣기 위해서 저 멀리 하늘 위에 있던 달이 훌쩍 장군봉의 마당까지 내려와 환한 달빛을 비추며 조순이의 이야기에 쫑긋 귀를 세웠다.

## 제5화
# 잃어버린 기억을 찾아서

"교도소에 간 민지의 아빠가 민지에 대한 친권을 포기했습니다."
상록보육원장의 전화에 연아는 잠시 머리가 멍~해졌다.
"그게 무슨 뜻인가요?"
"민지가 이제 입양될 가능성이 있다는 뜻입니다."
"입양이라면 국내 입양을 말씀하시는 건가요?"
"민지처럼 여덟 살이나 먹은 아이가 국내에 입양되는 경우는 거의 없습니다. 해외 입양될 가능성이 90% 이상이라고 봐야죠."
그렇지 않아도 요며칠 민지가 눈에 밟혀서 걱정이었는데, 뜻밖의 전화를 받고 나니 연아의 마음이 심란했다. 아무래도 오늘은 상록보육원을 한번 방문해야겠다고 연아는 생각했다.
"제가 오늘 오후에 상록보육원에 다녀올 건데, 혹시 같이 가실 분 계세요?"
연아가 물어도 주민센터 식구들 아무도 호응을 하지 않았다. 연아가 둘러보니 다들 컴퓨터 모니터에 머리를 박고 일하거나 일하는 척만 할 뿐 같이 가려는 사람은 없었다. 하긴 밀린 업무들 처리하느라 야근도 불사해야 할 상황이니 그럴만했다. 그때였다.

"저라도 괜찮으시다면 제가 같이 가도 될까요?"

자청해서 나선 사람은 뜻밖에도 정민채였다.

"정민채씨가 웬일이세요?"

상록보육원으로 가는 길에 연아가 물었다. 보육원 방문은 공익근무요원의 업무와는 별 상관없는 일이었다.

"제가 워낙 어린애들을 좋아해서요. 제가 캄보디아에 있을 때 고아원과 현지학교에서 NGO 활동했다는 것, 말씀 안 드렸던가요?"

"그런 일도 하셨어요?"

진심 뜻밖의 일이라 연아가 물었다.

"네, 아픈 아이들은 병원으로 보내고, 후원자 연결하고, 학교에선 영어도 가르치고 그랬습니다."

"뜻밖이네요. 돈 많은 재벌2세가 그런 일에 관심이 있는 줄은 몰랐네요."

칭찬 반 비아냥 반 섞인 말투로 연아가 말했다.

"재벌2세라뇨? 무슨 그런 얼토당토 않은……? 저, 재벌2세가 아니라 고아에요. 부모님이 있어야 재벌이든 재벌2세든 뭐라도 될텐데, 전 부모님이 안 계세요. 공익근무요원으로 오게 된 것도 제가 고아라서 그런 겁니다."

"네? 재벌2세라 빽 써서 공익으로 빠졌다는 소문이 파다하던데…. 그럼 공익 배치 받자마자 며칠씩이나 계속 주민센터 앞에서 기다리던 외제차는 뭔가요? 집에서 보낸 차 아닌가요?"

놀라는 표정으로 연아는 민채를 쳐다보았다.

"아, 그거요? 제가 예전에 근무하던 회사에서 보낸 찹니다. 제가 외국에서 돌아온 걸 알고 다시 회사로 돌아오라고……. 제 입으로 말하긴 뭣하지만, 일종의 스카우트 제의라고나 할까."

정민채의 말에 연아는 잠시 뜨악했다.

"정민채씨 말은 어디까지가 참말이고 어디까지가 거짓말인지 모르겠어요. 젊은 사람이 안 돌아다닌 나라 없이 세계일주를 했다고 하지 않나? 외제차가 날마다 모시러 오던 게 엊그제인데 재벌아들은 아니라고 하지 않나, 심지어 고아라고 하지를 않나?"

"제 말을 못 믿으세요? 보세요! 제 차가 어디 외제차입니까? 이건 어디까지나 자전차죠. 세상에 어느 집 재벌2세가 자전거로 출퇴근한답니까?"

민채가 토픽 투어링용 뒷짐받이에 과일상자를 싣고 언덕을 끌고 올라가고 있는 자기 자전거를 툭툭 치면서 말했다.

"하긴 그러네요."

하면서 연아가 웃었다.

"보세요. 제 자전거는 다른 자전거엔 다 있는 앞샥도 한쪽뿐인 바보 자전거잖아요."

민채가 캐넌데일 레프티샥 자전거를 가리키며 너스레를 떨었다.

"그러네, 이 자전거는 앞에 다리가 하나뿐이네요?"

"그래서 이 자전거가 다른 자전거보다 다리 하나 값이 더 싸요."

이건 순전히 농담이었다. 민채의 캐넌데일은 순정가만 700만원, 업그레이드 한 비용까지 합치면 거의 경차 한 대 값인 자전거였다. 하지만 자전거 마니아가 아닌 이상 일반인들은 잘 알 수 없는 일이었다.

이 비싼 자전거에 과일 박스 싣고, 자전거 니가 고생이 많다. 민채는 속으로 키득키득 웃었다.

\*\*\*

보육원에 도착하여 연아가 원장님과 이야기를 나누는 동안, 민채는 아이들에게 과일들을 나눠주는 일을 맡았다. 아이들이 몰려와 서로 과일들을 가져가려고 했다. 민채는 아이들마다 귤 하나 사과 하나씩을 골고루 나눠주었다.

"마술 오빠!"

민지도 민채를 알아보며 반갑게 인사했다. 민채가 민지에게도 귤과 사과를 양손에 하나씩 내밀었다. 민지가 손을 내미는 순간, 정민채의 손에서 귤과 사과가 감쪽같이 사라졌다. 민채는 마술사의 콧김을 불어넣은 뒤 민지의 귀 뒤에서 귤 하나를, 그리고 머리 위에서 사과 하나를 찾아냈다. 민지가 환하게 웃었다.

"이번 마술은 어떻게 한 거야?"

"이번엔 민지한테도 비밀!"

민채는 비로소 환하게 웃음을 찾은 민지와 함께 귤과 사과를 나눠 먹었다.

"민지 아빠가 친권을 포기했다면 앞으로 민지는 어떻게 되는 건가요?"

민지가 걱정이 돼서 연아가 원장님에게 물었다.

"이곳에서 성인인 열아홉 살이 될 때까지 있거나 아니면 입양을 가게 됩니다. 잘 아시겠지만 입양의 구십 프로 이상이 해외입양입니다. 국내 입양의 경우는 아주 어린 아이들을 선호들 하시고, 민지처럼 나이가 있거나 장애가 있는 아이들은 대개 해외로 입양된다고 보시면 됩니다."

"민지 말로는 오빠가 있다고 하던데……. 오빠가 있어도 입양이 되나요?"

"법률상으로는 오빠가 없는 걸로 되어 있어요. 민지의 엄마, 정확하게 말해서 민지의 새엄마는 혼인신고를 하지 않고 동거인으로만 되어 있더군요. 사실혼 관계였으나 법적 부부가 아니었던 관계로, 각각 재혼가정의 자녀인 오빠와 민지 사이에는 혈연관계나 법적 관계가 성립되지 않아서 오빠가 친권을 행사하기가 힘들 겁니다. 그리고 지금 오빠가 어디에 있는지도 모르잖아요. 우선은 오빠부터 찾아야지요. 그래야 친권을 행사하든 후견인이라도 하든, 그도 저도 아니면 친오빠가 아니라고 하니 오빠가 가정을 꾸리고 있다면 오빠가 직접 입양을 하든 무슨 수가 생겨도 생기겠지요."

"그럼, 일단은 민지의 오빠를 찾는 게 급선무겠네요."

그러나 원장님이 고개를 설레설레 저었다.

"안 그래도 민지에게 자세히 물어보았는데, 민지는 오빠의 얼굴도 기억을 못하더군요. 민지가 아주 어릴 때 잠깐 같이 살았던 모양인데, 민지 아빠하고 오빠가 사이가 안 좋아서 민지가 아주 어릴 때 가출을 했대요. 그리고는 연락이 끊겼다가 민지 새엄마가 돌아가시기 전에 연락이 닿았다는데, 서울에서 대학을 다니고 있었다네요. 그런데 엄마가 돌아가셨는데 장례식장에도 안 와봤다고 하니, 오

그대를 사랑합니다

빠 찾는 일은 거의 불가능하지 않을까 싶어요…….
 어쨌거나 오빠를 찾는 일도 서둘러야 합니다. 해외 입양은 대개 서류만 보고 입양하는 경우도 있지만, 미국이나 캐나다에서는 입양할 부모가 직접 한국을 방문해서 아이들을 만나본 후에 입양하는 경우도 자주 있습니다. 그렇게 열성이 있는 부모들일수록 민지처럼 예쁘장하고 똑똑한 아이를 원하기도 해요. 다음 주에도 한국을 방문하는 캐나다인 입양부모들과의 미팅이 있습니다."
 "네……."
 민채와 어울려 해맑게 뛰노는 민지의 모습을 보면서 연아는 가슴이 답답해오는 것을 느꼈다. 뭔가 민지를 위해 해주고 싶어도 마땅히 해줄 것이 없는 것에서 오는 답답함이었다.

※ ※ ※

 달이 기울고 있었다. 저 달이 지평선을 향해 다 떨어지기 전에 김만석은 우유를 모두 배달해야 한다. 김만석은 어김없이 세시 전에 일어나 우유보급소에서 우유를 가득 싣고 옥수동 달동네를 향해 출발했다. 그런데 오늘 가는 길은 좀 특별했다. 그 전에 가던 길이 우유배달할 집들을 점점이 연결하여 선이 되었다면, 오늘부터는 그 사이 사이에 좀 특별한 점들을 찍어두어야 했다.
 어제 저녁 송씨를 오토바이로 배웅하는 길에 송씨가 자신의 집과 장봉군의 집을 일러주었다. 그리고 매일 김만석의 오토바이 소리를 알람시계 삼아 송씨와 주차장 장씨가 잠을 깬다는 사실도 알려주었다. 7년째 매일 다니던 낯익은 길이었지만, 오늘 다니는 길은 어제의 그 길이 아니었다. 이제는 특별한 사람들이 기다리는 특별한 길이 되었다.

김만석은 송씨가 사는 계단 위, 작은 쪽방 앞에서, 그리고 송씨가 가르쳐준 파란대문 주차장 장씨의 집 앞에서 오랫동안 부타다당 오토바이 소리를 내었다. 그리고는 창문에 반딧불처럼 불이 밝혀지는 것을 확인하고 자리를 떴다. 김만석의 오토바이가 지나가는 부타다다다다다당 소리에 옥수동 달동네가 하나둘씩 깨어나고 있었다.

배달이 끝나갈 무렵, 160번지 언덕 위에서 김만석은 송씨를 기다렸다. 그리고 송씨가 나타나자 말없이 언덕길 아래까지 리어카를 붙잡고 송씨를 배웅해주었다. 리어카가 언덕 아래에 무사히 도착하자 김만석이 입을 열었다.

"좀 쉬었다 갈까?"

송씨가 대답이 없자 무안함에 김만석은 두어 번 헛기침을 했다.

"뭐…… 이야기도 좀 하고."

"그래요, 그럼."

김만석과 송씨는 리어카를 세우고 잠시 길옆에 걸터앉았다. 이야기를 하자고 해놓고는 정작 김만석은 말이 없었다. 어색한 침묵을 깨기 위해 송씨가 먼저 입을 열었다.

"날이 많이 흐리네요. 금방이라도 눈이 내릴 것처럼…… 어제만 해도 제법 날이 좋더니……"

그런데도 여전히 김만석은 아무런 대꾸도 없었다. 하는 수 없이 송씨는 계속 말을 이어나갔다.

"고마워요. 매번 이렇게 도와줘서…… 근데 나 때문에 우유배달이 늦어지시는 거……"

그때 송씨의 말허리를 자르며 김만석이 입을 열었다.

"날이 흐리네…… 이러다 또 눈이 왕창 내리는 거 아냐? 에이, 미끄럽기만 하고 귀찮구만. 어때? 꼭 눈이 올 것 같지 않아?"

귀가 안 들리니까 내가 아까 한 이야기를 못 듣고 또 하는구나, 송씨는 생각했다. 그러고보니 예전에, 배달할 때는 보청기를 안 끼고 다닌다고 한 김만석의 말이 생각났다. 귀가 안 들리니 김만석도 딱히 할 말이 없는 것처럼 하품을 하고, 주머니를 뒤지며 부시럭거리고 있었다.

"음…… 저번에 내 이름 물어봤었잖아요."

김만석은 아무런 대답이 없었다.

"내 이름은 송씨인데, 왜 성뿐이고 이름이 없느냐고……"

김만석은 여전히 주머니를 뒤적거리며 어수선을 피울 뿐 송씨의 말을 귀담아 듣는 것 같지 않았다. 귀가 안 들리니 계속 딴청만 하는구나.

"뭐, 어차피…… 듣기 좋은 이야기도 아니니…… 차라리 맘 편하게 이야기할 수 있겠네요."

김만석이 듣거나 말거나 송씨는 오랫동안 마음속에 묻어두었던 이야기의 실타래를 꺼내서 풀어놓기 시작했다.

"옛날에는 아들만 귀해서…… 딸은 태어나도 좋아하지도 않았고…… 그래서 계집애한테는 이름도 안 붙이고 그랬잖아요. 끝순이, 간난이, 막내…… 그냥 이렇게 불렀지요. 심한 경우엔 나같이 이름도 없었어요. 그냥 송씨니까…… 송씨야, 송씨야 이렇게 부르다가 그게 그냥 내 이름이 되어버렸어요…… 내가 살던 고향은 강원도 영월 넘어가는 수라리고개에 있었어요…… 고려의 마지막왕이 나라가 망해서 유배를 가다가 수라를 드신 곳이라고 수라리고개라고 불렀대요. 강원도 깊은 산골 동네였지요……"

송씨의 기억이 타임머신을 타고 거의 오륙십년 전으로 날아갔다.

* * *

저는 그 산골마을이 싫었어요. 그러다가 개천 건너 살던 동네오빠와 눈이 맞았어요. 그래서 용구오빠와 서울로 도망 나오기로 작정했지요.
"송씨야. 내일 새벽이다. 내일 새벽에 서울로 가는 거야. 나만 믿어 알았지?"
"내일? 알았어!"
아버지는 병으로 돌아가시고, 언니 오빠들은 다 외지로 나가고, 엄마하고 막내인 나만 그곳에 살고 있었어요.
"송씨야. 일루 와서 강냉이알 좀 같이 까자. 송씨야~ 강냉이알 까는 것 좀 도와달라니까."
내가 서울로 도망갈 작정이라는 걸 아는지 모르는지 엄마는 강냉이 타령만 했어요.
"아, 됐어! 송씨가 뭐야, 송씨가! 도대체 언제 내 이름 지어줄 거야?"
"아이구야, 이름이 뭐가 중요하니. 일루 와서 엄마일이나 도와주라. 있다가 강냉이전이나 부쳐먹게."

"나 서울로 갈 거야! 서울로 가서 이쁜 이름 짓고 서울깍쟁이처럼 멋지게 살거야!"

"어이구. 우리 막내가 단단히 삐졌네."

"진짜라구! 나 서울 간다구!"

"이름은 원래 아버지가 지어주는 거였는데…… 알았어, 알았다구. 이름 뭐라고 불러줄까? 어떤 이쁜 이름으로 불러줄까?"

"엄마! 나 서울 간다니까!"

"그래, 그래. 우리 막내 이쁘니까 이뿐이라고 부르면 되겠네. 이뿐이, 송이뿐이 어때? 응?"

그날 밤은 날도 따뜻해서 발길도 안 미끄러웠는데 난 자꾸 발을 헛디뎠어요. 엄마가 밭일 끝내고 길도 다 골라놔서 돌도 없었는데 뭐가 자꾸 발을 잡아채는 느낌이었어요. 엄마가 날 부르는 소리가 돌부리처럼 자꾸 내 발을 걸고 안 놔줬었나 봐요. 넘어지지 않게 잘 보이라는 듯 휘황했던 달이 계속 마음에 걸렸어요. 그 달이 엄마 마음 같아서 자꾸 마음에 걸렸어요. "엄마. 서울 가서 성공해서 꼭 다시 돌아올게……"

그때는 금방 고향으로 돌아갈 수 있을 줄 알았지요. 서울로 나오면 뭐든지 잘 될 줄 알았죠. 하지만 서울은 그렇게 만만한 곳이 아니었어요. 나와 그 사람은 일자리는 없고 넘쳐나는 서울 사람들 속에서 서울 거리를 헤매야만 했죠. 나와 그 사람은 몇 달을 그렇게 일을 구하러 다녔어요. 우리는 지쳐갔죠. 아니 그 사람이

지쳐갔어요.

"아, 이것들이 촌것이라고 무시하는 거야? 왜 일을 안 주냐고!"

"오빠, 잘 되겠죠. 너무 마음 쓰지 말아요."

"나 혼자서도 어떻게 하기 힘든데 썩을…… 이건 부양가족까지 챙겨야 하니 일자리가 쉽게 생기겠냐고! 에이, 썩을……"

그 사람은 자꾸 변해 갔어요. 일자리를 구하지 못하자 자포자기하면서 하루하루 술을 마시며 살았어요. 그때는 일자리 구하기가 하늘의 별따기였지요. 저라도 삯바느질이나 무슨 일이든 해서라도 먹고 살아야 했어요.

"야, 뭐하는 거야 지금!"

"저라도 삯바느질이라도 해서……"

"그거 해서 몇 푼이나 나온다고 방에다 죄다 늘어놓고 난리야! 가서 술이나 받아와!"

하지만…… 난 어떻게든 살아야 했어요. 엄마를 버려두고 나온 서울인데…… 성공해서 꼭 다시 돌아가겠다고 나왔는데…… 나는 삯바느질에 삯빨래까지…… 할 수 있는 일은 다 해야 했어요. 그런데 그 사람은 날 늘 "야"라고 불렀어요. 난 어차피 이름이 없었으니……

"야! 왜 돈이 이것밖에 없어!"

"야! 서방 말이 안 들려! 야! 이년이! 야! 저녁까지 돈 더 만들어 와!" 삯바느질이나 삯빨래…… 일하는 것은 하나도 안 힘든데, 그 사람이 날 "야!" "야!" 하고 부르는 건 정말 참기 힘들었어요. 그런데 그것도 참았어요. 어떻게든 살아야 하니까……. 그런데…… 그 사람이 나를 때리기 시작했어요.

"야! 서방 말이 우습게 들려? 어! 서방이 사업 좀 해보겠다는데…… 아, 돈이 있어야 할 거 아냐! 뭘 두 눈 똑바로 뜨고 처다 봐!"

그 사람의 주먹과 발길질이 날아와도 난 도망칠 곳이 없었어요……. 아는 사람도 하나 없는 이 서울에서…… 난 갈 곳이 없었어요. 내가 돌아갈 곳은 오로지 내 고향 수라리고개 밖에 없었는데…… 성공하지도 못하고 그렇게 돌아갈 수는 없었어요……. 세월이 흐르고 그 사람과 나 사이에 딸이 생겼어요. 이뻤죠. 너무나……. 하지만 그 사람은 변하지 않았어요……. 아이가 옹알이를 시작할 즈음, 이제 아이에게 이름을 지어줘야 하는데…… 어느 날 그 사람은 돈을 벌어오겠다며 집을 나갔어요. 그게 마지막이었어요…… 그 사람은 다시는 돌아오지 않았어요…….


"엄마. 내 이름은 뭐야?"
"응…… 아가. 아빠가…… 아빠가 오시면 예쁜 이름 지어주실 거야."
"아빠 언제 오는데? 언제 내 이름 지어주는데?"
"조금만 더 기다려 응?"
"얼마나 더 기다려야 되는데? 음…… 다섯 밤? 열 밤?"
"응…… 백 밤? 우리 아가 백까지 셀 수 있으면 그 때 오실 거야."
"히잉……. 나 백까지 못 세는데……"

내 딸이 다섯 살이 되었을 때…… 자기는 다른 또래들과는 달리 이름이 없다는 것을 알게 되었죠. 하지만 난 이름을 지어줄 수가 없었어요. 아빠가…… 애 아빠가 이름을 지어줘야 한다고 생각했거든요…… 꼭 돌아올 거라고 믿었거든요……. 아이는 그렇게 이름도 없는 채로 살았어요. 나처럼…….

그런데, 어느 날 아이가 심하게 아팠어요. 아이는 장질부사였어요. 지금은 쉽게 치료할 수 있지만…… 그때만 해도 큰돈이 없으면 어떤 방법도 쓸 수 없었지요. 나는 아이를 살리기 위해 내가 할 수 있는 모든 일을 다 했어요. 한약도 달이고, 정한수 떠다놓고 밤낮없이 기도도 올리고…… 하지만…… 아이는…… "엄마…… 엄마……"만 부르다가 결국 숨을 거두고 말았어요…… 난 열 살이 다 된 내 아이를 이름도 부르지 못하고 "아가 아가" 하고 부를 수밖에 없었어요. 내 아이는 이름도 없이 죽었지요…… 이름도 없던 불쌍한 내 아가……

내 손으로 아이를 묻고 저는 넋이 나갔어요. 밤이면 귀신처럼 내 아가를 찾아서 여기저기를 돌아다녔어요…… 제 정신이 아니었어요……. 그러다가 어느 보름달이 밝은 날이었을 거예요. 그 날도 그렇게 정신없이 길거리를 헤매고 있는데, 달빛에 우리 아가의 얼굴이 보였어요. 웬 넝마주이의 넝마 안에 우리 아가가 거기 있었어요. 내 손으로 묻은 우리 아가가 다시 돌아온 거예요.

"거기 뭐유?"

넝마주이 아저씨가 물었어요. 저는 혹시라도 넝마주이 아저씨가 우리 아가를 빼앗아 갈까봐 꼭 끌어안았어요.

"이리 내놔유. 그거 내가 챙긴 거유. 남꺼 갖고 뭐해유?"

"아가…… 내 아가…… 불쌍한 내 아가."

넝마 아저씨도 제 아가를 빼앗아 갈 수 없다는 것을 알았나 봐요.

"쯧쯧. 나 참…… 오밤중에 별…… 거, 젊은 사람이 남의 인형 가지고…… 할 일 없으면 나처럼 넝마라도 주으슈……"

하지만 난 살아야 했어요. 이곳 낯선 서울에 혼자 남겨진 나는 어떻게든 살아야 했어요. 넝마아저씨의 말처럼, 저도 넝마를 주우면서 입에 풀칠을 했어요. 그렇게 10년이 흐르고, 20년이 흐르고, 어느덧 50년이 넘은 세월이 흘렀어요. 난 그렇게 이 서울을 살아왔어요. 그 사이에 이렇게 늙은 할머니가 되었고요. 우리 아가, 아니 우리 아가를 닮은 인형은 열 살 때 모습 그대로 아직 제 옆에 있고요……

내 아이는 이름도 없이 그렇게 죽었는데…… 어떻게 내가 내 이름을 지을 수 있었겠어요. 그래서…… 내 이름은, 그냥 이름 없는 이름인 송씨에요.

\* \* \*

잊고 살았던 아득한 과거로 시간 여행을 떠났던 송씨가 다시 현실로 돌아오며 조용한 목소리로 말했다.

"다 늙어서 이제야 엄마가 보고 싶어요. 집을 떠나오던 날…… 날 이뿐아 이뿐아 하고 불러주셨던 엄마가…… 보고 싶어요. 생각해보면…… 그때 이후로 이렇게 늙은 나이가 되도록…… 살면서 한 번도 행복했던 적이 없었던 것 같아요……. 왜 이렇게 사는 게 힘들까요…… 왜 이렇게 사는 게 괴로울까요……."

송씨가 이야기를 마칠 무렵 하늘에서 하나 둘씩 눈발이 보이더니, 이윽고 펑펑 눈이 쏟아지기 시작했다. 눈이 쏟아지자 김만석이 기지개를 켜며 자리에서 일어섰다.

"웃차~ 늦었다. 늦었어. 웃가가갸갸! 어쭈? 눈이 제법 오네?"

김만석은 날리는 눈발을 향해 두 팔을 벌려 기지개를 켜며 말했다.

"그럼…… 늦어서 나 먼저 가네. 어이구…… 눈 쌓이는 거 봐라."

160번지 언덕길을 걸어 올라가는 김만석을 향해 송씨는 김만석이 못 알아들을 것을 알면서도 고맙다는 인사를 했다.

"고마워요……. 듣지는 못해도 옆에 있어줘서. 누구에게라도 하소연하고 싶었는데…… 용기가 없었어요. 잘 듣지 못하는 그쪽 때문에 혼잣말이라도 할 수 있었어요."

멀어져 가는 김만석을 향해 송씨가 인사했다.

"고마워요."

송씨가 던지는 인사말을 흘려들으며 김만석은 천천히 언덕 위로 걸어 올라갔다. 그런데 김만석의 귀에는 보청기가 꽂혀 있었다. 송씨가 앉아있던 반대편 귀였다. 송씨가 뭐라고 이야기를 하는 것 같은데 알아들을 수가 없어서 주머니를 뒤져, 챙겨온 보청기를 꽂았었다. 그런데, 듣기 좋은 이야기가 아니니 오히려 마음 편히 이야기할 수 있겠다는 송씨의 말에 보청기가 없는 척 가만히 앉아 있었던 것이다.

김만석은 오토바이를 세워둔 160번지 언덕을 지나 송씨가 사는 집 앞까지 걸어 올라갔다. 어느새 발에 밟히는 눈에서는 뽀드득 소리가 날 정도로 많은 눈이 내리고 있었다. 송씨의 집앞 창가에 있는 가로등이 노란 불빛을 밝히고 있었다. 송씨가 나누었던 이야기 몇 마디가 옹이처럼 김만석의 가슴에 응어리져 남았다.

'살면서 한번도 행복했던 적이 없었던 것 같아요…… 왜 이렇게 사는 게 힘들까요…… 왜 이렇게 사는 게 괴로울까요…… 집을 떠나오던 날…… 날 이쁜아 이

뿐아 하고 불러주셨던 엄마가…… 보고 싶어요.'

송씨 집의 창문을 올려다보는 김만석의 얼굴 위로 한 송이 두 송이 벚꽃 잎처럼 눈꽃이 쌓였다. 송씨가 이야기한 어머니 마음 같은 큰 보름달 대신 노란 가로등불빛이 하늘에서 빛났다. 김만석은 50여 년 전 송씨의 어머니가 불러주었다던 송씨의 이름을 불러보았다.

"이뿐아……"

"이뿐……아……"

김만석의 눈가에 눈이 녹은 물인지 눈물인지 알기 힘든 눈물 한 줄기가 흘러내렸다. 하늘에서는 하염없이 눈이 내리고 있었다. 송씨의 창가에 하염없이 서있는 김만석의 머리 위로 어깨 위로 눈은 내리고, 그렇게 김만석은 눈사람처럼 길 위에 서 있었다.

## 제6화
# 생애 첫 연애편지

 연아의 핸드폰이 울렸다. '상록보육원'이 화면에 떴다. 퇴근 시간이 한참 지난 후인데 무슨 일이지? 불길한 예감이 연아의 뇌리를 스쳤다. 상담자료들을 전산입력하는 야근 작업을 마친 후 연아는 오래 기다려준 맹신혜와 뒤늦은 술을 한 잔 하는 중이었다. 신혜 언니가 뭔가 긴히 할 이야기가 있는 듯, 퇴근 후에 술이나 한 잔 하자고 해서 함께 술을 마시는 중이었다. 뭔가 망설이는 신혜 언니는 아직 긴한 얘기를 꺼내지도 않은 터였다.
 "여보세요? 네, 민지가요? 네, 알겠습니다. 제가 곧바로 갈게요."
 "무슨 전화야?"
 맹신혜가 물었다.
 "언니, 지난번에 주민센터로 왔던 민지라는 여자애 알지? 걔가 보육원에서 없어졌대. 언니, 미안한데, 언니 이야기는 나중에 다시 듣기로 하고, 지금은 내가 먼저 자리를 일어나야겠다. 언니, 미안!"
 말을 마치기도 전에 연아가 엉덩이부터 들썩이자 맹신혜가 시큰둥하게 말했다.

"그래, 없어진 애 찾는 일이 더 급하긴 급하지. 알았어. 내일 보자고."

맹신혜는 벌써 살짝 혀가 꼬부라져 있었다. 나이 마흔에 조기폐경이라는 이야기를 하고 싶었지만 자존심이 허락하지 않았다. 그래서 술의 힘이라도 빌려서 연아에게 넋두리라도 하고 푸념이라도 하고 싶었으나 연아가 늦게 온 탓에 혼자 술만 마신 터였다. 연아가 와서 이제 막 이야기하려는 찰나, 연아는 전화를 받고 자리를 떠나버린 것이다.

연아가 급히 자리를 뜨고, 맹신혜는 아무도 곁에 없는 모태솔로의 고독을 씹으며 술을 넘겼다. 자궁이 닫히기 전에 남자를 만나고 아기도 낳고 싶었지만 지금 맹신혜의 곁을 지켜주는 건 씁쓸한 술잔뿐이었다.

"커플 지옥, 쏠로 천국! 모태쏠로들을 위하여!"

맹신혜는 유리창에 비친 자신의 그림자를 향해 건배의 잔을 높이 들었다.

\* \* \*

보육원에는 민지가 없었다. 원장님의 이야기로는 오빠를 찾아간 것 같다고 했다. 캐나다에 사는 외국인 부부가 민지에게 관심을 보여서, 민지에게 캐나다로 입양을 갈지 모른다는 소식을 전했더니 민지가 입양 가기 싫다며 오빠를 찾아달라고 사정했다고 한다. 아마 오빠를 찾으러 갔을 거라며, 오빠가 있을 만한 곳을 찾아보라고 했다. 그러면서 원장님은 민지 엄마가 살아계실 때 오빠가 보내온 편지의 주소라고 했다며 주소가 적힌 쪽지를 전해주었다. 봉천동이었다.

연아는 주소를 주머니에 잘 갈무리하고 언덕길을 달려내려갔다. 술도 한 잔 마신 데다 달음박질까지 하자니 숨이 턱에까지 찼다. 그때였다.

"어디를 그렇게 급하게 가세요?"

정민채였다. 민채는 퇴근 후 주민센터 근처인 응봉산공원과 달맞이공원을 자전거로 한바퀴 돌고 이번에는 남산을 향해 가는 중이었다. 마침 상록복지원이 남산 언저리에 있었던 것이다. 숨을 헐떡거리며 연아가 말했다.

"도와줘요. 민지가 없어졌대요……"

굳은 낯빛으로 정민채가 물었다.

"어디로 갔대요?"

"봉천동……"

"봉천동엔 왜?"

"거기 민지 오빠가 살았대요. 아마 오빠를 찾으러 거기로 갔을 거예요."

"일단 뒤에 타세요."

투어링용 자전거 짐받이에 사람을 태우는 게 안전한 일은 아니었지만 지금은 그런 것을 따질 때가 아니었다. 정민채는 일단 연아를 자전거에 태워 큰길까지 달려내려갔다. 그리고 가로등에 자전거를 대충 자물쇠로 묶고는 말했다.

"시간이 급하니 일단 택시를 탑시다."

택시를 타자마자 연아는 택시 기사에게 봉천동 주소가 적힌 쪽지를 넘겨주고는 거기로 가 달라고 부탁을 했다. 택시는 한강을 건너 낙성대 근처 봉천동 산동네로 올라가기 시작했다. 택시의 네비게이션에 찍힌 주소를 향해 차가 달려 올라갈수록 연아는 점점 초조해졌고 정민채의 낯빛은 점점 어두워졌다.

"여기 있겠죠? 민지한테 아무 일 없겠죠? 그죠?"

초조한 마음에 발을 동동구르며 연아가 말했다.

"아무 일 없을 겁니다. 너무 걱정 마세요."

조건반사적으로 대답을 하면서도 정민채의 생각은 다른 곳을 향했다. 목적지가 다가올수록 점점 더 선명해지는 기억들이 정민채를 괴롭혔다. 오랜 순례의 기간들을 통해 겨우 지워버린 기억이었다. 오랫동안 잊고 싶었던 기억들이었다. 실타래가 엉키듯 뭔가 기억들이 뒤엉키는 느낌이었다. 마주하기 싫은 트라우마와 마주치는 찜찜한 기분이었다.

이윽고 택시가 봉천동 산동네의 한 빌라 앞에 멈추어 섰다. 연아는 황급하게 택시비를 계산하고 택시에서 내렸다. 그리고는 쪽지에 적힌 주소의 빌라 초인종을 누르려는 찰나였다.

"언니!"

빌라 옆 골목길 계단에 쪼그리고 앉아 있던 아이가 연아를 불렀다. 민지였다. 얼마나 울었는지 얼굴에는 온통 눈물자국이 범벅이 되어 있었다. 연아는 달려가 민지를 끌어안았다.

"괜찮아? 어디 다친 데는 없고?"

그런 연아와 민지를 바라보며 민채는 망치로 머리를 맞은 듯 충격에 빠졌다. 잠시 얼이 빠진 사람처럼 멍하니 서있었다. 여기는……?

그러더니 민채가 민지를 향해 물었다.

"민지야. 혹시…… 네 오빠 이름이 뭐니?"

연아와 민채를 다시 만난 반가움에 잠시 참았던 울음을 울먹거리며 민지가 대답했다.

"우리 오빠 이름은 민채예요, 황민채."

정민채의 눈앞이 화이트아웃되는 것처럼 하얘졌다. 갑자기 시간이 정지되고 지구가 자전을 멈추는 듯 모든 것이 정지되는 것 같았다. 0.1초도 안되는 찰나의 순간에 수많은 그림과 기억들이 스스로 얼개를 맞춰나갔다. 도미노처럼 연쇄반응을 일으킨 기억들이 순식간에 제자리를 찾아오자, 모든 것이 확실해졌다. 민채가 보낸 편지를 들고 민채를 찾아 봉천동 하숙집으로 찾아왔을 때 엄마의 등에 업혀 있던 아이. 이제 겨우 걸음마를 떼었던 꼬마아이의 얼굴이 떠올랐다. 민지였다.

민지를 처음 만났을 때, 낯이 익었다는 느낌이 들었던 것은 캄보디아 아이 쌍랑과 닮은 탓만은 아니었던 것이다. 어쩌면 첫눈에 민지를 알아볼 수 있었을 텐데도 지금까지 전혀 눈치채지 못한 것은 민채가 잊고 싶었던 시절의 트라우마가 민채의 눈과 귀를 가리운 탓이었을 것이다.

마치 해탈의 순간처럼 순식간에 지나갔던 기억들이 다시금 슬로우비디오처럼 민채의 기억 위로 떠올랐다.

*　*　*

마지막까지 부도를 막기 위해 동분서주하던 아버지가 갑작스럽게 돌아가셨다. 심근경색이라고 했지만 사실은 과로사였다. 그때는 잘 몰랐지만 나중에야 민채는 아버지가 부도를 막기 위해 얼마나 고군분투했으며 그로 인해 얼마나 많은 스트레스를 받아야 했는가를 이해하게 되었다. 민채가 고등학교 때의 일이었다.

아버지가 돌아가신 후 아버지의 건설회사를 부도위기에서 막아낸 것은 아버지의 오랜 친구이자 동업자였던 황씨 아저씨였다. 아버지의 사망 보험금과 황씨 아저씨가 아저씨의 집과 빌딩을 담보로 끌어들인 돈들을 전부 쏟아부어 겨우 부도를 막았다. 사업이라곤 전혀 알지 못하는 어머니가 회사를 이끌어갈 수는 없었다. 당연히 회사는 동업자이자 회사를 위기에서 구해낸 황씨 아저씨가 맡았다.

늦장가를 들어 첫아이 출산이 늦었던 황씨 아저씨도 첫째 아이를 낳았다. 노산이었다. 임신중독증까지 있어 사실상 아이를 포기해야 했지만 끝까지 출산을 고집했던 아주머니는 아이를 출산하던 도중에 세상을 떠났다. 당장은 회사를 살리는 일이 우선이었던 황씨 아저씨는 새로 태어난 아이를 돌볼 겨를이 없었다. 자연스럽게 황씨 아저씨네 아이를 민채의 엄마가 맡아 기르게 되었다. 황씨 아저씨에게는 아이를 길러줄 엄마가 필요했고, 가장을 잃은 엄마에겐 가정이라는 튼튼한 울타리가 필요했을 것이다.

어느 날, 황씨 아저씨와 엄마는 민채에게, "민채만 괜찮다면 두 집 살림을 합치면 어떻겠느냐?"고 물었다. 아버지가 돌아가신 지 채 1년이 되지도 않은 때였다. 아버지가 돌아가신 지 얼마나 되었다고 벌써 재혼을 이야기하는 엄마를 이해할 수도 없었고, 아빠의 회사까지 차지하더니 이제는 엄마까지 차지하겠다는 황씨 아저씨도 이해할 수 없었다. 그때는 그랬다. 지금도 다 이해하는 것은 아니지만.

민채는 당연히 반대했다. 민채의 반대에 막혀 혼인식은 치르지 못하고 우선

살림만 합쳤다. 민채는 엄마도 미웠고 집도 싫었다. 입시를 핑계로 집에도 들어가지 않고 독서실을 전전했다. 그러던 와중에 외환위기가 터졌다. 빚을 내어 겨우 살려놓았던 회사는 더 이상 버텨낼 재간이 없었다. 은행들은 제 살기에 바빴고, 이미 지어놓은 집들도 팔리지를 않으니 황씨 아저씨도 더 이상은 방법이 없었다.

부도가 나고 황씨 아저씨는 변했다. 매일 술로 지새더니 엄마에게까지 손찌검을 했다.

"가족 좋아하네? 씨발, 이게 무슨 가족이야!"

회사가 부도 나고 담보로 잡힌 집과 건물까지 모두 날린 뒤, 황씨 아저씨는 이 모든 불행이 엄마 탓인 것처럼 말했다. 맨날 넘어져서, 어딘가에 부딪혀서 멍이 들곤 한다는 엄마의 말이 거짓말이란 것을 아는 데는 얼마 걸리지 않았다. 아주 가끔씩 독서실에서 집(?)으로 돌아가던 날, 황씨 아저씨에게 매 맞고 있는 엄마를 보았다. 그날, 민채는 태어나서 처음으로 살인 충동을 느꼈다. 술에 절어 잠들어 있는 황씨 아저씨의 가슴팍을 칼로 찌르려고 하고 있는 자신을 발견했다. 더 이상 집에 있다간 정말 살인이라도 저지를지 모른다는 생각이 들었다. 그날 이후, 민채는 두 번 다시 집에 돌아가지 않았다. 독서실도 옮겼고, 학교도 자퇴했다. 학교를 계속 다니기보다는 검정고시를 보는 게 내신에 훨씬 유리하리라는 계산이었다. 민채의 계산은 맞았다. 아마 고등학교를 계속 다녔더라면 내신 1등급을 받기는 힘들 수도 있었지만, 검정고시 출신이라 내신이 훨씬 유리했다. 서울대 전자공학과에 무난히 합격했다. 그것도 수석입학이었다. 학교에선 장학금이 나왔고, 서울대 과수석이란 타이틀은 고액과외도 가능하게 할 만큼의 위력이 있었다.

대학에서 민채가 빠져든 것은 전공인 하드웨어가 아니라 소프트웨어인 컴퓨터게임이었다. 그것도 컴퓨터게임을 하는 것이 아니라 만드는 일에 점점 빠져들었다. 그때 만들었던 게임이 롤플레잉게임인 〈데미지〉였다. 비록 그래픽은 조잡했지만, 스테이지를 올라갈수록 득템하게 되는 아이템들과, 롤플레잉용 아바타들, 그리고 채팅창 기능 등은 선풍적인 인기를 끌었다. 그때 같이 게임을 개발했던 것이 준혁 등 게임동아리 동기생들이었다.

어느 날 학교 동아리방으로 누군가 민채를 찾아왔다. 신생 게임회사의 대표인 이석규 회장이었다. 동문선배이기도 한 이 회장이 〈데미지〉를 인수하며 내놓은 조건은 대학생으로서는 상상할 수 없는 금액이었다. 거기다 스톡옵션까지 걸었다. 민채는 〈데미지〉의 저작권을 팔고 학부생 신분임에도 개발팀으로 특채되었다. 이제는 자본의 힘까지 더한 〈데미지〉는 화려한 그래픽까지 덧입혀진 〈데미지2〉를 통해, 소위 말하는 '대박'이 났다. 사용자가 수십만, 곧 수백만을 넘어섰다. 중국판까지 나오며 〈데미지2〉로 인해 민채가 보유한 스톡옵션의 가치는 수십 배로 늘어났다.

민채가 가장 잘 나가던 그때, 어머니가 돌아가셨다. 학부 졸업 후 대학원에 입학한 민채가 잠시 짬을 내어 버킷리스트 중 하나였던 티벳을 여행하고 있을 때였다. 티벳의 차마고도를 자전거로 여행하느라 인터넷도 휴대폰도 불통이던 때였다. 민채가 어머니의 부음을 들은 것은 어머니가 돌아가신 지 몇 주가 지난 다음이었다. 드디어 인터넷이 접속되는 호텔에 묵게 되었을 때 민채는 준혁이 보내온 메일을 뒤늦게 보았다. 워낙 늦은 노산인 데다 암까지 발견되었으나 뱃속의 아이 때문에 항암치료를 거부하다 결국 엄마도 뱃속의 아이도 모두 잃었다는 소식이었다.

　차마고도 골짜기가 떠나가도록 민채는 울부짖었다. 엄마를 그렇게 만든 황씨 아저씨도, 그렇다고 엄마를 외면하고 도망쳐나온 자기 자신도 용서할 수 없었다. 몇 년 전 하숙집과 동아리방에 처박혀 게임을 개발하던 시절, 어린 아이를 들쳐업고 봉천동 하숙집으로 찾아왔던 어머니를 외면해버렸던 자기 자신을 용서할 수 없었다.

　대학원에 휴학계를 내었다. 그리고 자기 자신을 학대하는 순례자처럼 전세계를 돌아다녔다. 정해진 목적지도 없었다. 티벳을 거쳐 네팔, 인도, 파키스탄, 이란, 터키를 거쳐 그리스, 이탈리아, 헝가리, 오스트리아, 체코, 독일, 프랑스, 스페인으로 갔다. 민채가 비로소 자기 자신을 용서하게 된 것은 스페인의 산티아고로 가는 '순례자의 길'에서였다. 아시아와 유럽을 거쳐 가며 만난 수많은 순박한 사람들, 친구들, 이웃들, 가족 같은 사람들을 만나면서 조금씩 조금씩 변하는 자신을 느꼈다. 낯선 여행자를 위해 기꺼이 집 앞마당, 거실, 그리고 침대를 내어주던 그들. 콜드샤워와 웜샤워를 허락하던 사람들 앞에서 조금씩 닫혔던 마음이 열렸다.

　그곳에서 민채는 두 사람이 한 몸을 이룬 어떤 일행을 만났다. 두 발은 있으나 앞을 보지 못하는 사람과, 두 눈은 멀쩡하나 두 다리가 없는 둘이 서로 한 팀이 되어 산티아고를 순례하고 있었다. 서로 부족한 부분을 채워줌으로써 그들은 부족함이 없는 하나가 되어 있었다. 그들을 통해 비로소 동행의 의미, 친구의 의미, 가족의 의미를 알게 되었다. 이후, 민채가 이집트로 들어가 아프리카를 거쳐 남미와 북미를 도는 데까지 1년 반이란 시간이 지났다. 민채가 자전거로 달린 거리는 4만 킬로가 넘었다. 지구를 한 바퀴 도는 거리였다.

원래는 필리핀, 미얀마, 라오스, 캄보디아, 베트남, 중국을 거쳐 한국으로 다시 돌아올 예정이었으나 민채의 발걸음을 잡은 것은 캄보디아였다. 애초에는 시엠립의 앙코르와트 유적 등을 보고 베트남으로 넘어갈 예정이었으나 앙코르와트 사원에서 맞이한 일몰과 톤레샵 호수의 아이들이 캄보디아를 떠나지 못하게 했다. 코흘리개 아이들이 관광지에서 "원 달러 원달러!"를 외치는 모습, "천원도 오케이"를 외치는 모습이 민채의 발걸음을 잡았다.

그 중에 캄보디아 아이들처럼 까무잡잡하지도 않고, 누가 봐도 한국인의 얼굴을 한 아이가 있었다. 캄보디아 아이들 사이에서도 은근히 왕따를 당하고 있던 장애인인 그 아이는 한국인 2세였다. 어디선가 낯익은 듯한 아이……. 캄보디아에 관광온 관광객이 현지인 사이에서 낳은 아이의 이름은 쌈랑이었다. 처음에는 생활비도 부쳐주고 아이와 엄마를 챙겨주더니 나중에는 생활비도 안 보내고, 연락도 끊어버렸다고 했다. 나중에 수소문해보니 아빠는 이미 한국에서 결혼한 유부남이었다고 했다. 아빠를 찾아 한국에 들어간 엄마는 그 후 소식이 끊겼다고 했다. 아빠를 만나 잘 살고 있는 것인지 외국인 노동자로 일하다 산재라도 당한 것인지 알 수가 없었다.

그 아이들이 눈에 밟혀 민채는 캄보디아에 눌러 앉았다. 우선은 구걸하는 아이들을 학교로 불러오는 일을 했다. 그러자면 그 부모들이 먹고 사는 문제를 해결할 수 있도록 돕는 일이 필요했다. 아이를 학교로 보내면 장학금 명목으로 재정적인 지원을 했다. 그래야 더 이상 구걸에 애들을 내보내지 않았다. 그리고 한국에서 보내온 중고품들을 수선해서 팔거나, 고장난 가전제품들을 수리하고 판

매하는 가게들을 지원했다. 효과가 있었다.

혼자서는 할 수 없는 일이라 국제긴급구호단체의 도움을 받았다. 물론 필요한 재정은 한국에 부탁해 민채의 주식을 팔아 익명으로 기부하기도 여러 번이었다. 학교를 세우고, 고아원을 도왔다. 기술교육과 재활센터를 지원했다. 캄보디아는 한국의 60년대와 비슷해서 군부가 모든 실권을 장악하고 있었고, 약간의 뇌물이면 모든 것이 가능했다. 비자 연장이나 학교 설립 등에 필요하다면 처음에는 민채도 뇌물을 썼다. 그러나 나중에 민채는 이미 씨엠립에서는 유명한 지역 유지가 되어 있어서 더 이상 그럴 필요도 없었다. 오히려 군부나 정부 기관에서 민채에게 도움을 요청하기도 했다.

그러던 차에 더 이상 군복무를 연기할 수 없으니 한국으로 돌아와야겠다고 준혁으로부터 연락이 왔다. 그리고 4주간의 훈련을 마치고 공익근무요원으로 배치를 받았다.

순식간에 지난 몇 년 간의 일들이 주마등처럼 스치고 지나갔다. 그제서야 민채는 깨달았다. 캄보디아에서 민채의 발목을 잡고 시엠립에 주저앉게 만들었던 쌈랑의 얼굴이, 무더운 여름날 봉천동 언덕 꼭대기까지 자신을 만나러 왔던 어머니가 등에 업고 있던 바로 그 아이, 민지와 유난히 닮은 얼굴이었다는 것을. 어머니와 여동생을 외면했던 그 미안함이 무의식적으로 캄보디아의 그 아이들을 돕게 만들었던 힘이었다는 것을….

네가, 네가 그 아이였구나. 어머니 등에 업혀 있던 아이. 하나뿐인 내 동생. 나 스스로 외면했던 내 유일한 가족….

민지의 얼굴을 보며, 민채는 스스로 그렇게 욕했던 수많은 코피노의 아버지들, 라이따이한의 아버지들, 그리고 쌈랑의 아버지보다 민채 자신이 더 나을 게 하나도 없는 나쁜 놈이란 것을 깨달았다. 어쩌면 엄마를 죽음으로 몰고 간 것은 황씨 아저씨가 아니라 바로 자기 자신이었을지도 몰랐다. 지상에 단 한 사람의 혈육이었던 어머니를 외면했던 바로 자기 자신.

겨울강이 꽁꽁 언 얼음의 무게를 견디지 못하고 스스로 쩡~ 소리를 내며 무너져 내리듯, 민채는 지난 수년간 자신을 사로잡았던 왠지 모를 분노와, 이해할 수 없었던 죄의식이 모두 무너져 내리는 것을 느낄 수 있었다.

아직 겨울의 초입이지만 민채는 자신의 가슴에서 벌써 겨울이 지나고 봄이 오는 소리를 들었다.

\* \* \*

민지는 볼수록 이쁜 아이였다. 따지고 보면, 민채와는 피 한 방울 섞이지 않았지만 은근히 엄마를 닮은 구석이 있었다. 민채는 그게 좋았다. 민지도 민채가 자신의 오빠란 사실을 너무 너무 좋아했다.

법적으로나 혈연적으로나 실제로는 민채와 민지 사이에 아무런 관계가 없음에도 친오빠 친동생보다 더 찰떡궁합이 되어가는 민채와 민지가 신기해서 어느 날은 연아가 물어보았다.

"이런 말하긴 미안하지만, 사실 민채씨랑 민지는 친남매도 아닌데, 둘이 하는 걸 보면 모르는 사람들은 진짜 친남매인 줄 알겠어요."

그러자 늘 사람 좋은 웃음만 짓고 좀처럼 싫은 소리를 하지 않던 민채가 정색을 하면서 말했다.

"김연아씨. 제가 세계일주를 하면서 가장 고마웠던 것, 그리고 화가 났던 것이 무엇인 줄 아세요?"

"뭔데요?"

"가장 고마웠던 것은 사람들이었어요. 낯모르는 이방인이 찾아와도 언제든 문을 열어주고 잠자리와 먹을 것을 주던 사람들이었어요. 그들에게는 낯선 이방인은 경계의 대상이 아니라 도와주어야 할 이웃이고 가족이었어요.

그리고 제가 가장 화가 났던 것도 역시 사람들이었어요. 특히 우리 한국인들. 필리핀, 베트남, 캄보디아… 어디를 가든 한국인의 얼굴을 한 현지 아이들이 있었어요. 외국에 나와서 마음껏 데리고 놀다가 덜컥 임신을 하자 한국으로 도망가버린 아빠들이 남겨놓은 아이들이었죠. 정작 외국인들은 이방인을 가족처럼 맞아줬는데, 진짜 가족인 한국인 아빠들은 자기 아이들을 무슨 짐짝처럼 버려두고 도망 가버린 거죠. 제가 캄보디아와 동남아에서 한 일이 이런 아이들, 그리고 돈이 없어 공부하지 못하고 길거리로 공장으로 내몰린 아이들을 돕는 일이었어요. 저와는 피 한 방울 안 섞인 그 아이들을 돕는 게 제 일이었어요. 그런데 제 어머니를 저와 똑같이 '엄마'라고 불렀던 아이, 제 어머니가 가슴으로 낳고 길렀던 아이를 제 동생이라고 하는 게 이상한가요?"

"그게 아니라……."

연아는 말꼬리를 흐렸다.

"저도 어렸을 때는 '가족'이란 말을 잘 이해하지 못했어요. 그래서 아버지가 돌아가신 지 일년도 안 되었는데 재혼하겠다는 엄마를 저는 정말 이해할 수 없었어요. 그런데 나중에, 그것도 어머니가 돌아가신 한참 뒤에야 어머니가 왜 재혼을 하려고 하셨는지를 이해하게 되었어요. 어머니는 다른 사람이 아니라 바로 제게 가족이란 울타리를 만들어 주고 싶었던 것이었어요. 그런데 그 울타리를 제가 박차고 나왔죠. 아니 제대로 말하자면, 제가 그 가족이란 울타리를 부서버린 거에요. 제가 황씨 아저씨를 아버지로 받아들였다면 어쩌면 많은 것이 달라졌을지도 몰라요. 그런데 제가 황씨 아저씨를 가족으로 인정하지 않으면서 가족이란 울타리가 깨어졌어요. 저는 돌아가신 아버지만 생각했고, 어머니는 하나뿐인 아들만 생각했던 건데, 제가 그걸 몰랐었어요. 그래서 같은 실수를 두 번 하고 싶지는 않아요. 민지는 지금 세상에서 유일하게 남겨진 제 가족이에요. 민지는 제 동생입니다."

부잣집 망나니인 줄만 알았던 정민채에게 이런 아픈 가족사가 있다는 것, 그리고 그 아픈 가족사를 잘 극복해내고 성숙한 어른이 되어 있는 정민채가 새삼스러워 보였다. 연아는 예전에 자기가 알고 있던 정민채와 지금 바라보는 정민채가 같은 사람이란 것이 믿기지 않았다. 연아는 정민채의 얼굴을 슬쩍 올려다보았다. 예전에 알던 그 기생오래비 정민채가 아니라 민지 오빠 정민채가 거기에 있었다. 그리고 난생 처음으로 내게도 오빠가 있었으면 좋겠다, 라고 연아는 생각했다.

그러나 민지가 오빠를 찾았다고 해서 달라진 것은 별로 없었다. 법적으로, 혈연적으로 정민채와 황민지가 남매가 아니라 남남이라는 것은 엄연한 현실이었다.

\*\*\*

김만석은 편지를 쓰기 위해 앉은뱅이책상 앞에 앉았다. 그러나 잘 써지지 않았다. 몇 자 쓰다 구겨서 버리고, 또 몇 자 쓰다 구겨서 버리는 일이 반복되었다. 머릿칼을 움켜쥐고 고민해보았지만 좋은 문장이 떠오르지 않았다. 이런 니미. 늘 그막에 생전 안 하던 짓을 하려니.

"에라이!"

김만석은 마침내 편지지와 함께 볼펜까지 집어 던져 버렸다. 그러다 하릴없이 수북히 쌓인 파지 더미 속에 박힌 볼펜을 주워와 다시 편지를 쓰기 시작했다.

"송씨 보시게……"

여느 때처럼 160번지 언덕에서 송씨의 리어카를 붙잡고 내려온 뒤 김만석은 송씨에게 새 우유팩 하나를 전해주었다. 그리고 애써 써온 편지를 전해줄까 말까 고민하며 편지를 쥔 손을 주머니 속에서 꼼지락 거렸다. 뭐라고 할까? 안 나오면 어쩌지? 내가 이 나이에 별 주책을 다……

그러다 결국 이왕 써온 거 일단 주기로 독하게 마음을 먹고 편지를 건네주기로 마음먹었다. 씨부랄. 한번 쪽팔리는 게 평생 후회하고 사는 거보단 나아!

"니미…… 자, 자, 자! 받어!"

주머니에서 확 끄집어낸 편지봉투를 김만석은 다짜고짜 송씨의 손에 쥐어 주었다. 그리고는 잽싸게 몸을 돌려 자리를 떴다. 송씨가 뭐라 생각할까 신경이 안 쓰이는 것은 아니지만, 크헛헛…… 헛기침 몇 번 하면서 후다닥 서둘러 자리를 피했다.

약속 시간을 초조하게 기다리던 김만석은 거울에 자신의 모습을 한번 비춰 보았다. 영낙없는 늙은 할아버지 모습이었다. 머리는 왜 저리 하얗고 주름은 왜 저렇게 많아? 니미.

곱게 빗질을 해서 올백으로 넘겨도 보고, 중간 가르마도 타보고, 2:8가르마도 타보았지만 다 마음에 안 들었다. 어떻게 해도 인상 사나운 할방구가 있을 뿐이었다. 그래 문제는 인상이야. 김만석은 거울을 보고 임플란트를 해서 가지런한 이빨을 드러내며 씨익 웃어보았다. 좀 나았다.

그때 방문이 덜컥 열리며 연아가 들어왔다. 김만석은 화들짝 놀랐다.

"할아버지, 어디 가?"

"어, 응. 복덕방에…… 왜?"

김만석은 생각나는 대로 대충 둘러대었다.

"저녁 식사하실 시간인데?"

"아니다. 복덕방에 일이 많아서……"

"네? 겨울인데 이사를 많이 하나……?"

저것이 할애비가 그렇다면 그런 줄 알 것이지. 무슨 잔말이 저렇게……? 혹시 이놈이 뭔가 눈치를 채고 있는 거 아냐?

"할애비가 그렇다면 그런 줄 알아야지. 뭔 말이 이렇게 많아 이놈아!"

김만석은 계면쩍은 마음을 숨기기 위해 버럭 고함을 질렀다. 그리고 서둘러 자리를 피했다. 결국 파편은 애꿎은 이윤희에게 튀었다. 방문 앞에서 만난 김만석에게 식사하시라 말을 꺼냈다가 봉변을 당한 것이다.

"아버님, 저녁 진지 드실 시간인데 어디……"

"아, 안 먹어!"

죄 없는 이율배반여사에게 버럭 고함을 지르는 김만석은 평소와 달랐다. 할아버지, 요새 수상해…… 연아의 예리한 촉각이 할아버지 방의 구석구석을 탐지했다. 드디어 연아의 시야에 휴지통에 가득 넘쳐서 옆으로 이리 저리 흩어져있는 종이 뭉치들이 들어왔다. 그 중 하나를 집어 들고 연아는 무언가 살펴보았다.

"푸하하~"

저절로 웃음이 터져 나왔다. 헐~ 이거, 대박인데? 모처럼만에 연아에게서 주체할 수 없는 웃음이 터져나왔다.

*** 

송씨는 일을 마치고 집에 돌아와 김만석이 건넨 편지봉투를 열어보았다. 안에는 깨알 같은 글씨로 뭐라고 씌어진 편지가 들어 있었다. 그러나 송씨에게 그것은 하얀 것은 종이고 검은 것은 글씨일 뿐이었다. 뭐라는 건지 하나도 알아볼 수 없는 답답한 마음에 한숨이 절로 나왔다.

"어휴~ 이걸 어쩌지?"

하는 수 없었다. 무슨 내용인지 알 수가 없으니 물어보는 수밖에…… 송씨는 다시 옷을 챙겨 입고 보자기를 머리에 쓰고 길을 나섰다. 눈이 펑펑 쏟아지고 있었다.

"그러니까…… 이걸 읽어달라고요?"

장군봉이 물었다. 송씨는 고개를 끄덕였다. 난로 위에 올려놓은 주전자의 물이 보글보글 끓고 있었다.

"왜……?"

"내가…… 글을…… 몰라서요……"

이 나이가 되도록 글도 모른다는 것은 남한테는 숨기고 싶은 일이었지만 어쩔 수 없었다.

"뭐가 씌어 있는지 꼭 알고 싶어서요. 죄송하지만 부탁드려요."

그랬구나. 그래서……. 장군봉은 속으로만 고개를 끄덕거렸다.

"그럼…… 음, 음! 음!"

장군봉은 목을 가다듬고 편지를 읽어내려가기 시작했다. 한자와 한글을 섞어 나름대로 멋있게 쓰려고 애를 쓴 게 눈에 보이는 편지였다.

"송씨 보시게.

사람 인연이란 게 옷깃만 스쳐도 인연이라는데 자네와 나는 매일 새벽마다 같은 동네 같은 골목을 지나다니니 이것도 고쳐 생각하면 제법 인연이 아니겠는가. 그런데도 자네와 내가 별다른 교분이 없으니 이것은 어찌 보면 합당치 아니한 바, 사람이라는 게 서로 교류를 쌓고 사는 게 옳다고 생각하네. 하물며 오늘은 날도 차고 눈까지 쌓였는데, 그게 일하러 돌아다닐 때 귀찮고 질척질척한 길이어도 또 다시 쳐다보면 나름 보기 좋은 풍경이 아니겠는가. 이런 날 조용한 데 가서 뜨끈한 차나 한 잔 마시면 그것도 제법 괜찮은 일이 아닌가 싶네.

마침 내가 늘 바쁜 가운데에도 오늘 저녁은 묘하게도 시간이 좀 되는데 자네는 어떠한가. 눈도 쌓였는데 괜히 종이 쪼가리 주우러 수레 끌고 돌아다닌답시고 고생하지 말고 마실이나 가는 게 어떻겠는가. 이런 날은 그냥 매일매일 늙어가는 하루 중에 하나로 보내지 말고 동네 구경이나 하면서 차나 한잔 마시는 것도 좋지 않겠는가. 나나 자네나 살아온 날이 많으니 심심파적으로 이야기나 나누며 시간을 보내는 것도 괜찮을 듯하네. 혹시라도 오늘 저녁 별일 없으면 자네와 내가 매일 마주치는 160번지 언덕길 위에서 6시에 기다릴 터이니……"

장군봉은 편지를 읽다가 잠시 말을 끊고 시계를 쳐다보았다.

"어? 지금 몇 시지? 어, 이런……! 여덟시 반이 다 되어 가잖아."

그 말에 송씨가 자리에서 벌떡 일어났다.

"저, 저……. 먼저 일어날게요! 고마워요."

송씨가 서둘러 자리를 떴다.

"지금…… 벌써 좀 많이 늦었는데……"

장군봉의 말도 흘려들으며 송씨가 후다닥 바튼 발걸음을 옮겼다. 그러고 보니 편지도 돌려주지 못한 채 장군봉이 그대로 들고 있었다. 흐음…… 그럼 내친 김에 마저 읽어볼까……

"그냥 자네 뜻이 어떤가 묻는 걸세. 나도 여기저기 들러야 할 곳은 많으니까 오래 기다리진 않을 터이니 부담 갖지 말고……"

그리고 그 밑에 날짜와 김만석의 이름 석자가 씌어 있었다.

"부담 갖지 말라고. 허허허……"

장군봉의 입에서 기분좋은 웃음이 흘러 나왔다. 허허. 그 양반. 좀 더 솔직하게 쓰면 좋을 것을…… 이건 그러니까 연애편지로군. 허허…… 허허허허…….

*＊＊＊*

서둘러 걸음을 옮기느라 숨이 가빴다. 눈길이라 미끄러워 조심하느라 걸음에 속도가 붙지 않았다. 가쁜 숨을 내쉬며 160번지 언덕 위에 도착했지만 김만석은 보이지 않았다. 내가 너무 늦었나 보구나.

그때였다. 에헴~ 하는 기침 소리와 함께 전봇대 뒤에서 김만석의 모습이 나타났다.

"크험~. 어? 자넨 송씨 아닌가?"

우연히 지나치다 송씨를 만난 듯한 표정으로 김만석이 말했다.

"아, 네…… 설마…… 지금까지?"

"많이 바쁘셨나 보네?"

"미, 미안해요…… 너무 오래 기다리셨죠?"

"아니. 안 기다렸어. 여기 잠깐 섰다가 안 오길래 뭔 일이 있는가부다 하고 나도 가버렸지. 그래서 어디 놀러갔다가 돌아오는 길인데…… 우연히 마주친 거야."

그렇게 말하는 김만석의 발밑에 김만석의 것이 분명한 발자국들이 눈 위에 선명하게 남아 있었다. 그 발자국들은 김만석의 말과는 달리 전부 연결하면 동네를 몇 바퀴를 다 돌고도 남을 만큼 많은 발자국들이었다. 얼마나 오랜 시간 기다렸는지 김만석의 마음이 고스란히 눈 위에 발자국으로 남아 적혀 있었다. 그 발자국들이 송씨에게 사실을 말할 용기를 주었다. 송씨는 부끄럽긴 하지만 사실을 말해야겠다고 마음먹었다.

"실은…… 내가…… 글을 몰라요……"

김만석의 표정이 놀라 잠시 굳어졌다.

"문맹이야?"

송씨는 부끄러움에 고개를 숙여 고개만 끄덕였다. 잠시 말이 없던 김만석이 다시 입을 열었다.

"그럼. 시계는 볼 줄 알아?"

내가 얼마나 한심해 보였으면 시계를 볼 줄 아는가까지 물어볼까, 낯이 붉어지며 송씨는 고개를 끄덕였다.

\*\*\*

다음날, 160번지 언덕 위에서 만난 김만석은 어제처럼 다시 편지봉투를 내밀었다. 또 편지였다. 분명히 어제 글을 못 읽는다고 말했는데, 왜 또……

송씨는 조심스레 김만석의 편지를 꺼내보았다.

"응?"

편지지 위에는 글씨가 단 한 자도 없었다. 그림 편지였다. 여섯시를 가리키는 시계가 그려져 있고, 그리고 160번지 언덕 위를 가리키는 집과 길들, 그리고 전봇대가 그려져 있었다. 그리고 그 위에 사람 둘이 그려져 있었다. 그리고 시계와 언덕 위의 두 사람을 화살표를 가리킨 뒤 별표가 그려져 있었다. 한눈에 봐도 6시에

160번지 언덕 위에서 둘이 만나자는 편지였다.

　자신도 모르게 송씨의 입에서 풉~하고 웃음이 터져 나왔다. 한번 터져 나온 웃음은 도저히 참을 수 없었다.

　"푸후…… 푸후후후…… 푸하하하하하하……. 아하하하하하하하하……."

　너무 웃어서 눈물까지 다 났다. 그렇게 웃어본 적이 몇 십년만인지 송씨는 기억도 나지 않았다. 김만석이 전한 그림 편지를 보는 순간, 책상 앞에 앉아서 편지를 쓰고 아니, 그리고 있을 김만석의 모습이 눈에 선했다.

　'이런 니미, 내가 언제 그림을 그려본 적이 있어야지. 이런 씨부랄. 궁시렁궁시렁……' 거렸을 김만석의 목소리조차 편지 속에서 고스란히 들려오는 듯했다.

＊＊＊

　김만석이 시계와 골목길 그림으로 6시와 160번지 언덕길을 표시한 그 시각 그 장소에서 김만석과 송씨가 만났다. 시계가 있던 자리에 걸린 저녁 해가 두 사람의 그림자를 길게 골목 아래로 늘어뜨려 놓았다.

　"안 늦었죠?" 송씨가 물었다.

　"크험…… 뭐, 그렇네."

　일단 만나자고는 했는데 이제부터는 뭘 하지? 결국 마땅히 갈 곳도 계획한 바도 없어서 김만석은 지난번 주차장 장군봉네 안사람을 만났던 마을 놀이터로 향했다. 니미럴……. 어디 갈 만한 곳을 아는 데가 있어야지…….

　두 사람은 벤치에 앉아 건너편 언덕 너머로 떨어지고 있는 저녁 해와 노을을 바라보았다. 날씨가 많이 풀렸는데도 아직은 저녁 공기가 썰렁했다. 말없이 어색하게 앉아만 있자니 더 썰렁했는지도 모를 일이다.

"좀 추, 춥지 않아요?"

서로 어색하게 눈치를 보다가 송씨가 먼저 말문을 열었다.

"조, 좀 썰렁하네 뭐……"

"……"

"……"

"그래도 날이 많이 풀렸어요."

"그러게. 눈도 하루 만에 다 녹고……"

"……"

"……"

"이만하면 오늘은 보일러 안 때도 되겠네."

"뭐?"

침묵을 깨기 위한 어색한 빈말들만 오가다 김만석이 깜짝 놀라 물었다.

"뭐? 아니 왜?"

"이 정도면 보일러 안 때도 되겠다구요. 아껴야지요."

"파지 모아 번 돈은 뭐에 쓰고?"

"아…… 그건 얼마 안 돼요. 그건 하루 종일 모아도……"

"그럼. 나라에서 나오는…… 그 머시기냐. 기초노령연금이나 그 뭐 저소득자나 독거노인 보호수당 같은 거 그런 거 있을 거 아냐?"

"난 그거 못 받아요…… 글을 몰라서 신청서도 못 쓰고…… 무엇보다 이름도 없는 데다 그리고 난…… 주민등록증도 없는데……"

버젓이 자식이 있는 자신도 받는 기초노령연금을 송씨가 못 받는다는 말에 놀라 김만석이 송씨를 쳐다보았다. 그럼, 그 동안……? 니미, 뭐 이런 어이없는.

송씨는 부끄러움에 고개를 숙였다. 글도 몰라, 이름도 없어, 주민등록증도 없어, 가족도 없고…… 그리고 희망도…….

* * *

저녁 무렵 가게 앞에 파지나 빈 박스를 내놓는 집들을 위해 저녁나절 송씨가 동네를 한 바퀴 돌아 파지를 넘기고 돌아가려는데 장군봉이 송씨를 불러 세웠다.

"송씨…… 잠깐 얘기 좀 할까요?"

장군봉이 송씨에게 뭔가를 내밀었다. 공책 같기도 하고 책 같기도 했다. 파지는 아닌 듯했다.

"〈한글쓰기교본〉이라고 씌어 있어요. 그러니까…… 글을 배우고 글 쓰는 법을 익히는 책이에요."

송씨가 깜짝 놀란 표정으로 장군봉을 바라보았다.

"어제 보니, 편지를 못 읽어서 속상해하는 것 같길래…… 혹시라도 글을 배우고 싶으면 내가 좀 도와드릴까요?"

"아!" 송씨의 표정에 민망함과 고마움이 겹치며 옅은 웃음기가 떠올랐다.

"오다가다 여기 들러서 잠깐 몇 글자씩 배우고…… 혼자서도 공부해도 금방 배울 수 있을 거에요."

장군봉이 건네주는 공부책을 소중하게 두 손으로 감싸쥐며 송씨가 말했다
"고마워요. 정말…… 저, 혹시 제가 보답으로 뭐 도와드릴 일은 없나요?"
"아…… 저…… 저…… 아, 아닙니다."
장군봉의 표정에 뭔가 망설이는 기색이 역력했다.
"뭔데요? 말씀하세요."
"저, 그럼 혹시…… 가끔씩 저희 집에 좀 가 주실 수 있나요?"
"네?"
"그…… 저……. 아내가 안쓰러워서요. 내 아내는 원래 쾌활하고 말이 많은 사람이었어요. 그런데 치매가 오고 난 후에 난, 어쩔 수 없이 아내를 집에 가둬둬야 했어요. 밖에 나가면 길을 잃어버리고 사고라도 당할까봐…… 난 새벽부터 밤까지 계속 일을 해야 하니까 어쩔 수 없었지요……"
장군봉이 잠시 말을 쉬었다.
"그리고 아내는 말수가 줄었어요.. 나는 아내가 치매가 와서 말을 안 하는 줄 알았죠…… 그런데 며칠 전 아내가 집밖으로 나왔던 날…… 그날 밤에야 알았어요. 아내가 얼마나 집에서 답답했는지…… 말을 안 하는 게 아니라 할 말이 없었던 거죠…… 그러니까…… 저기, 아주 가끔씩만이라도 들러서……"
송씨가 밝은 표정으로 고개를 끄떡이며 말했다.
"그렇게 할게요. 나도 마침 친구 하나 없어서 말벗이 필요했어요."
"고맙습니다."
"아니, 제가 고맙지요."
장군봉과 송씨는 서로 고마움에 연신 고개를 숙여 인사했다.

## 제7화
# 내 이름은 송이뿐

김만석이 송씨와 함께 주민센터에 나타나자 연아가 놀란 표정을 지었다.
"어? 할아버지. 여긴 웬일이세요?"
"웬일은…… 일이 있으니까 왔지."
사실은 새벽에 160번지 언덕길에서 만나 김만석이 송씨에게 미리 만나자고 약속을 잡은 터였다. 파지 줍는 일이 끝나면 만나서 좀 갈 데가 있으니 머리에 보자기 뒤집어쓰지 말고 좀 차려입고 나오라고 말을 전해둔 터였다. 김만석은 송씨에게 주민등록증을 만들어주고 기초노령연금 등 나라에서 주는 돈도 좀 타게 해주고 싶었다. 자기처럼 놀고먹어도 되는 노인들에게도 따박따박 나오는 연금이 송씨처럼 어려운 독거노인에게 안 나오는 것은 억울한 일이라고 생각했다. 나라에서 주는 건 받아야 해. 나라에 낼 건 내고!

"그러니까…… 좀 증명이 어렵긴 한데…… 음 어떻게든 주민번호를 새로 등록하고 발급받으시면 되고요…… 그 후에 형편조사를 하면 독거노인이시고 하니……. 국가생활보조금도 조만간 다달이 받으실 수 있을 거예요."

연아가 말했다. 김만석이 물었다.

"그럼, 한 달에 얼마나 나오는데?"

"그건 형편에 따라 달라요…… 일단 주민등록증부터 만들고 형편조사를 해서…… 부양할 자식이 없고 독거노인이시고, 그리고 수입이 미미하시면……음……"

연아가 대략 머릿속으로 보조금 계산을 하고 있는데, 성질 급한 김만석이 버럭 고함을 질렀다.

"아, 됐고! 그래서 대충 얼마가 나오는데!" 김만석이 버럭 소리를 지르자 주민센터에서 일하던 직원들이 화들짝 놀라, 순식간에 주민센터 안이 고요해졌다. 다들 자기 책상 앞에 앉아 일은 하지만 눈은 모두 김만석에게로 향했다. 동장실 문이 열리더니 인섭이 나오다가 김만석을 발견하고는 손짓으로 목소리를 좀 낮추라는 제스처를 했다. 니미. 아들놈이 동장인데 내가 그깟 고함도 못 질러?

"기초노령연금은 8만원 정도 나올 거고요. 그밖에 보조금이 대충…… 한 15만원 정도 나올 거에요."

"그럼 다 합쳐서 23만원? 아이고! 그걸 누구 코에 갖다 붙여! 보일러 기름 값도 안 되겠……"

그때였다. 송씨가 갑자기 큰소리로 말하면서 고개를 꾸벅거리며 인사하기 시작했다.

"가, 감사합니다. 감사합니다. 감사합니다."

"저, 하, 할머니……"

연신 절하는 송씨 때문에 잠시 민망하여 연아가 말리려고 했으나 송씨는 계속 감사하다며 인사를 했다.

"한달 꼬박 새벽부터 종이를 주워 모아도 모으기 힘든 돈인데, 그걸 나라에서 그냥 주신다니······. 감사합니다. 감사합니다······"

송씨의 눈에 눈물이 맺혔다. 나라에서도 이렇게 도와주는 것을 글을 몰라서 그동안 그렇게 고생을 했다니. 송씨가 흘리는 눈물에 신혜와 성호, 민경, 인섭까지 하나 둘 연아의 책상 주변으로 몰려왔다.

"일단 독거노인 지급혜택을 한번 다 뽑아봐."

"최대한 빨리 신청할 수 있게 해드리라고."

"주민등록 말소······갱신······ 아니, 신규등록부터 하고······ 거기가 아니고 일단 굵은 선 안부터 먼저······"

"뭐, 제가 도와드릴 일은 없을까요?"

다들 한마디씩 하니 오히려 정신이 없긴 했지만, 그래도 송씨 할머니를 도와드리자고 다들 관심을 쏟아주는 일이니 연아는 기분 좋게 일처리를 하기로 했다.

"할머니, 일단 주민등록부터 먼저 해야 하니까요. 몇 가지만 제가 여쭤볼게요······ 먼저, 할머니 성함이 어떻게 되세요?"

"송, 송씨요."

"네. 그러니까 성은 송씨고 이름은요······?"

주민센터 식구들의 눈이 모두 송씨의 입으로 향했다.

"내 이름은 그냥 송······"

송씨가 당황해서 기어들어가는 목소리로 말하는데, 말허리를 끊고 옆에서 김만석이 큰소리로 대답했다.

"이뿐이야!"

송씨가 놀라 김만석을 쳐다보았다.

"이뿐이라니까?"

이뿐이도 아니고 이뿐이? 이뿐이가 이름이야? 이쁘다고? 누가 이뻐? 할머니가? 김만석의 눈에는 사람들의 머릿속에 웅성웅성 거리는 말풍선들이 모두 보이는 듯했다.

"이름이 송이뿐이라고!"

"진짜요?"

말풍선들이 하나로 뭉치더니 모두가 한 목소리로 되물었다.

"진짜는 무슨! 이쁘잖아. 그래서 송이뿐이라고."

다들 꿀 먹은 벙어리가 되어 김만석을 쳐다보았다. 할아버지, 뻥치시는 거 아닐까? 근데 너무 당당하신대? 너희 할아버지 화나셨지? 화나시면 무섭지? 무서울 거 같아…… 사람들 머리 위로 말풍선들이 하나씩 둥둥 떠다녔다.

"송이뿐이라고! 송이뿐!"

김만석의 확인사살에 머리 위에 떠다니던 말풍선들이 모두 풍선 터지듯 사라졌다. 몇 초간 어색한 침묵이 흘렀다.

　　　　　　　　　　＊＊＊

"자, 할머니. 고개 바로 하시구요……. 네, 네, 좋아요. 이쪽을 보시구요……"

주민등록증을 만들려면 사진부터 찍어야 했다. 원래는 주민센터 안에 있는 주민증용 디지털카메라로 찍으면 되는데 고장이라고 했다. 금방 고쳐 놓을 테니 내일 다시 오라고 했지만, 김만석은 그냥 사진관에서 찍어서 사진을 가져오겠다고 했다. 김만석의 속셈은 따로 있었다.

"자아, 갑니다 가만히 계세요~"

거꾸로 뒤집혀진 뷰파인더를 들여다보며, 자칭 프랑스에서 유학했다는 사진관 주인 엘레강스 킴이 말했다.

"증명사진은 핑계고…… 영정사진 찍으러 오신 거죠? 제가 잘 나오게 찍어드릴게요. 요즘 다들 그러세요. 아, 장사 한두 번 하나요……"

"뭐 임마?"

김만석이 엘레강스 킴을 쩨려보았다.

"제가 알아서 잘 뽑아드릴……"

"증명사진 찍으러 왔다니까 이 자식이 재수 없게!"

결국 김만석이 버럭 고함을 질렀다. 증명사진이 맞다는데, 자식이…… 사람에 대한 믿음이 없어 믿음이……

"네, 네…… 증명사진 맞습니다, 맞고요……"

공연히 김만석에게 말 붙였다가 본전도 못 건진 엘레강스 킴은 송씨에게 집중했다.

"할머니, 표정이 굳으셨어요. 사알짝~ 웃으셔도 됩니다. 사알짝~"

송씨가 수줍게 살짝 웃음을 띠는 순간, 번쩍~ 하고 조명이 터졌다.

잠시 기다렸다가 포토프린터로 금방 뽑아준 사진을 받아 송씨가 먼저 주민센터로 돌아간 뒤, 김만석은 송씨가 시야에서 사라지길 기다린 후 사진관으로 다시 돌아왔다. 엘레강스 킴이 김만석을 발견하고는 뜨악한 표정으로 바라보았다.

"아까 그 사진 한 장 더 뽑을 수 있지?"

엘레강스 킴은 김만석의 등 뒤로 활활 타오르는 불길 같은 것을 얼핏 본 듯했다. 아니라고 했다간 목숨을 부지하기 힘들지도 모른다는 살기 같은 것을 본능적으로 느꼈다.

"네. 됩니다! 네, 되고 말고요."

김만석은 목적한 바를 이루자 자신도 모르게 홍얼홍얼 콧노래가 절로 흘러 나왔다. 노랫가락에 맞춰 뒷짐 지고 어슬렁어슬렁 걸어가다가 품속에서 송씨의 사진을 꺼내 다시 한번 쳐다보았다.

송씨는, 예뻤다.

\* \* \*

"그럼, 오늘 첫 시간이니…… 기역부터 시작할까요?"

한글연습교본을 꺼내 송씨 앞에 내려놓고 장군봉은 한글 공부를 시작했다.

"여기 써 있는 것대로 발음하면서 따라 쓰면 되요."

장군봉이 손가락으로 가리키는 곳에는 가거고구그기나너노누…… 한글이 순서대로 씌어 있었다.

"자, 보세요. 기역이랑 아가 만나서 '가'……"

"저, 잠깐만요. 우선 먼저 배우고 싶은 게 있어요."

무슨 일이 있었던 것일까. 장군봉은 송씨의 표정이 예전과 달리 많이 밝아지고 오늘은 말투조차도 똑 부러진다는 것을 느꼈다.

"뭐, 다른 거라도……"

"내 이름…… 내 이름부터 배우고 싶어요."

장군봉은 송씨가 불러주는 대로 송씨의 이름을 가거고구그기나너노누…… 밑에 한 줄로 가지런히 써서 전해주었다. 송.이.뿐.송.이.뿐.송.이.뿐. 송씨의 이름이 송이뿐이었구나……

집에 돌아온 송씨는 장군봉이 적어준 자신의 이름을 한 자 한 자 또박 또박 공책 안에 적어 넣었다.

"소오오오옹~ 이이이이이~ 뿌우우우우운……"

삐뚤삐뚤한 글씨지만 공책 위의 사각 모양 안에 한 자 한 자 자신의 이름이 채워지자 송씨의 가슴속도 뭔가로 가득 채워지는 느낌이었다.

"소오옹~ 이이이~ 뿌우운~"

"송…… 이…… 뿐…… 송…… 이…… 뿐……"

"송이뿐!"

내 이름. 송이뿐. 내 이름은 송이뿐.

제8화
# 모든 로맨스소설은
# 해피엔딩으로 끝난다

"언니는 아까부터 뭐가 그렇게 좋아서 계속 웃고 있어요? 뭐 혼자 좋은 일 있어요?" 연아가 물었다.

"나, 며칠 전에 집으로 가다가 강도를 만났다?"

"강도를 만난 사람이 그렇게 웃고 있어요? 그때부터 정신이 나간 거구나?"

"끝까지 들어봐. 그런데 그때 그 위기일발의 결정적인 순간에 영화의 한 장면처럼 운명의 남자가 나타난 거야!"

"운명의 남자?"

"응! 강도가 칼을 들었는데도 주윤발처럼 생긴 그 사람이 바람처럼 이리저리 휙휙 날아다니니까 강도의 칼이 공중으로 슝~ 하고 날아가고, 강도가 걸음아 나 살려라 하고 도망가더라고……"

"진짜? 무서웠겠다."

"아니. 멋있었어! 게다가 저 밑에 〈부자고물상〉이라고, 자기 사업체도 있는 사람이래."

맹신혜는 거의 동화속의 왕자를 만난 것처럼 저쪽 판타지나라에 사는 사람 같았다. 그런데 아무렇지도 않게 던진 연아의 한마디가 맹신혜의 환상을 산산히 무너뜨렸다.

"그런데 언니 그 운명의 남자가 유부남이면? 유부남인지 총각인지 알아봤어?"

맹신혜의 머릿속에 쨍그랑거리며 유리조각들이 산산히 부서져 흩어지는 소리가 들렸다. 맞아, 쇠뿔도 단김에 빼랬다고, 퇴근하면 그거부터 알아봐야겠어. 그런데 유부남이면 어쩌지? 아아, 이 운명의 끝은 불륜인가, 로맨스인가?

"언니, 나 있다가 구청 들러서 주민증 찾아서 송이뿐 할머니 댁에 들렀다가 올게."

응. 그러든가 말든가…… 맹신혜는 지금 머릿속으로 불륜과 로맨스의 경계를 넘나드는 로맨스소설 한 권을 뚝딱 써내려가고 있었다. 일단 주민센터 일로 그쪽 업체랑 껀수를 만들고 그 다음에는 그 핑계 김에 한번 찾아가고……. 맹신혜가 써내려가는 로맨스소설은 물론 해피엔딩이었다.

\*\*\*

민지가 자신의 동생이란 것을 알고 난 후, 민지를 가족으로 받아들이기 위한 민채의 노력은 눈물겨운 것이었다. 가장 먼저 민채는 형이 확정된 후 교도소에 수감된 황씨 아저씨를 찾아갔다. 민지에 대한 친권포기를 철회해달라고 설득하기 위해서였다.

"네가 웬 일이냐? 네 엄마 돌아가셨을 때 장례식에도 안 나타나던 놈이……."
"그때는 외국에 나가 있느라 어머니 돌아가신 소식을 듣지 못했습니다."
민채를 바라보는 황씨의 눈빛은 쓸쓸하였다.
"그새 많이 컸구나. 마지막 봤을 때가 고등학생이었지 아마?"
"그때는 철도 없고 생각도 짧고, 제가 많이 어렸었지요. 그땐 많이 죄송했습니다."
"뭐가?"
"아저씨를 한번도 아버지라고 부르지 않은 거요."
잠씨 황씨의 눈빛이 흔들렸다.
"난 그래도 너를 아들처럼 여겼다. 아니, 아들로 받아들이려고 많이 노력했었다."
"알고 있습니다."
알고 있는 놈이 그랬어? 라는 말이 목구멍까지 나왔지만 참고 황씨가 입을 열었다.
"그런데 지금 와서 여기까지 나를 찾아온 이유는 뭐지?"
"민지에 대한 친권을 포기하지 마세요. 민지에겐 아빠가 필요합니다. 지금 친권을 포기하시면 민지는 해외로 입양될 겁니다."
"내가 친권을 포기하지 않아도 내가 출소할 때쯤이면 민지는 중학생이 되어 있을 거야. 해외로 입양된다고? 어떤 부모를 만날지는 모르겠지만 전과자에 알콜중독자 아빠보단 낫겠지……."
"친권만 포기 안하시면 출소하실 때까지 제가 잘 보살필 수 있습니다."

"네가 뭐? 네가 뭔데 민지를 보살펴?"

"민지 오빠지 않습니까? 가족이잖아요!"

"네가 언제 민지나 나를 한 번이라도 가족이라고 생각한 적 있었나?"

"민지의 장래를 생각하셔야지요!"

"민지의 장래를 생각해서 친권을 포기한 거야. 민지의 장래를 위해선 나같은 아빠는 없는 게 낫지."

"아저씨!"

황씨가 미친 사람처럼 클클클 웃어대더니 자리에서 일어났다.

"나중에 나를 아버지라고 부를 수 있으면 그때 다시 와. 세상에 아버지를 아저씨라 부르는 가족은 없어."

황씨가 면회실 문을 나선 다음에야 민채는 자신의 실수를 생각하고 주먹으로 바닥을 쳤다. 하지만 이미 늦은 후였다.

\* \* \*

"계세요? 아무도 안 계세요?"

연아는 송씨 할머니집의 알루미늄 쪽문을 똑똑 두드렸다.

"계세요? 송이뿐 할머니, 계세요?"

얼마 뒤 문이 열리며 송씨가 나왔다.

"안녕하세요? 몇 번 뵌적 있지요. 저예요. 동사무소에서 만났던 김만석 할아버지 손녀딸."

"아, 네. 어서 오세요. 누추하지만 안으로 들어오세요."

송씨 할머니의 집은 단출했다. 세면대 겸 부엌이 딸린 작은 방 하나가 전부였다. 가구도 옷장 하나, 서랍장 하나, 그리고 텔레비전을 얹어놓은 미니 서랍장 하나. 미니 서랍장 위에는 손때 묻고 천이 헤어진 오랜 아기 인형 하나가 놓여 있었다. 이것저것 방을 돌아보는 연아를 바라보며 송씨가 말했다.

"방이 좀…… 많이 누추하죠?"

"아뇨, 아뇨. 그래도 볕은 잘 드는 것 같은데요."

"노인네 혼자 사는 방이라…… 뭐 딱히 챙길 것도 없고.."

연아는 가방에서 가구 형편조사를 위한 양식을 꺼냈다.

"주민등록번호는 나왔구요. 주소지는 현재 이곳으로 했어요. 본적지 주소는 명확하지 않아서 그냥 강원도 영월로 임의로 했고요. 그리고 또……"

연아는 자신을 뚫어지게 쳐다보는 송씨 할머니의 눈길을 느꼈다. 우리 아가가 건강하게 컸더라면 이 아가씨처럼 참한 처녀로 컸을까? 지금쯤은 중년 아줌마가 됐겠지? 자신의 기억 속에선 늘 열 살짜리 여자아이로만 멈춰버린 딸아이의 기억을 송씨는 잠시 연아의 얼굴에서 찾아보았다.

연아는 복지대상자 보장/급여 신청서에 필요한 내용들을 하나하나 적어 내려갔다. 이름 송이뿐, 주소 서울시 성동구 옥수동…… 그리고 본인 주민번호와 동거자여부 및 건강 등을 모두 적어 내려갔다. 그런데 딸이 하나 있었는데 어릴 때 사망했다고 했다. 이름은 없다고 했다. 연아는 이름란에 '無'라고 적었다.

"……음. 됐어요, 할머니. 형편조사는 다 된 것 같아요. 이만하면 이달부터도 지원비를 받으실 수 있을 것 같아요. 아니, 제가 책임지고 받아올 거예요."

"고마워요. 고마워요."

또다시 송씨는 연신 고맙다는 인사를 했다. 연아는 가방에서 미리 챙겨온 그것을 짜잔~ 하고 송씨 눈앞에 보여주었다. 주민등록증이었다.

"짠~. 할머니 여기 주민등록증이요. 원래는 모았다가 한꺼번에 구청에 보내고, 그러면 며칠씩 시간이 걸리는데…… 하하하 이건 우리 직원들이 구청까지 가서 직접 신청해서 바로 뽑아온 거예요. 짜잔~ 받으세요, 할머니."

"아이고…… 아아……"

주민증을 받는 송씨의 손이 감격에 부들부들 떨렸다. 송씨는 주민등록증을 받아들고 찬찬히 들여다 보았다. 다른 글씨는 모르겠지만 '송이뿐' 이 세 글씨만은 또렷하게 읽을 수 있었다.

"소오오옹…… 이이이…… 뿌우운…… 송이뿐…… 내 이름이 써 있네요."

송씨는 난생 처음 받아보는 자기 이름과 주민등록증을 가슴에 꼭 품어 안았다.

"고마워요. 정말 고마워요."

"할머니 저, 나이도 새파랗게 어린데 왜 자꾸 존댓말을 쓰세요. 저, 할머니 손녀뻘이에요. 말씀 낮추세요."

"아…… 내가…… 좀 버릇이 되어놔서요."

"말씀 낮추시라니까요. 저 그럼…… 할머니 쉬세요. 전 일어날게요."

말하며 일어나는 연아의 손목을 송씨가 잡았다.

"밥이라도 먹고 가셔야죠. 끼니 전인데…… 아직 밥 안 먹었죠?"

"네? 아니…… 전 여기 오기 전에……"

이미 점심식사를 하고 온 연아는 거절을 하려고 말머리를 꺼냈으나 연아를 바라보는 송씨의 눈빛에서 거절하지 못할 간절함을 느꼈다. 그렇게라도 고마움을 표현하고 싶은 것이리라.

"음…… 네, 배고파요."

연아의 말에 송씨는 부엌쪽으로 나가 달그락달그락 거리며 밥상을 차리기 시작했다. 혼자 방안에서 기다리던 연아는 송씨의 뒷모습을 향해 질문을 던졌다.

"할머니! 우리 할아버지랑 사귀세요?"

달그락거리던 그릇이 떨어지며 와장창 소리를 내었다.

"괜찮으세요?"

"잠깐 손이 미끄러져서요. 괜찮아요."

송씨는 왠지 모르게 낯이 붉어지고 식은땀이 나는 것을 느꼈다. 그런 송씨의 마음을 아는지 모르는지, 연아는 혼잣말처럼 중얼거렸다.

"어젯밤에 할아버지한테 들었어요. 원래 할머니 성함은 그냥 송씨였다고…… 그런데 이제 동사무소에서 할아버지가 정색하면서 크게 외쳤잖아요. 송이뿐이야, 송이뿐! 하시면서…… 하하하. 난 깜짝 놀랐어요. 할아버지가 그런 말씀을 하실 줄이야…… 하하하…… 전 송이뿐이야라는 그 말이 왠지 송이뿐이라는 이름을 말씀하시는 게 아니라 할아버지한테는 송이뿐이야…… 이렇게 들리더라구요…… 하하하."

달그락거리던 소리는 이번엔 기어코 쨍그랑 소리로 변했다.

"할머니, 괜찮으세요?"

"또, 손이 미끄러져서……"

송씨가 차려온 밥상은 포기 김치 한쪽과 된장찌개, 김 몇 장과 달걀프라이 네 알이었다. 아마도 평소 송씨가 먹던 것과는 다른 진수성찬이었으리라고 연아는 짐작했다. 그러나 정작 연아를 놀라게 한 것은 밥그릇이었다. 공기 그릇이 아니라 옛날 밥그릇 위로 한 공기 정도는 더 수북히 올라온 밥이 머슴들이 일할 때 먹는 밥 같았다.

"식기 전에 들어요, 어서. 먹고 모자라면 더 먹고."

여기에 모자라면 더……? 이걸 다 소화나 할 수 있을까? 걱정을 하면서도 연아가 한 숟갈 밥을 뜨자 송씨가 길게 찢은 김치를 얹어주었다.

"들어요. 어서."

포기김치를 길게 찢으며 송씨가 말했다. 의외로 맛있었다.

"으음…… 맛있어요, 할머니!"

"천천히 꼭꼭 씹어 먹어요."

"에이, 할머니 말씀 낮추시라니까요."

"그게…… 참…… 잘 안 돼서요."

"딸도 손녀딸 뻘인데요……"

딸이라는 말에 송씨가 눈을 크게 뜨며 연아를 물끄러미 바라보았다. 연아가 아닌 다른 누군가를 그려보는 눈빛이었다.

"저기…… 이름이 뭐야?"

"연아요. 김연아."

"연아……"

"연아…… 이름이 참 이쁘네……"

송씨가 손길을 뻗어 연아의 볼을 쓰다듬었다.

"연아야…… 우리 연아…… 많이 먹어야지…… 꼭꼭 씹어 먹어야지……"

송씨가 연아의 머리며 볼을 이리 저리 어루만지며 꼭 어머니처럼, 친할머니처럼 이야기하는 데서 문득 연아는 신청서의 가족사항 란에 할머니에게 딸이 하나 있었고, 이름 없이 사망했다는 것을 기억했다. 그제서야 송씨는 자신이 실수를 했다는 것을 깨달았다.

"어이구…… 미, 미안해요…… 나도 모르게 그만……"

미안해하는 송씨를 향해 연아가 짐짓 어리광을 부리며 말했다.

"할머니, 나 김치 더 찢어줘."

"그, 그래……"

"할머니, 이 김치 되게 맛있다?"

"그래…… 그치, 연아야?"

"할머니도 같이 밥 먹자."

"아냐, 나 먹었어. 연아 많이 먹어."

"할머니, 김치!"

꼭 친할머니 친손녀처럼 재잘 재잘 이야기를 주고받으며 연아는 김치며, 된장찌개까지 모두 뚝딱 비웠다. 송씨의 얼굴에 만족스러운 보름달 같은 미소가 피어올랐다.

연아는 더부룩한 속 때문에 돌아가는 길에 약국에 들러 소화제를 사야만 했다.

## 제9화
# 그대를 사랑합니다

송씨는 동네를 한바퀴 돌며 새로 내놓은 파지들을 모았다. 주차장 앞을 지나자 장군봉이 헌책이며 신문지 묶음들을 전해 주었다.
"저녁에도 일하시나 봐요."
"네, 새벽하고 저녁…… 그때가 파지가 제일 많이 나와요."
"음…… 그럼 내일 일 마치고 디근부터 배워보도록 하죠."
"네, 고마워요. 안주인께는 내일쯤 김치를 담가서 가보려고요."
"허허…… 고맙습니다."

장군봉이 전해준 파지들을 모두 싣고 고물상으로 들어서자 준범이 물었다.
"요즘 송씨 할머니, 군봉이 할아버지랑 많이 친해지셨네유?"
"네. 이래저래 고맙죠."
"군봉이 할아부지 참 좋은 분이서유. 너무 좋은 분이라 좀 안타깝쥬."
"네?"

안타깝다니 무슨 영문인지 몰라 송씨가 물었다.
"원래는 오랫동안 개인택시를 모셨는데, 나이 드시면서 갑자기 노안이 오시는 바람에…… 그것만 아니었어두 저렇게 고생하시면서 안 사셨을 텐데유……"
송씨의 리어카에서 파지들을 내리며 준범이 계속 말을 이어갔다.
"원래 색약이셨대유. 그래서 그나마 간신히 운전을 하셨는데……"
"색약이요? 색약이 뭐죠?"
"그…… 색맹보다 쫌 덜한 거 있잖유. 근데 노안이 오시면서 눈이 더 흐려지시구…… 색약에다 노안까지 오니 운전을 그만 두셔야 했지유……. 엄청 두꺼운 돋보기안경 끼고 다니시잖아유. 그거 낀대도 시력에 별로 도움이 안 되고…… 색약은 어쩔 수 없으니께유……"
"아~"
장씨 노인에게 그런 일이 있었구나…… 송씨는 생각했다.

* * *

"할아버지, 가서 말하라니까?"
거울 앞에서 또 멋을 부리고 있는 만석을 보며 연아가 말했다.
"뭘 말해?"
"이뿐이 할머니~"
"이뿐이? 내가 왜?"
연아는 김만석을 은근히 부추겼다.

"아이구, 할아버지. 아닌 척 하기는…… 내가 눈치가 오만단이에요. 할아버지 연애편지도 다 봤고…… 동사무소에서도 그렇고…… 할아버지, 송이뿐 할머니 좋아하잖아?"

김만석이 굳은 얼굴로 연아에게 초강력 레이저를 내뿜었다. 역시, 할아버지 저 표정은 어떻게 해도 적응이 안돼…….

"그, 그게 느껴지냐? 내, 내가 머시기냐…… 이뿐이를, 아니 송씨를…… 그러니까…… 그게, 느껴…져?"

할아버지 그 표정, 무서워. 송이뿐 할머니한테는 그런 표정 짓지 마셔.

"네."

연아가 단호하게 이야기하자, 김만석이 당황하는 표정을 지었다.

"그, 그럼…… 이뿐이도 느, 느끼고 있을까?"

"당연하지. 옆에서도 보이는데?"

"니미!"

김만석의 머리에서 폭탄이 쾅~하고 터졌다. 쪽팔림 1만톤급 폭탄……

"그, 그럼…… 된 거잖아, 알면?"

"아니, 절대 아니지. 느끼는 거랑 직접 말해주는 거랑 같냐?"

"응? 그럼 뭐 어쩌라구?"

김만석이 뜨악한 표정으로 물었다. 연아는 단호한 표정으로 말했다.

"말해줘야 돼요. 이런 건!"

얘가 왜 눈에 힘을 주고 그래? 누가 리틀 김만석 아니랄까봐……

"그러니까 대체 왜?"

"여자니까. 아무리 할머니라도 여자니까요."

"끄응……"

알면 됐지, 여자들은 뭐가 그리 복잡해?

"뭐, 뭐라고 말해?"

"음…… 사랑한다고?"

"에엑!!! 야! 그런 말은 곧 죽어도 못해. 이제 얼마나 됐다고! 남녀간에 그런 말은 서로 알아가면서 그렇게 몇 년이 지나야……"

"아, 말해 할아버지! 여자는 그렇게 이야기를 해줘야……"

"하긴…… 우리들 나이가 살날이 많이 남은 건 아니지……"

기세등등하던 김만석이 순식간에 풀이 죽어 말했다.

"더 늦을 것도 없겠지…… 노인네들 자고 일어나면 획획 가버리기도 하니까"

"아네요, 할아버지. 그러니까 말해요. 당신을 사랑합니다, 하고……"

잠시 침묵을 지키던 김만석이 연아를 진지하게 바라보며 다시 입을 열었다.

"연아야……"

"네?"

"우리 나이에 여자한테 당신이라는 말은 말이야. 여보 당신 할 때 당신이야……"

"……"

무슨 말인지 알았다. 연아는 잠시 할머니 생각을 했다.

"당신이라는 말은 못 써……"

"……"

"내 먼저 간 당신에 대한 예의를 지켜야지……"

그리고 오랫동안 말이 없었다. 잠시 할머니 생각에 잠겼던 연아가 다시 입을 열었다.

"그럼요. 일단……"

"됐다. 그만 하자……"

연아는 할아버지가 할머니 생각에 미안하기도 하고 마음도 무거울 거란 것을 알았다.

그날 밤, 자려고 자리에 누웠던 김만석은 쉽게 잠들지 못했다. 송씨와 먼저 간 아내 생각에 쉽게 잠이 오지 않았다.

"미안해…… 당신……"

*＊＊＊*

아내는 늘 속이 더부룩하다고 했었다. 그래서 가끔씩은 밥을 먹다가도 밥상머리에서 끄억~ 하고 트림을 하곤 했다. 그때마다 김만석은 아내가 못 마땅해서 잔소리를 늘어놓았다.

"거, 여편네가 밥상머리에서 단정하지 못하게…… 뭐하는 짓이야?"

"죄, 죄송해요. 속이 거북해서……"

"아, 속이 거북하면 화장실에 가야 할 거 아냐!"

아내는 미안하고 무안함에 고개를 숙이고 말없이 밥을 먹었다. 식사를 마친 뒤 밥상을 물리려고 밥상을 들다 아내가 앓는 소리를 했다.

"끙~ 차…… 아이고 배야……"

여전히 심기가 불편한 김만석은 모른 척하고 신문에만 눈길을 던졌다.

"여보. 이것 좀 부엌까지만 같이 듭시다."

"뭐?"

"오늘따라 무거운 데다 배가 살살 아파서 그래요."

"됐어! 이 여편네가! 남자가 무슨 밥상을 들고 왔다갔다해! 무거우면 하나씩 들고 옮기면 될 거 아냐! 여편네가 미련하기는……"

"으이그…… 내가 말을 말지……"

결국 아내는 끙끙거리며 혼자 밥상을 내갔다.

성질이 나서 담배를 피던 김만석은 재를 털 재떨이가 보이지 않자 버럭 고함을 질렀다.

"여보! 재떨이 어디 갔어? 재떨이 어디 갔냐고! 재떨이 가져와!"


병원에 갈 때도 마찬가지였다. 늘 그렇듯 김만석은 저만치 앞서 성큼성큼 걸어가고 아내는 몇 설음 뒤에서 바리바리 쫓아오기 바빴었다.

"여보, 같이 좀 가요."

같이 가려면 당신이 빨리 오든가.

"여보. 무거워요. 같이 좀 가자구요."

"그러게 뭘 그리 바리바리 싸들고 병원까지 간다고 난리야! 뭐 큰 병에 걸린 것도 아니고 며칠이면 퇴원하는데!"

인섭이 수술을 해서 병원에 병문안을 가는 길이었다. 죽을병에 걸린 것도 아니고 다리가 부러져서 붙이는 수술하고, 깁스한 뒤엔 목발 짚고 걸을 정도만 되면 곧 퇴원할 텐데 무슨 큰일이라도 난 듯 호들갑 떠는 아내가 김만석은 영 못마땅했다.

"아니, 그래도 병원 밥이 애비 입에 맞기나 하겠어요? 이렇게 한번 싸다 주고 나면 직장 다니는 우리 며느리도 편하고, 학교 다니는 우리 손녀도 잘 먹을 거 아니에요?"

보자기에 잔뜩 싼 밑반찬들을 들고 낑낑대며 아내가 말했다.

"하여간 저리 굼떠서야……"

평소에 매번 남들 챙기기만 하고 자신은 별로 돌보지 않는 아내가 김만석은 영 마뜩치 않았다. 분가해서 지들끼리 잘 살고 있는 다 큰 아들놈 걱정은 뭐하러 하냔 말이다. 손녀도 다 커서 낼모레면 대학에 갈 나이인데, 그 놈의 잘난 조기축구인지 지랄인지 하다가 다리나 부러뜨리는 칠칠맞은 아들놈 때문에.

그래도 아내는 싫은 기색을 안 하고 김만석을 보고 헤헤 웃었다. 숨을 헉헉거리면서도 김만석을 보며 웃음을 짓다가 또다시 아내는 꺼억~ 하고 트림을 했다.

"아주 잘 한다 잘해. 이젠 아주 길거리에서까지 대놓고……"

"미안해요. 나도 모르게 그만…… 애 문병 가는 길에 나도 가서 진찰 좀 받아야겠어요. 요즘 계속 속이 더부룩한 게……"

그때만 해도 몰랐었다. 김만석도 단순히 소화불량 정도로만 생각했었으니까.

병원을 나서는 김만석의 표정이 굳게 굳었다.

"내일 또 옵시다. 내일은 멸치를 좀 볶아와야겠어요."

"그러지 뭐."

김만석은 순순히 대답했다. 평소 같았으면, '그 놈의 멸치 지가 사다 먹으라 그래. 뭐하러 병원을 자꾸 들락거리고 그래' 하고 버럭 소리를 질렀을 김만석이었다.

"호호호. 웬일이래요? 만사 귀찮아하던 양반이? 내일 또 같이 오는 거지요?"

해맑게 웃는 아내를 뒤로 하고 김만석은 성큼성큼 걸음을 옮겼다.

"아 맞다! 의사 선생님이 나는 뭐래요?"

"뭐가?"

"나 검사하고 나서 의사 선생님이 당신 불렀잖아요? 뭐래요? 체했대요?"

"몰라. 시끄러!"

애써 아내를 외면하고 앞서 걸어가는 김만석을 아내가 빈 그릇 든 보자기를 달그락거리며 허겁지겁 쫓아왔다. 김만석은 아내가 가까이 올 때까지 기다렸다. 아내가 기다리는 김만석을 보며 기쁜 얼굴로 종종걸음으로 달려왔.

'아무래도 정밀검사를 받아야겠습니다. 내일 꼭 다시 모시고 오십시오.'

그때만 해도 걱정을 했지만 별일 없을 줄 알았다. 하지만 아내는 위암 말기였다.

다음날 정밀검사를 받고, 아내는 곧바로 입원했다. 아내는 하루하루가 다르게 말라갔다. 항암치료를 받느라 머리카락도 다 빠졌다. 그래도 증세는 크게 호전되는 것 같지 않았다. 김만석은 매일 병원에서 아내의 곁을 지켰다. 그나마 그게 김만석이 할 수 있는 최선이었다.

어느 날, 아내는 맞은편 침대에 입원해있던 새댁부부가 갓난아이에게 젖먹이는 모습을 물끄러미 쳐다보았다. 아마도 아내는 자신이 인섭을 낳았을 때, 그리고 인섭이 결혼해서 연아를 낳았을 때를 떠올렸을 것이다. 새로운 생명이 태어나고, 그 생명이 새 생명을 낳고, 그리고 그 생명을 잉태했던 어미는 늙고 병들어서 세상에서 사라져 가고……

"여보, 나 우유가 먹고 싶어요."

"뭐, 우유?"

아내는 뜬금없이 우유가 먹고 싶다고 했다.

"갑자기 애도 아니고 생뚱맞게 우유는 왜?" 아내는 맞은편 침대에서 갓난아기에게 모유를 먹이는 새댁을 쳐다보고 있었다.

"나, 우유 먹고 싶어요. 여보, 우유!"

김만석은 무슨 영문인지는 잘 모르겠지만, 아내가 그렇게 분명하게 자기 의사를 표현하는 것을 처음 보았다. 그래서 이것만큼은 꼭 아내의 부탁을 들어주어야겠다고 생각했다. 그러나 김만석이 우유를 하나 사와서 아내에게 마시게 하려는 순간, 회진을 나왔던 담당의사가 우유를 못 마시게 했다.

"우유는 안 됩니다. 할머니는 지금 위암이잖아요. 유제품은 절대로 좋지 않아요. 마시지 마세요."

김만석은 아내에게 건네주려고 따놓았던 우유팩을 엉거주춤 다시 거두었다. 우유를 다시 돌려주는 아내의 손길에서 아쉬움이 묻어났다.

"괜찮아요. 그래도 좋네요…… 당신이 나한테 우유도 다 사다주고……. 평생 무뚝뚝하던 당신이 옆에서 이렇게 돌봐주고 챙겨주니까…… 아픈 건 안 좋은데,

그래도 당신이 잘해주니까 그건 좋네요. 호호호."

"어여 낫기나 해. 그럼, 맨날 우유 사다줄 테니까."

아내가 김만석을 바라보며 해맑게 행복한 웃음을 지어보였다.

그러나 그게 마지막이었다. 김만석은 한 번도 아내에게 우유를 사다 주지도, 아내는 우유를 마셔보지도 못하고 그렇게 세상을 떠났다.

이제는 목발을 벗고 혼자 걸을 수 있게 된 인섭도, 수험 공부를 하다 말고 할머니 소식에 달려와 목놓아 우는 연아도…… 모든 것이 비현실 같았다. 마음의 준비를 했지만, 하얀 천을 뒤집어쓰고 누워 있는 아내의 모습이 김만석에게는 믿기지 않았다. 너무나 비현실적이라 눈물도 나지 않았다. 이건 아니잖아, 이렇게 가버리면 안 되는 거잖아. 이러면 나는 어떻게 하라고, 미안해서 난 어떻게 살라고! 이런 니미 씨부랄! 이건 아니잖아!!!!!

정작 슬픔은 모든 장례식을 끝낸 다음에 김만석에게 찾아왔다. 아내를 공동묘지에 묻고 집에 돌아와 아무도 없는 텅 빈 빈집에 홀로 남겨진 그 순간, 아내의 존재가, 아니 아내의 부재가 현실로 다가왔다. 아내에게 퍼부었던 모든 잔소리와, 아내에게 했던 모든 모진 행동들이 김만석을 괴롭혔다. 착한 순둥이 인섭은 어머니도 돌아가셨으니 이제 그만 같이 살자고, 자기가 모시겠다고 했지만, 김만석은 거절했다. 아직은 김만석 자신이 김만석을 용서할 수 없었다. 매일 매일 술로 학대했다. 술이 친구였고 술이 형벌이었다.

"이 푸웅진 세에사 사앙을 마아안났으니…… 너어어의 소오망이 무어엇이느

냐아아…… 부우귀와 여엉화를 누우러어었쓰으느이……."

　김만석은 그날도 술에 취해 길거리에서도 소주를 마셔대며 집으로 돌아가는 길이었다. 술도 비고 세상도 텅 빈 것 같았다.

　"어, 뭐야? 이런 니미 씨부랄!"

　김만석은 빈 술병을 길바닥에 집어 던졌다.

　"야 이 씨부랄 세상아! 나한테 꼭 그따우로 해야겠냐? 씨발 세상 좆같다!"

　고래고래 고함을 지르고 버럭버럭 소리를 질러보았지만 아내는 돌아오지 않았다. 가슴 속에 응어리진 것들은 풀어지지 않았다. 김만석은 길가의 전봇대 하나에 기대어 속에 쌓여서 소화되지 않는 모든 것들을 토해내기 시작했다. 얼마 되지 않은 안주와 뒤섞인 소주들이 콸콸 쏟아져 나왔다. 그렇게 김만석이 오버이트를 하고 있을 때 누군가 뒤에서 말을 걸었다.

　"할아버지, 괜찮으신교?"

　그게 석호였다. 물론 그때는 이름도 몰랐다.

　"아이구야, 술 마이 자신 거 가튼데, 속 갠찮으시겠어예?"

　"가! 됐으니까 가라고! 누구냐 넌?"

　"아, 지는 우유 배달하는 사람인데에……"

　"됐으니까 가서 우유 배달이나…… 우욱~"

　김만석은 또 한 움큼의 토사물을 길바닥에 쏟아내었다.

　"거 보이소. 아이구야……"

　석호는 김만석의 등을 토닥거리며 두드려 주었다. 웬만큼 토하고 나서 김만석이 길바닥에 퍼질러 앉자 석호가 우유를 하나 건네 주었다.

"속이 엄칭 씨릴낀데 이 우유 하나 자셔 보이소. 마, 해장은 택도 없지만 그래도 속씨린 건 좀 나을 낍니다."

우유란 말이 김만석의 귀를 사로잡았다.

'여보, 나 우유가 먹고 싶어요…… 그래도 좋네요. 당신이 나한테 우유도 다 사다주고…… 호호호 당신이 나한테 잘해주니까 이런 건 좋네요……' '어서 낫기나 해. 그럼 맨날 우유 사다 주지.' 기껏 한다는 말이, 왜 겨우 그렇게 말한 걸까…… 더 좋게…… 더 따뜻하게 말할 수 있었는데…… 그깟 우유나…… 매일 사준다는 말이나 하다니……

김만석의 가슴 저 깊은 곳에서 응어리져 있던 것들이 터져 올라왔다. 화산이 터져오르듯 북받쳐 오르는 울음을 누를 수가 없었다. 처음엔 끄윽끄윽 참았던 울음이 나중에는 흑흑 어깨를 들썩이다가 마침내는 엉엉~ 폭포처럼 쏟아져 나왔다.

겨우 매일 우유나 갖다 주겠다니…… 더 따뜻하게 말할 수 있었는데…… 이젠 다시 말할 수도 없는데…… 이제는 다른 말로 바꿀 수도 없는데……

그렇게 길바닥에 앉아 김만석은 오랜 시간을 울고 또 울었다.

다음날 술이 깨자 김만석은 그 길로 우유보급소를 찾아갔다.

"예? 할아부지가 우유 배달하겠다꼬요?"

"왜? 나같은 늙은이는 안 되나?"

"머, 꼭 그런 건 아이지만서도…… 이기, 보기보다 힘들어요. 돈도 생각보다 적꼬요. 한번 시작하면 일요일 빼곤 하루도 몬 빠집니데이."

그대를 사랑합니다 **191**

"괜찮아."

석호는 느닷없이 찾아온 김만석이 과연 할 수 있을까 의심스러운 목소리로 물었지만, 김만석은 단호했다.

"게다가 여긴 산동네라가 오토바이로 댕기야 되는데…… 오토바이는 몰 줄 아능교?"

"운전이란 건 다 할 줄 알아. 오토바이나 하나 내주면 돼."

건설회사 현장소장 출신이라 기계란 기계는 다 몰아본 김만석이었다. 불도저, 굴삭기, 덤프트럭, 오토바이, 경운기…… 안 몰아본 게 없었다.

"그기야 뭐, 지국에서 오토바이가 나오긴 하는데…… 오늘 신청하면 시간이 쪼매 걸릴 낀대……"

그때 김만석의 눈에 낡은 오토바이 한 대가 눈에 들어왔다.

"저기 하나 있네. 저건 안 되나?"

"어데예? 저건 너무 오래 되가 몬 타요…… 저거는…… 고장도 잦은 데다가 가끔 헛바퀴도 돌아요. 바닥에 돌 같은 기 있으면 다 튀뿌고…… 그다가 젤 큰 문제는 마후라가 맛이 가꼬 소음이 엄청시리 크거든요. 너무 씨끄러버가 몬 타요. 굳이 우유 배달하시겠다 카믄 제가 다른 오토바이 돌라 캐노께예."

"그럼, 저건……?"

"인자 고마 폐차시키뿌야지예."

김만석은 낡은 오토바이를 바라보았다. 한눈에 봐도 낡은 티가 역력했다. 비닐은 낡아 갈라지고 머플러에는 녹이 슬어 구멍이 쑹쑹했다.

"……나 이거로 할란다."

"그거 너무 낡아가꼬 소음이 난리가 아이라 카이께요."

"그래도 난 이걸로 할란다. 오래 됐어도 굴러가긴 하잖아. 나도 그래."

"그카마 마, 그라이소. 뭐, 새차 나오믄 지야 좋지예……"

왠지 모르게 비슷한 처지라 눈길이 가는 오토바이 위에 앉아 김만석은 시동을 켜보았다. 뿌퉁, 뿌투투투투투투투……. 부타타타타타타타타…… 엔진소리가 엄청나게 시끄러웠다. 그때가 김만석의 나이 70세. 지금의 나이 76세. 햇수로 7년이 흘렀다. 그 사이, 처음에는 그렇게 컸던 오토바이 엔진소리는 점점 작아졌고 나중에는 더 이상 김만석의 귀에는 잘 들리지도 않을 정도가 되었다. 아내가 죽은 후 술 먹고 돌아다니다가 언제 다친지도 모르고 다쳤던 귀를 아내의 병도 몰라본 자신에 대한 형벌처럼 여기고 그냥 내버려둔 탓이었다. 그 사이, 석탄 공장 석탄더미 위에 잔설처럼 군데군데 있던 흰머리는 어느새 하얀 만년설이 덮인 설산이 되었다. 그렇게 김만석은 그날부터 지금까지 쉬는 날인 일요일을 제외하면 단 하루도 빠지는 날 없이 우유 배달을 나섰다.

* * *

일요일이 아닌 평일인데도 김만석의 오토바이 소리는 옥수동 골목길에 울리지 않았다. 7년만에 처음 있는 일이었다. 옥수동의 아침은 평소보다 늦게 시작되었다. 김만석의 오토바이 소리가 울리지 않자 오토바이 소리에 잠깨던 사람들이 오늘은 고요히 잠들었다. 그 중 일부는 평소보다 늦게 일어나 서둘러 출근을 준비하는 분주한 소리들이 들려왔다.

송씨는 벌써 오토바이가 지나갔을 시간이 지났는데도 오토바이 소리가 들리지 않자, 창밖으로 고개를 내밀고 골목길을 지켜보았다. 오늘은 왜 오토바이 소리가 안 들리지? 혹시 무슨 일이 생긴 것은 아니겠지? 걱정이 송씨를 스치고 지나갔다.

장군봉이 잠에서 깬 것은 다섯 시를 살짝 넘긴 시간이었다.

"아이고…… 또 늦잠을 잤네. 오늘은 우유를 쉬나?"

장군봉은 서둘러 옷을 챙겨 입고, 출근 전 아내를 한번 살펴보았다.

"이런, 밤새 또…… 여보, 잠깐만…… 옷 좀 갈아 입힐게."

밤새 조순이는 또 용변을 지렸다. 장군봉은 휴지와 물티슈로 간단하게 뒤처리를 한 후에 조순이의 속옷을 갈아입혔다. 다른 때 같으면 아내를 목욕도 시키고 빨래도 하고 가겠지만 오늘은 다른 때보다 늦잠을 잔 탓에 장군봉은 그냥 속옷을 빨래감을 담는 세수대야에 넣고 물만 부어놓고 출근길에 올랐다. 그래 놓으면 퇴근 후 빨래가 한결 쉬울 터였다.

지난번처럼 실수하지 않도록 이번엔 대문을 단단히 잠그고 장군봉은 골목길을 바쁜 걸음으로 달려 내려가기 시작했다.

송씨는 160번지 언덕 위에서 오랜 동안 김만석을 기다렸다. 어떻게 된 거지? 한참이나 지났는데…… 송씨는 김만석이 걱정되기 시작했다.

\*\*\*

김만석은 준비해간 우유를 하나 따서 아내의 무덤 위에 골고루 뿌렸다. 아내의 무덤에 올 때마다 늘 하는 일이었다. 살아생전 마지막으로 한번 마시고 싶어 했던 우유 하나 제대로 마시지 못한 것에 대한 미안함의 표현이었다.

아내를 정면으로 바라볼 엄두가 나지 않은 김만석은 아내의 무덤 앞에 앉아 조용한 목소리로 물어 보았다.

"당신…… 괜찮겠어?"

아내는 대답이 없었다.

"나, 그래도 괜찮겠어? 당신…… 괜찮겠어?"

아내는 여전히 답이 없었다. 김만석은 그래도 아내가 허락할 때까지 오랫동안 아내의 무덤 앞에 앉아 있었다.

*　*　*

김만석이 아내의 무덤에 성묘를 간 사이 옥수동 달동네는 난리가 났다.

"아악! 8시다, 8시! 어떻게 된 거야?"

"여보! 여보! 회사 늦었어요. 얼른 일어나세요!"

"어떻게 된 거야! 오늘 오토바이 소리 못 들었어?"

"어떡해! 오토바이 안 지나간 거야?"

"지각이다, 지각!"

집집마다 이런 저런 고함과, 탄성, 비명들이 이어지며 출근에 늦은 직장인들이 바쁜 걸음으로 뛰쳐나왔다.

"늦었다! 늦었어!"

"난 몰라, 어떡해!"

사람들이 저마다 집에서 뛰쳐나와 골목길 아래로 달려가는 것을 송씨는 지켜보았다. 이미 날은 환하게 밝아 있었다.

어떻게 된거지? 이렇게 아침이 밝을 때까지 안 오다니…… 무슨 일이라도……? 혹시 안 좋은 일이라도 생긴 건가? 송씨는 속이 타기 시작했다.

"엄마야~ 지각이야!"

"헉헉…… 큰일이다 큰일……"

학교에 늦은 학생, 회사에 늦은 직장인들이 급하게 뛰어 내려가는 모습들을 바라보고 있을 때 송씨의 뒤편에서 낯익은 목소리가 들렸다.

"뭐해? 거기서?"

김만석이었다. 송씨는 반가움보다 왈칵 눈물이 먼저 쏟아졌다.

"왜…… 사람이 왜 그래요? 어째 사람이 그래요?"

"응? 뭐가?"

김만석은 송씨의 눈에 그렁그렁 맺힌 눈물을 보며 김만석이 물었다.

"도대체 어떻게 된 거예요? 지금이 몇시예요…… 무슨 일이 있을 것 같으면 어제 미리 무슨 일이 있다고 말을 해주든가요…… 매일 새벽마다 칼같이 시간 맞춰 나타나던 사람이 안 보이면…… 걱정이 안 되겠어요? 무슨 일이라도 난 건 아닌지……. 게다가 우리 나이에 언제 어떤 일이 생길지도 모르는데…… 갑자기 몸이 아파서 쓰러지기라도 했나…… 고물 오토바이 타고 다니다가 사고라도 났나……"

평소의 송씨답지 않게 한꺼번에 많은 말들을 기관포처럼 쏟아내었다. 하지만 보청기를 하고 오지 않은 김만석은 송씨의 말을 하나도 알아들을 수 없었다. 보청기도 없는데, 그렇게 빨리, 그렇게 작게 한꺼번에 말하면 내가 어찌…….

"얼마나…… 내가 얼마나 마음 졸였는데……."

김만석과 송씨 주변을 달려가는 많은 지각생들은 김만석의 시야에서 사라지고 오직 송씨만이 눈에 들어왔다. 송씨가 하는 말을 하나도 알아듣지 못해도, 송씨의 표정과 송씨의 눈물에서 김만석은 모든 말을 알아들을 수 있었다.

그래, 들리지 않아도 알 것 같네. 귀로는 안 들리지만 마음으로는 들리는구려……

"왜 이렇게 사람을 놀래키고 걱정을 시키는 거예요…… 정말이지 사람이 어찌 그래요?"

이젠 어쩔 수 없군…… 난…… 나는……

그러나 쉽게 입이 떼어지지는 않았다. 말은 입안에서만 맴돌았다. 아내의 허락도 받지 못했다. 그래서 돌아오는 길에도 마음이 무거웠다. 그러나 송씨의 눈속에서 반짝이는 눈물이 모든 마음의 짐을 내려놓게 했다. '할아버지, 말해요…… 당신을 사랑합니다, 하고…… 여자는 말해줘야 해요. 남자랑 달라요…….'

"너무 하……."

김만석이 송씨의 말허리를 잘랐다.

"난 그대를……"

송씨가 김만석의 입을 쳐다보았다. 멈칫멈칫 하던 김만석의 입이 열리고 오랫동안 준비해왔던 말이 드디어 나왔다.

"……그대를 사랑합니다."

세상의 모든 말들이 멈추었다. 잠시 세상의 모든 시간이 멈추었다. 우주의 모든 시간과 공간이 지금 이 시간 옥수동 160번지 언덕길 위에서 잠시 멈추었다가 가는 것 같았다.

지금 김만석에겐 오직 송씨, 송이뿐 밖에 보이지 않았다. 아무런 말도 나누지 않았지만, 수많은 말들을 나눈 것처럼 그렇게 시간이 멈추었다.

평생 두 번 다시는 누군가에게 할 수 없을 것 같았던 말, 그러나 꼭 해야만 하는 말이라 오랫동안 망설였던 말이었다. 그래도 김만석은 용기를 내어 그 말을 가슴에서 입 밖으로 토해내었다.

"그대를 사랑합니다."

## 제10화
# 사랑은 부끄러운 게 아니다

    민지를 동생으로 받아들이기 위한 민채의 노력에도 불구하고, 민지를 위해 민채가 정작 할 수 있는 일들은 많지 않았다. 법적으로 민지의 유일한 보호자인 아버지는 여전히 민지의 친권을 포기한 상태였고, 게다가 민지를 입양하겠다는 외국인 부부까지 나타났다. 입양할 아이들을 선보러 온 외국인 부부들 중에 캐나다인 부부가 민지를 입양하기로 했다는 소식을 원장님이 전해왔다.
    그 일 때문에 민지가 많이 아팠다. 오빠를 찾았는데도 오빠와 같이 살기는커녕 외국으로 입양을 가게 될 수도 있다는 사실을 어린 마음에 받아들이기가 힘들었던 모양이었다.
    "어떻게 이럴 수가 있지요?"
    아픈 민지를 면회하고 돌아오는 길에 민채가 연아에게 물었다.
    "그러게 말이에요. 버젓이 오빠가 있는데 어떻게 외국으로 입양을 보낼 수가 있는 건지……. 제도의 모순이고 법의 맹점인 것 같아요."
    연아도 민채의 말을 거들었다.

"지금까지 외국에서 수많은 고아들을 도와주었고, 수많은 아이들이 부모의 그늘 밑에서 안전하게 안심하며 공부할 수 있도록 도와주었었는데, 정작 내 동생을 위해서는 아무 것도 할 수 없다는 사실에 나 자신이 한심스러워요."

"지금처럼 민지와 민채씨 사이에 법적인 가족 관계를 증명하기 힘든 상황이라면 차라리 민채씨 앞으로 민지를 입양하는 길을 찾아보는 것이 어떨까요?"

"안 그래도 이미 알아봤습니다. 그런데 입양에도 자격과 조건이 있더군요. 기혼자의 경우에는 25세 이상의 경제적, 정서적으로 건강한 가정이면 되는데, 미혼자의 경우에는 최소 35세 이상이어야 하더군요. 전 어느 쪽에도 해당되지 않아요."

"그렇네요. 아직 결혼을 한 것도 아니고, 경제적 능력이 있는 것도 아니고……."

뭐, 경제적 능력이 없는 것은 아니지만……. 그렇다고 연아에게 자신의 경제적 능력을 자랑할 생각도 민채에겐 없었다.

"어머니가 재혼하신다고 할 때 결사반대한 대가를 지금 치르는 거죠. 그때 혼인신고도 하고 제가 황씨 아저씨 밑으로 호적을 옮기기만 했어도 아무런 문제가 없었을 텐데……."

그때였다. "위험해!" 하는 소리와 함께 갑자기 민채가 연아를 끌어안았다. 그리고는 순식간에 무엇인가에 부딪히며 공중으로 몸이 붕 떠올랐다. 1초도 안 되는 짧은 순간에, 연아는 갑자기 인생이 정지되면서 지나온 모든 기억들이 한꺼번에 떠올랐다가 사라지는 느낌이 들었다. 휴대폰으로 통화하면서 골목길 이면도로에서 뛰어나오느라 브레이크를 제대로 밟지 못한 채 당황한 표정을 하고 있는 운전자의 얼굴이 슬로우비디오처럼 스쳐지나가는 것도 보였다. 그리고 잠시 후 연아는 민채와 함께 길바닥으로 내동댕이쳐졌다. 운전자가 차를 세운 뒤 여전히 휴대폰을 든 채 차문을 열고 나왔다.

"여보, 잠깐만. 내가 나중에 다시 전화할게. 이봐요? 괜찮아요?"
"도대체 운전을 어떻게……? 댁 눈에는 지금 이게 괜찮아 보여요?"
민채가 많이 아픈 듯 옆구리를 부여잡고 짜증스럽게 대꾸했다.
"죄송합니다. 정말 죄송합니다. 일단은 병원부터 가시죠."

신기하게도 연아는 다친 곳이 하나도 없이 말짱했다. 손바닥과 정강이쪽에 살짝 피부가 벗겨진 정도가 전부였다. 그러나 민채의 부상은 조금 심한 듯했다. 아무래도 갈비뼈 쪽에 금이 가거나 부러진 듯 짐작되었다. 운전자는 100% 자기 과실이라며 수없이 죄송하다는 말을 했다. 교통사고 보험처리했으니 접수번호로 치료를 받으시면 보험사에서 치료비와 모든 비용들을 부담할 테니 걱정 말고 필요한 모든 검사와 치료를 받으시라고 했다. 사고를 내긴 했지만 심성이 나쁜 사람은 아닌 듯했다.

"괜찮아요?"
"안 괜찮은데요."
연아가 묻자 민채가 약간의 엄살을 부리며 대답했다.
"왜요?"
"의사 선생님 말씀이, 다른 사람보다 저는 갈비뼈가 하나 더 많답니다. 갈비뼈 하나가 없어야 그걸로 짝을 만들어 결혼을 하는데, 남들보다 갈비뼈 하나가 더 많은 걸 보니 평생 독신으로 살 운명이라는데요? 이참에 남는 갈비뼈 하나 빼서 저도 결혼이나 할까 봅니다. 민지 입양이라도 하게."

그제서야 연아는 민채의 말이 농담이라는 것을 깨달았다.

"아니, 이 상황에서 농담이 나와요? 농담할 기분인 거 보니 죽을 정도는 아닌가 보네요. 검사 결과는 어떻대요?'

"갈비뼈 두 개 정도에 실금이 갔다고 하네요. 이건 뭐 기브스를 할 수도 없고, 그냥 이대로 나을 때까지 기다리는 수밖에 없다는데요. 싸나이가 뭐 이 정도 상처로 죽기야 하겠습니까?'

민채가 연아를 향해 가지런한 치아를 드러내며 씨익 웃어보였다. 민채의 웃음에 연아는 자신도 모르게 가슴이 설레었다.

교통사고는 사고 당일보다 다음날이 더 많이 아픈 법이니 그대로 입원하라는 의사의 말에도 불구하고 민채는 통원치료하겠다고 고집을 부렸다.

"교통사고 당하면 남들은 나이롱환자도 되던데, 민채씨는 아이언맨이에요? 갈비뼈 금 갔다는데도 괜찮다고 우기게?'

"연아씨도 알고 보면 은근히 사람 웃기는 재주가 있어요. 그런데 지금은 그만 웃기세요. 웃을 때마다 갈비뼈가 아파요. 지금 자꾸 웃기면 남아도는 내 갈비뼈가 튀어나와 내 신부가 되려나 착각이 생기니 웃기는 건 이제 그만!'

금간 갈비뼈와 찰과상을 입은 다리 때문에 제대로 걷기가 힘들었던 탓인지 택시에서 내린 후에 민채는 연아에게 부축을 부탁했다. 연아의 어깨 위로 민채가 한쪽 팔을 걸쳤다. 민채의 집으로 가는 동안 민채에게서 땀냄새가 났다. 이게 남자의 냄새인가. 왠지 연아는 그 냄새가 싫지 않았다.

민채의 집(?)은 폐업한 피씨방이었다. 불을 켜자 수십 대의 컴퓨터와 모니터들이 눈에 들어왔다. 쌓여있는 먼지들로 보아서는 영업을 안 한 지 꽤 된 듯했다. 민채의 숙소는 카운터 뒤에 있는 쪽방이었다.

"아니, 정민채씨. 이런 곳에서 살아요?"

"제가 가출했을 때 맨처음 알바를 하던 곳이에요. 제게는 집 같고 고향 같은 곳이죠."

그래서 나중에 〈데미지〉를 팔아 큰돈을 벌었을 때 가장 먼저 이 피씨방뿐만 아니라 이 상가 건물 전체를 샀어요, 라는 말은 덧붙이지 않았다.

연아는 민채를 쪽방 안의 간이침대에 눕히고 냉장고를 열어보았다. 참치 통조림 몇 개와 즉석밥 한 개가 음식의 전부였다. 남자들은 이러고 사는구나…. 제대로 요리를 하자면 재료부터 죄다 새로 사와야 할 것 같았다.

"근데, 아까는 왜 그랬어요?"

원래 처음부터 물어보고 싶었던 것이었지만, 무심한 듯 지금에야 연아는 질문을 던졌다.

"뭐가요?"

"아까 골목길에서 차가 튀어나왔을 때……. 가만히 있었으면 나만 다치고 민채씨는 괜찮았을텐데, 나 보호하느라고 민채씨가 대신 다친 거잖아요."

"당연한 거 아니에요?"

"당연한 거라뇨?"

"소중한 것은 있을 때 잘 지켜야 하는 거더라구요. 돌아가신 아버지도 그랬고,

어머니도 그렇고……. 이제는 민지까지. 지킬 수 있을 때 제대로 지켰으면 지금처럼 이런 일은 없었을 텐데. 앞으로라도 후회하지 않고 살려면 내게 소중한 것들은 지킬 수 있을 때 지키는 건 당연한 일이죠."

아무렇지 않은 듯 던지는 민채의 말에 연아는 왠지 가슴이 콩닥거렸다. 얼굴이 살짝 빨개졌는지도 모를 일이었다. 연아는 민채를 쳐다보지 않고 말을 던졌다.

"요 앞에 가게 가서 먹을 것 좀 사올게요. 좀 쉬고 계세요."

그리고는 피씨방 문 앞을 나와서야 비로소 연아는 깊은 숨을 쉬었다. 아아, 내가 왜 이러지? 뭐지, 이런 기분은?

연아가 가게에서 몇 가지 요리 재료들을 사왔을 때, 민채는 침대에 누워 잠들어 있었다. 금방 잠들었을 민채가 혹시라도 깰까봐 조심스럽게 다가가 연아는 민채의 얼굴을 바라보았다. 새삼스럽지만 조각처럼 잘 생긴 얼굴이었다. 민채의 얼굴 위로 흘러내린 머리칼을 연아는 조심스럽게 쓸어올려 주었.

민채가 깨지 않도록 조심스럽게 소리를 죽여가며 연아는 저녁식사를 준비했다. 맛있는 음식냄새가 피씨방 안을 가득 채웠다.

그날 밤 민채는 돌아가신 엄마가 꿈속에서 자신을 꼭 안아주는 행복한 꿈을 꾸었다.

* * *

맹신혜는 〈부자고물상〉 앞에서 다시 한번 옷매무새를 가다듬었다. 〈부자고물상〉 간판과 고물상 안에 가득 쌓인 고철과 파지들을 보니 기분이 즐거웠다.
"자기 명의의 튼실한 사업체도 있고……"
고물상 안에서는 준범이 열심히 이것저것 나르고 옮기며 일하는 모습이 보였다
"근면하고 성실하고 건강하고…… 뭐 하나 빠지는 게 없네. 호호……"
혼자서 북 치고 장구 치고 혼잣말하던 맹신혜는 고물상 안으로 다소곳이 발걸음을 옮기며 애교스런 목소리로 준범을 불렀다.
"준범씨이~."
사무실 안 쇼파에 누워있던 이판술이 낯선 여자의 목소리에 밖으로 나왔다.
"누구여?"
신혜는 이판술에게 깍듯이 인사했다. 미래의 시아버지 되실 분이다.
"안녕하세요? 맹신혜라고 합니다."
준범이 일을 멈추고 맹신혜쪽으로 걸어왔다.
"아부지. 주민센터에서 일하시는 분이어유. 공무원……"
며칠 전 가로수길에 가로수들이 넘어졌을 때 일부러 준범네 지게차를 불러서 안면을 튼 덕분에 준범도 맹신혜를 정확하게 기억하고 있었다. 맹신혜가 애쓴 보람이 있었다.
"근디 아줌니가 여긴 웬일이래유?"
맹신혜는 한층 애교스러운 목소리로 대답했다.
"아이~ 저 아직 결혼 안했어요. 그리고 얼마 전에 주민센터에서 불렀던 지게차 경비가 나왔길래, 지나가는 길에 전해드리려고 들렀어요. 여기요."

맹신혜가 두손으로 공손히 돈봉투를 내밀었지만 준범은 고개짓으로 책상 위를 가리키며 말했다.

"두고 가셔유."

"두고 가라고요?"

맹신혜의 목소리에 섭섭한 기색이 역력했다.

"이놈아. 공무원이면 나랏일 허시는 분인데, 손님이 들렀으면 따뜻한 차라도 한잔 대접해드리는 것이 도리제!"

이판술이 버럭 고함을 질렀다. 저런 나쁜 놈의 아들자식. 이놈아, 이 애비 살날이 며칠이나 남았다고! 참다못한 이판술의 손이 준범의 뒤통수를 후려갈겼다.

"아, 이 녀석아! 얼른 차 한 잔, 아니 두 잔 내와! 애비도 목마르다."

아버지의 등쌀에 어쩔 수 없이 준범이 차를 내왔다. 녹차였다.

"누추하지만 앉아서 한 잔 드시우."

소파에 다소곳하게 앉은 맹신혜가 이판술이 짚었던 지팡이를 보며 말했다.

"감사합니다. 그런데 어디 몸이 불편하신가 봐요, 아버님?"

"아버님? 허허허…… 허허허허허……"

'아버님' 소리에 이판술의 입이 귀에 가 걸렸다. 이판술은 녹차를 마시는 맹신혜를 찬찬히 살펴보았다. 나이는 삼십대 중후반쯤 되어 보이고, 싹싹한 것이 마음에 쏙 들었다. 게다가 무엇보다 펑퍼짐한 엉덩이가 손자 서넛 정도는 쑴풍쑴풍 낳게 생겼다. 이판술은 뒤늦게 늙은이의 소원을 들어주시는 하늘의 천지신명께 감사기도를 올렸다.

***

　파지 줍는 일을 마친 송씨는 장군봉의 주차장 관리실에 들러 한글을 배웠다. 그 시각 김만석은 그 옆 부자고물상을 들러 송씨를 찾았다. 어떻게 된 거야…… 도대체…… 니미, 내가 그렇게 말했으면 가타부타 무슨 말이 있어야지…… 그대를 사랑합니다. 이 말이 어디 그렇게 쉽게 나오는 말인가.
　아까부터 뒷짐 지고 고물상 안을 지켜보던 김만석을 준범이 발견하고 말을 붙였다.
　"어? 할아버지, 웬일이시래유?"
　"어디 갔나? 송이뿐이 어디 갔냐고. 왜 도통 안 보여?"
　"예?"
　누구를 말하는 것인지 잘 몰라 준범이 다시 물었다.
　"송이뿐? 아~ 송씨 할머니유? 왜유?"
　"젊은 놈이 어른이 묻는 말에 대답이나 할 것이지 그런 건 왜 따져? 버릇없게! 썩을……!"
　파지를 옮기던 준범이 김만석의 서슬에 살짝 주눅이 들어 대답했다.
　"아, 네. 저기 주차 관리실에 군봉 할아버지랑 같이 계실 거예유…… 요 며칠 계속 하루 몇 시간이고 거기 함께 계시던데유……" 몇 시간씩이나!! 젊은 남녀가, 아니 늙은 할망구 할방탱이가 단 둘이서 몇 시간씩 거기서 도대체, 뭘!

　고물상의 대문 뒤에 살짝 숨어서 김만석은 주차 관리실쪽을 몰래 지켜보았다.

그대를 사랑합니다　207

꽤 오랜 시간이 지난 후 송씨가 관리실에서 나왔다. 송씨가 혹시 눈치 채지 못하도록 김만석은 문 뒤로 더 바짝 몸을 숨겼다. 그런데 송씨가 지나가고 몰래 뒤따르려는 김만석의 뒷덜미에서 고함소리가 들렸다.

"뭐 하는 놈이냐, 넌?"

"뭐?"

놈이라니? 어떤 놈이 나더러 놈이래? 김만석이 고개를 휙 돌려 쳐다보니 거기엔 머리칼과 수염 모두가 하얀 노인네가 지팡이를 의지해 서있었다. 얼핏 보기에 김만석보다 너댓 살은 더 나이 들어 보였다. 이판술이었다. 나이는 들었지만 이판술의 눈에는 어떤 놈이 감히 송씨를 몰래 훔쳐봐, 하는 노기가 단단히 서려 있었다. 아마, 저 놈이 준범이 말한 그 놈이리라.

"별 실없는 놈 다 보겠네."

'놈'이라는 말에 맞짱이라도 한번 뜨려 했으나, 자신보다 나잇살이 많아 보이는 늙은 노인네라 김만석은 전의(戰意)를 살짝 내려놓았다. 그래도 눈빛에서만큼은 기가 죽지 않았다.

"그냥 좀 궁금한 게 있어서 그랬수."

"아, 궁금하면 당장 가서 알아내야지. 죄지은 것마냥 숨어서…… 사내자식이 좀시럽게……"

이판술은 왠지 모를 경쟁의식을 느끼며 눈에 잔뜩 힘을 주고 김만석을 째려보았다. 김만석이 곧바로 깨갱하고 꼬리를 내렸다.

"쳇…… 참견은……"

어쨌거나 김만석은 이판술의 말마따나 궁금한 건 직접 물어보는 게 낫겠다 생각하고 장군봉의 주차 관리실로 발걸음을 옮겼다.

커피를 한잔 더 마시기 위해 커피 물을 끓이다가 장군봉은 관리실의 문이 열리며 등 뒤로 찬바람이 들어오는 한기를 느꼈다. 뒤돌아보니 문 앞에 김만석이 서 있었다.
"어? 웬일이오?"
김만석이 대답은 않고 장군봉을 꼬나보며 물었다.
"거기 이름이 장군봉이라고? 도대체 두 사람이 여기서 뭐하는 거야?"
김만석의 말에 서려있는 웬지 모를 심술을 느끼며 장군봉은 김만석의 심기가 불편한 이유를 짐작했다.
"송씨 찾으러 왔는가봐?"
"송씨 아냐. 이뿐이야."
"송씨. 우리 집에 갔어."
"뭐? 지, 집에까지 들락거려? 왜, 왜!"
김만석이 송씨가 장군봉의 집에 갔다는 말에 화들짝 놀라 버럭 고함을 질렀다. 김만석의 얼굴에 활활 불타오르는 화기와 질투심을 느끼며 장군봉이 찬찬히 말을 꺼냈다.
"여기 앉게. 일단 커피나 한 잔 하지."

＊＊＊

　　송씨는 장군봉이 준 여벌의 열쇠로 파란대문을 잠가놓은 자물쇠를 열고 집안으로 들어갔다.
　　"계세요? 저, 들어가요."
　　방안에 들어가니 내복차림의 조순이가 벽에 크레파스로 그림을 그리고 있었다. 푸른 산과 나무, 그리고 꽃잎들과 달님이 보였다.
　　"안녕하세요? 또 뵙네요."
　　송씨가 인사를 하자 그림을 그리다 말고 조순이가 쳐다보았다.
　　"그냥 놀러왔어요. 여기…… 양과자 좀 사왔어요."
　　과자를 쳐다보자 조순이가 좋아서 어린아이처럼 탄성을 질렀다.
　　"우와~ 이야아아아~"
　　조순이와 송씨는 벽에 붙인 복사지 위에 그린 그림을 바라보며 나란히 앉아 양과자 하나씩을 오도독오도독 씹어 먹었다. 맛있었다. 오도독 소리를 깨며 송씨가 물었다.
　　"뭐, 그리는 거 있어요?"
　　"내가 본 거야. 내가 좋아하는 거. 바깥."
　　조순이가 마치 어린아이처럼 대답했다.
　　"바깥…… 잘 그렸네요."
　　송씨는 조순이의 그림과 말에서 조순이가 바깥세상을 그리워한다는 것을 느꼈다.

"나도 같이 그려볼까요?"

하며 송씨가 노란색 크레파스를 집으려고 하자 조순이가 말렸다.

"아, 안돼! 노란색은……"

"아, 안 돼요?"

"노란색은 달 그릴 거야."

그러면서 조순이의 눈이 뭔가를 직접 보듯 환상에 잠겨 이야기를 시작했다.

"오도바이 부웅 타는 날, 하늘에서 꽃잎이랑 달이랑 되게 이쁘게 떠 있었어. 그리고 밤에…… 노란 달이 떴었어…… 정말 컸는데…… 달은 내가 맨 마지막에 그릴 거야."

"아, 그 날……"

그래서 한겨울인데 저렇게 꽃잎을 그린 거구나……

"이름이 순이라고 했죠? 난, 송이뿐이에요. 그림에 손대려고 해서 미안해요. 손 안 댈께요. 순이 작품이니까. 우리…… 바깥에 나갈까요? 마당이라도 보러 나갈까요?"

"응!"

조순이가 좋아서 대답했다.

"에그머니나! 눈이 오네?"

"히야아~"

조순이와 송씨는 거실에 자리를 깔고 앉아 현관 샤시문을 열고 문밖으로 꽃잎처럼 흩날리는 눈을 바라보았다. 찬바람에 조순이가 추울까봐 송씨는 조순이에게 미리 담요 한 장을 둘러주었다. 내리는 눈을 바라보며 말없이 앉아 있는데, 조순이가 송씨의 팔을 잡아끌며 입을 열었다.

"오늘은 뭐 했어?"

"네?"

"나 심심해. 얘기해줘. 오늘은 뭐했어?"

"아……! 네. 오늘은…… 음…… 오늘은……"

송씨는 천천히 말문을 열었다.

"사실 오늘은 내가 뭘 했는지도 모르겠어요. 하루종일 정신이 딴 데 가 있었어요. 왜냐하면요 사실은…… 요즘 나한테 참 많은 일들이 일어나고 있어요. 이제 여든을 바라보는 나이가 되었는데…… 이 나이가 되어서야 난……"

점점 더 굵어지는 눈발을 바라보며 송씨는 오늘 하루 종일 있었던 일들과, 마음속에 꼭꼭 숨겨놓았던 이야기들을 풀어놓기 시작했다.

\* \* \*

커피를 한 잔 더 타서 김만석 앞에 내려놓았지만 김만석은 팔짱을 낀 채 퉁명스럽게 말했다.

"난 커피 안 마셔."

"그렇군."

장군봉은 커피를 한 모금 홀짝 마시며, 뭔가 김만석이 오해를 하고 있다는 생각을 했다. 오해는 풀어야 한다. 쌓이면 눈덩이처럼 점점 불어나는 법.

"이봐, 이봐. 이럼 안 되는 거 아냐 집에 집사람도 있으면서…… 그런 양반이 여기서 딴집 노인네랑 노닥노닥……"

"난 내 아내를 사랑하네. 그런 말 말게나."

장군봉은 김만석의 말허리를 잘랐다. 그리고 단도직입적으로 말했다.

"글 배우고 있네."

"엥? 글?"

김만석이 눈을 휘둥그레 뜨며 되물었다.

"송씨, 나한테 글 배우고 있어. 자네가 준 편지를 읽지도 못하자 답답했는가 봐."

내가 준 편지?

"커피 식어."

김만석은 편지 때문에 송씨가 글을 배우고 있다는 소식에 궁금증과 조급증이 생기며 자신도 모르게 커피 한 모금을 마셨다. 커피는 쓰면서도 달콤했다.

\*\*\*

송씨와 김만석이 다녀간 후 이판술의 눈에 송씨가 남겨 놓고간 리어카가 눈에 들어왔다.

"저거, 송씨 것 맞지?"

"네? 아, 네!"

준범이 대답했다.

"아직 값 안 쳤지?"

"예, 일부러 그냥 뒀는데유?"

이판술은 수돗가에서 호스를 끌어다가 송씨의 리어카 위로 물을 뿌리기 시작했다.

"아부지, 또 그러시네."

"냅둬라. 어렵게 사는 양반인데…… 도우며 살아야지. 그 나이에 자식도 없이…… 얼마나 힘들겠냐?"

아부지, 지가 보기엔 아부지가 더 힘든 것 같아유. 왜 말을 못하고 그러슈. 준범은 할말은 있었지만 참았다. 이판술은 송씨를 처음 만나던 순간을 아직도 기억하고 있었다. 자신의 넝마에서 인형 하나를 꺼내 마치 진짜 살아있는 아이처럼 꼭 끌어안던 젊은 새댁…… 피붙이 하나 없이 인형을 자식처럼 생각하던 그 젊은 새댁이 벌써 백발의 꼬꼬할머니가 되었다. 처음에는 송씨를 바라보던 자신의 마음이 안타까움인 줄만 알았다. 그러나 그 마음이 안타까움만은 아니란 것을 안 것은 준범 엄마가 죽고 나서 한참 뒤의 일이었다. 그리고 그 마음을 이판술 스스로 깨달았을 때는 이미 이판술도 송씨도 70을 훌쩍 넘긴 나이였다. 허 참, 세월 참 빠르고 무상하다. 이판술은 송씨를 바라보듯 송씨의 리어카를 바라보았다.

"성격이 꼼꼼해서 대놓고 더 쳐주는 건 싫어하니까, 종종 이렇게라도 해야지."

아부진, 종종이 아니라 맨날 그러시믄서……

"어? 딱이다!"

"응?"

준범의 예상대로 눈이 내리기 시작했다.

"아부지. 눈 오네유. 굳이 물 안 뿌려도 눈에 금방 젖어서 무게가 실하게 올라갈 거 같네유. 보아하니 젖은 눈이구만유. 금방 녹아유."

이판술은 호스의 물을 바닥에 줄줄 흘리며 준범이 하는 말을 듣고 있었다.

"오늘 아침에 보니 으째 꾸물꾸물한 게 눈이라도 올 것 같아서 송씨 할머니 건 일부러 무게 안 달고 내버려뒀지유. 글고 그렇게 물 뿌리면 티나유. 비니루 안 덮고 저렇게 내비두면 저절로 무게 올라가유. 제 종종 쓰는 방법이구만유…… 인제 지가 다 알아서 헐께유."

이판술은 준범의 얼굴을 빤히 쳐다보았다. 요놈의 자식, 그새 다 컸네. 이제 그저 애비 손에 손자만 딱 안겨주면 최고인데…… 근데, 너 알고 있었냐?

아부지 마음은 다 알고 있어유, 말하듯 준범이 이판술을 바라보며 웃고 있었다.

\* \* \*

"……그러니까 자네가 송씨에게…… 그렇게 말했단 말이지?"

커피를 홀짝 홀짝 마시며 김만석은 자기도 모르게 송씨에게 '그대를 사랑합니다' 라고 고백한 이야기를 죄다 털어놓았다. 송씨의 대답이 없어 답답하기도 하고, 만약의 사태(?)를 대비하기 위해서이기도 했다. 송씨는 내꺼야. 그러니 넘 보지 마!

"허허허…… 허허……"

김만석의 마음을 아는지 모르는지 장봉군은 마치 모든 것을 다 알고 있다는 듯 너털 웃음을 지었다.

"거, 괜히 손녀 말 듣고 니미럴…… 괜한 짓을 했나?"

"아닐세…… 우리 나이에 마냥 미룰 수는 없지."

"아, 그런데!"

김만석이 갑자기 소리를 버럭 질렀다.

"내가 그렇게까지 말했는데 왜 아무 대답이 없냔 말이야! 그 이후로 아무 말도 없어. 니미 숨아먹을!"

"여자잖나."

장군봉이 커피를 홀짝거리며 말했다. 달관한 사람인 듯 무심히 말하는 장군봉에게 김만석이 짧게 물었다.

"뭐?"

"여자 입장에서 그게 어디 쉬운 일인가. 여자들은 남자만큼 그렇게 성급하지가 못해. 나이가 들어도 말이지."

"……"

"송씨 말이야…… 요즘 글로 뭘 배우는지 아나? 가나다라도 다 떼기 전에 자기 이름 쓰는 거부터 배우려고 들더니…… 이번엔 어떤 글자를 하나씩 가르쳐 달라더구만……"

"……"

"어제는 '만' 자를 묻더니 오늘은 '석' 자를 묻더군."

"……!"

"아마…… 자네한테 답장을 쓰고 싶은가 보지."

놀란 눈으로 김만석이 장군봉을 쳐다보았다. 처음에는 쓰게만 느껴졌던 커피가 나름대로 달콤하게 느껴졌다.

"커피…… 좋네!"

"자네, 커피 안 마신다며? 다 식었는데 한잔 더 줄까?"

"아니, 됐어. 자넨 우유 좋아하나?"

"우유?"

장군봉과 김만석이 주거니 받거니 커피와 우유 예찬을 주고받는 관리실 창밖으로 조용히 눈이 쌓이고 있었다.

\* \* \*

"……그렇게 됐어요. 그런 말을 듣고 내가 어떻게 해야 하는지……"

송씨는 조순이가 자기 말을 다 알아듣지 못할 거란 것을 알면서도 가슴 속에 담아 두었던 이야기들을 다 꺼내 들려주었다. 속이 후련하였다.

"응? 그래서?"

"그게 다에요."

"그래서어~ 응? 더 해줘."

조순이가 이야기를 더 해달라고 어린아이처럼 응석을 부렸다. 계속 눈이 내리고 있었다.

"그 사람이 그렇게 말했는데…… 난……"

"응? 그래서 어땠는데? 나 심심해. 더 해줘어~"

"아니, 난…… 말도 못하고……"
"응? 그래서? 그래서, 응?"
"그 말을 듣고……"
"그래서?"
"……행복했어요."

송씨가 조순이를 마주보며 환한 표정으로 말했다. 송씨의 이야기가 끝난 후 둘은 다시 오도독 오도독 양과자를 먹기 시작했다.

"그릴래, 그릴래."
"또, 그리게요?"
"같이 그려, 응?"
"네? 나도요?"

조순이와 송씨가 주고받는 이야기들이 내리는 눈에 쌓여 마당 한켠에 소복소복 쌓이고 있었다.

### 제11화
# 또 다른 사랑의 가족

"네? 벌써 민지가 입양되었다고요?"

점심시간을 이용해 잠시 짬을 내어 상록보육원에 들렀던 민채는 벌써 민지가 입양되었다는 말에 불같이 화를 내었다. 민채가 교통사고 후유증으로 병가를 낸 이틀 사이에 이미 모든 일들이 진행되어 있었다. 그러나 혹시나 해서 민채는 지난 이틀 동안 자신이 준비한 것들을 모두 노트북에 담았다. 병가로 쉰 지난 이틀 동안 민채는 세계 각국으로 메일을 보냈다. 처음이자 마지막으로 꼭 한번 나를 도와달라고 신신당부했다. 그리고 기대했던 답장들이 왔다. 그리고 이것을 어떻게 사용할 것인가는 이제 전적으로 민채의 몫이었다.

"연아씨, 퇴근 후에 시간 괜찮으시면 저랑 같이 좀 가시죠?"

퇴근 시간 무렵, 정민채가 연아의 자리로 찾아와서 말했다.

"어딜요?"

연아가 물었다. 그러나 민채는 어디인지 대답하지 않았다.

"가 보시면 알아요."

"뭐야, 두 사람? 둘이 사겨?"

옆에 앉아있던 맹신혜가 물었다.

"그런 건 아니지만, 꼭 그렇지 않은 것도 아닙니다."

민채가 농담조로 대답했다.

"뭐야? 사귄다는 거야 만다는 거야?"

연아는 손사래를 쳤다.

"아냐, 언니. 정민채씨는 무슨 그런 말장난을…?"

연아는 당황해서 대꾸했다. 그리고 민채를 쏘아보며 말했다

"정민채씨. 무슨 일 때문인지를 정확하게 말씀해주셔야죠. 어디를 무엇 때문에 가는지도 모르고 어떻게 따라가겠어요?"

"민지 일입니다. 민지가 입양되어 내일은 해외로 떠난대요."

연아가 깜짝 놀라 민채를 쳐다보았다.

*** 

퇴근을 하자마자 민채는 연아와 함께 하얏트호텔로 향했다. 상록보육원 원장에게 민지의 입양 부모가 누구인지 알려주면 직접 만나 설득해보겠다고 했으나, 원장은 입양특례법상 양부모의 인적 사항을 알려주는 것은 금지되어 있다며 입양부모에 대한 정보를 알려주는 것을 거절했다. 민지가 자상하고 착한 새 부모를 만났으니 이제 더 이상 걱정하지 말라고 했다. 민채가 알고 있는 것은, 예전에 언젠가 원장님이 지나가는 말로, "캐나다인 부부가 민지를 예뻐하더라"는 말 한 마

디였다. 그러나 그것으로도 충분했다.

　사실, 입양부모가 외국인인 것이 큰 행운이었다. 그래서 쉽게 검색이 가능했다. 게다가 캐나다의 공개입양 카페의 회원으로 활동하면서 카페에다 호텔 사진과 민지의 사진 등과 글을 올려놓은 것이 결정적이었다. 그게 아니면 못 찾을 수도 있었다. 민지를 입양한 캐나다인 부부는 브라운 부부였다.

　"어디 가?"

　연아가 물었다.

　"가족을 찾으러. 이번엔 오빠 노릇 제대로 한번 해보려고."

　호텔에 도착해 프론트에 문의했으나 브라운 부부는 객실에 없다고 했다. 잠깐 멈춰서서 민채는 머릿속에서 생각들을 검색했다. '브라운 부부는 민지를 데리고 내일 출국한다. 오늘이 한국에서의 마지막 밤이다. 그리고 지금은 저녁식사 시간. 그렇다면? 결론은 한정식집이었다. 브라운 부부가 자상하고 착한 성격의 부부라면, 아마도 한국에서의 마지막 음식은 최고급 한식으로 민지에게 먹이고 싶어할 것이라고 민채는 결론 내렸다. 그리고 한정식집으로 내려간 민채는 동석할 일행인 것처럼 하고 브라운 부부의 예약석을 물었다. 빙고!

　민채와 연아의 등장에 브라운 부부는 굉장히 당황해했다. 민지가 뛰어와 민채의 품에 안겼다. 민채는 유창한 영어로 자신이 민지의 오빠 민채라고 소개했다. 그리고 아주 단순한 몇 가지 정보만 가지고 민지와 브라운 부부를 찾기 위해 어떻게 고생했는지 설명했다.

　민채는 유창한 영어로, 몇 년 만에 겨우 찾은 동생을 돌려 달라. 아빠와 엄마를 잃고 마지막 남은 유일한 가족이 민지다. 이제 겨우 만났는데 이대로 보낼 수는 없다. 내게 한번만 기회를 달라. 내게도 오빠노릇을 할 수 있는 기회를 달라고 사정했다.

브라운 부부의 표정에는 갈등하는 표정이 역력했지만 안 된다고 단호히 거절했다. 자신들도 민지를 너무 너무 사랑한다고, 행복하게 잘 키울 테니 너무 걱정하지 말라, 언제든지 캐나다로 찾아오면 만나게 해주겠다, 언제든지 찾아오라고 이야기했다.

민채는 브라운 부부 앞에 무릎을 꿇었다.

"브라운씨 부부처럼 진심으로 민지를 사랑하시는 분을 만난 것을 보니 저도 반갑고 행복합니다. 민지가 정말 좋은 부모님을 만난 것 같아 저도 감사합니다. 브라운씨 부부가 민지의 좋은 가족이 될 것을 믿어 의심하지 않습니다. 하지만, 지금 브라운씨 부부께서는 민지를 가족으로 받아들이기 위해, 민지의 진짜 가족을 깨뜨리고 계신 것입니다. 눈물로 호소합니다. 민지를 가족의 품으로 돌려주십시오. 가족은 흩어져서는 안 됩니다. 가족은 함께 있어야 합니다."

민채의 눈에서 굵은 눈물이 뚝뚝 떨어졌다. 영어라 무슨 말인지는 다 알아 듣지는 못했겠지만, 민채의 진심이 느껴졌다. 연아는 민지와 민채의 손을 꼭 잡았다.

마지막으로, 민채는 자신이 준비해온 노트북을 열어 브라운 부부에게 보여주었다. 그것은 지난 이틀 동안 민채가 편집한 동영상이었다. 민채가 준비한 비장의 카드였다. 그것은 세계 각국에서 민채의 친구들이, 민채의 또 다른 가족들이 보내온 동영상들이었다.

"하이 민채! 마이 브라더." 이제는 중학생이 된 필리핀의 조니였다. 까만 피부에 하얀 치아를 드러내며 조니가 미소를 지었다.

"헤이, 아워 대디. 위 미스 유." 베트남의 초등학교에서 응우옌과 낌, 그리고 응옥타잉 등 베트남의 아이들이었다. 눈에 익은 교정을 배경으로 아이들이 손을 흔들고 있었다.

"하이, 파더, 민채! 디스 이즈 쌈랑, 반야, 훈센……." 캄보디아 고아원의 그리운 아이들 쌈랑과 반야와 훈센과 싸바이와 로앗이었다. 쌈랑과 반야와 훈센은 장난스럽게 돌아가면서, 그리고 서로 먼저 하려고 싸워가면서 민채에게 안부를 전했다.

그리고 미얀마와 라오스에서도 민채가 만나고 함께 했던 아이들이 모두 나와서 민채에게 인사를 전했다. 그리고 민채가 어떻게 학교를 세우고 고아들을 돌보았으며, 왜 민채가 자신들의 형과 오빠이며, 아빠인지를 설명해주었다. 그리고 짧은 영어, 서툰 영어지만 진심을 담아 메시지를 전했다.

그리고 동영상의 마지막에는 민채가 만난 수많은 가족들이 빈재를 위한 마지막 인사를 전했다.

"유 아 마이 패밀리." 수십 수백명이나 되는 라오스의 아이들이었다. 아이들이 지르는 고함소리가 학교 가득 울려퍼졌다. 수백명의 아이들이 손을 머리 위로 올려 만든 하트들이 화면 가득 떠올랐다.

"위 아 올 유어 패밀리." 캄보디아 톤레샵의 아이들이 해맑게 웃으며 손을 흔들었다. 하얀 미소를 지닌 아이들이 카메라를 향해 달려오며 민채를 향해 하트와 입술뽀뽀를 날렸다.

"위 호프 유 캔 파인드 유어 리얼 시스터. 위 러브 유 민채." 필리핀 학교의 아이들이 모두 운동장으로 몰려나와 한 목소리로 외치고 있었다. 필리핀 아이들이 운동장에 늘어서서 인간 띠로 만든 'We ♡ U' 글씨가 선명하게 보였다.

환하고 밝은, 사랑스럽고 왁자지껄한 아이들의 목소리가 시끌벅적하게 지나간 후, 갑자기 조용해지며 한 아이가 눈물을 글썽이며 화면에 나타났다.

"아이 러브 유, 마이 대디. 웬 유 컴백 히어? 아이 리얼리 미스 유."

한국인의 얼굴을 한 캄보디아의 아이, 쌈랑이었다.

유난히 민지와 닮은 얼굴을 한 쌈랑은 유창하지 않은 영어지만, 간단한 단어들을 통해 자신에게 일어난 일들을 설명하고 있었다.

쌈랑은 원래 캄보디아 북부지역에서 길거리에서 깡통 캔을 주워 파는 일을 했다. 그러던 어느날 길가에서 벗어난 곳에 있던 깡통 캔을 줍다가 발목지뢰를 밟아 한쪽 다리를 잃었다. 다리를 잃고, 직업을 잃고, 희망을 잃고 오로지 길에서 일달러를 구걸하는 삶을 살아가고 있던 쌈랑은 민채에게서 생애에 가장 소중한 선물을 받았다. 그것은 쌈랑의 새로운 다리였다. 민채가 쌈랑에게 선물한 것은 제대로 된 인조다리였다. 외국에서 들여온 진짜다리 같은 인조다리는 겉보기에도 진짜 다리 같았을 뿐아니라, 쌈랑을 다시 걸을 수 있게 했고, 학교에 다닐 수 있게 했고, 그리고 더 열심히 공부해서 민채와 같은 선생님이 되고 싶은 꿈을 갖게 했다.

눈물을 훔치고 나서, 똘망똘망한 눈빛을 되찾은 쌈랑은 화면을 보며 또박또박 이야기했다. 쌈랑이 잃어버린 다리를 찾으면서 잃어버렸던 꿈을 되찾았듯이, 민채도 잃어버린 여동생을 꼭 찾아서 잃어버린 가족을 찾기를 원한다고. 보고 싶다고. 자신의 아빠이자, 형이자 가족인 민채를 다시 만나고 싶다고. 그리고 하나님께서 허락하셔서 형이 여동생과 함께 꼭 다시 돌아오기를 바란다고 말했다.

"플리즈 컴백 히어 윗 유어 시스터. 위 원트 유 윌 파인드 유어 리얼 패밀리."

동영상은 쌈랑의 눈에 글썽이는 한 방울의 눈물을 마지막으로 끝이 났다.

브라운 부인이 먼저 눈물을 터뜨렸다. 브라운씨도 눈물을 훔쳤다. 두 사람이 영어로 이야기를 주고받았다.

"여보, 이건 하나님의 뜻이 아닌 것 같아. 우리는 이 예쁘고 사랑스러운 여자아이에게 행복한 가정을 선물해 주고 싶었는데, 벌써 이 아이는 이렇게 행복한 가족들이 있잖아. 이렇게 사랑스러운 가족들이 헤어지게 하는 것은 우리가 원하는 것이 아니잖아, 여보?"

고개를 끄떡이던 브라운씨가 두 팔을 벌려, "자네가 이겼네. 자네는 세상에서 가장 아름다운 가족들을 이미 가지고 있군. 내가 지금까지 본 세상에서 가장 아름다운 가족을 내 손으로 깨뜨릴 수는 없지. 축하하네. 자네가 이겼네. 자네의 진심이 우리 부부를 움직였네"라고 말했다. 모든 말들은 영어로 말했지만 연아도 거의 모든 뜻을 알아들을 수 있었다. 진심은 언어를 초월하는 법이니까.

브라운씨가 민채를 포옹했다. 그리고 민지도 포옹했다. 민지에게 하나님의 축복을 기원하는 브라운씨의 눈에서 눈물이 흘러내렸다.

연아는 지금 자신이 바라보는 것이 이 세상에서 가장 아름다운 가족의 모습이라고 생각했다.

제12화
# 소풍가는 날

"연아씨~ 안 들어가?"

퇴근시간이 지나 다들 퇴근하는데 연아만 퇴근할 생각을 않자 맹신혜가 물었다.

"네, 먼저 들어가세요."

"아니, 왜?"

"아시잖아요. 원래 사회복지사 업무가 수퍼맨을 요구하는 거. 게다가 내일이 말일이라 이번 달 서류들은 오늘 다 정리하고 들어가려고요."

요며칠 너무 많은 일들이 있었다. 민지를 다시 보육원에 돌려보내고, 브라운씨 부부가 파양에 동의해주고, 그리고 민지의 아빠가 친권 포기를 철회하고 민채를 후견인으로 지정하고…… 너무 많은 일들이 일어나다보니 제대로 정리 못하고 미뤄둔 서류들이 너무 많았다. 가뜩이나 사회복지사의 일이란 게 야근의 연속인데.

"그래, 그럼 먼저 퇴근한다." 맹신혜를 비롯해 하나둘씩 퇴근을 하고 남은 빈

사무실에서 연아는 밀린 잡무들을 처리했다. 밀린 상담서와 신청서들을 전산망에 입력하기 시작했다. 고요한 주민센터 안에 연아의 타이핑 소리가 타다다닥 퍼졌다. 타다다다다닥 빠른 속도로 타이핑하던 연아의 손길이 잠깐 멈췄다.

"어머? 오늘이 2월 27일…… 이거, 할아버지한테 말씀드려야겠는 걸?"

틀림없이 할아버지가 좋아하실 만한 소식이라고 연아는 확신했다.

* * *

그날 저녁, 퇴근시간 무렵 파집 수집하는 일을 마친 송씨는 집에 돌아와서도 한글 연습에 열중이었다.

"기이이이임…… 마아아아안…… 서어어어억……"

송씨는 장군봉이 적어준 김만석의 이름 석자를 한 장 가득 써서 채워 넣었다. 생각보다 한글 배우는 일이 너무 쉬웠다. 가나다라마바사 자음에다 아야어여오우우유…… 모음을 더하고 거기에 받침을 덧붙이면 글자가 완성되었다. 나머지는 소리나는 대로 받아적는 일 뿐이었다. 그래서 송씨는 배우지 않은 글자지만 송씨가 적고 싶었던 글자를 소리나는 대로 하나씩 적어보기로 했다.

"저어어어어엉…… 마아아아알……"

하나씩 소리나는 대로 적어나가자 거기에는 '정말'이라는 글자가 생겨났다. 신기했다. 그때였다. 길가 창문쪽에서 톡톡거리는 소리가 났다. 송씨가 창문을 열고 내다보니 가로등 불빛 아래 김만석이 구시렁거리며 뭔가 찾고 있는 게 보였다.

"돌멩이가 없어……"

마침내 조그마한 돌멩이를 하나 찾은 김만석이 창을 향해 고개를 들었다. 송씨와 눈이 마주쳤다.

"아, 안 잤어?"

"네, 그런데 웬일로? 그럼…… 유리창에 소리를 낸 게……"

"어, 미안. 소리 지르기도 뭐하고 해서……"

손에 뭔가를 들고 있는 김만석은 쉽게 말을 꺼내지 못하고 우물쭈물하다가 용기를 내었다.

"거…… 거기 말이야. 남녀가 유별한 것도 알고 있고…… 너무 늦은 시간이란 것도 알긴 하는데…… 음 그러니까…… 잠깐 들어가도 돼?"

"지, 지금요?"

잠깐 들어가도 되냐는 김만석의 말에 송씨는 잠깐 당황했다. 집이 난장판인데……

"자, 잠깐만 기다리세요……"

송씨는 글자 공부하던 종이들을 급히 치우고, 바닥에 깔아놓았던 담요도 가지런히 개서 올려놓았다. 그리고 걸레로 바닥을 깨끗하게 한번 훔쳤다.

김만석은 바깥에서 기다리면서 괜히 공연한 짓하는 게 아닌가 하는 걱정이 살짝 들었다.

'할아버지, 오늘이 무슨 날인 줄 알아?'

'뭐래는 거야? 오늘이 뭐?'

'얼마 전에 할아버지가 송씨 할머니 주민등록 신청했잖아. 오늘 그 서류를 다

시 보다보니까 오늘이 바로……'
 하마터면 모르고 그냥 지나갈 뻔한 중요한 소식을 연아가 알려주었다. 김만석은 귀가 번쩍 뜨였다. 역시! 안 이뻐할 수 없는 녀석이라니까. 리틀 김만석. 어떻게 하는 짓마다 할애비 마음에 쏙 드는 짓만 골라 하는지 원.

 "거…… 오늘이 그쪽 생일이더만……"
 비록 밥상 위에 차린 것이긴 하지만, 송씨의 나이숫자만큼 큰 초와 작은 초를 빼곡하게 꽂은 생일 케이크를 앞에 놓고 김만석이 말했다.
 "알고 있었어?"
 "아, 아뇨."
 불 꺼진 방안에 케이크의 초들만 어색해하는 김만석과 송씨의 얼굴을 비추고 있었다. 김만석은 주머니를 만지작 거리며 어떻게 해야 할지 망설였다. 생일이라면 어떻게 해야 하느냐는 김만석의 물음에, 생일에는 당연히 생일케이크와 선물을 준비해야 한다고 연아가 일러줘서 선물을 사오기는 했으나, 선물이라고 하기엔 너무 초라해서 망설여졌다. 미치겠네…… 이거. 그래도 이왕 사온 거 김만석은 송씨에게 선물을 전해주기로 마음먹었다.
 "에이! 그, 그리고 이, 이거……"
 김만석은 아까부터 주머니에서 만지작거리던 선물을 꺼내 불쑥 송씨 앞으로 내밀었다.
 "받어."
 빨간 장미꽃이 달린 머리핀이었다.

"니미럴. 너무 늦은 시간이라서 죄다 문을 닫아서 말이지…… 오다가 문방구가 늦게까지 연 데가 있어서 하나 사왔어."

송씨가 장미 머리핀을 받아 들었다.

"선물."

송씨가 머리핀을 두 손으로 꼭 감싸쥐었다. 송씨에게는 난생 처음으로 누군가로부터 받아보는 생일선물이었다.

젠장…… 그것도 해야 하나…… 김만석은 망설였다. 생일축하노래 불러주는 거 잊지 말라는 연아의 말에 화들짝 놀라, 노래까지 부르라니 내가 미쳤냐고 버럭 화를 내었지만, 연아가 리틀 김만석의 눈빛으로 여자들은 그런 거에 더 감동받으니까 꼭 하라는 말에 할말이 없었다. 썩을……

일단 목구멍에서 쉽게 노래가 튀어나오지 않아 김만석은 박자에 맞춰 박수부터 쳤다. 송씨가 놀라 쳐다보았다. 촛불에 비친 송씨는 예뻤다, 송씨의 고운 모습이 김만석에게 용기를 주었다.

"새, 새애앵이일…… 추우욱하합니다아~ 새애앵일 추욱하아 합니다…… 사랑하아……아……"

사랑하는,에서 김만석은 낯이 뜨거워졌다.

"……는 송이뿐이의 새앵일 추욱하~합……니……다."

니미, 미친 놈의 가사…… 다 늙어가지고서 이 무슨 주책이람……

"됐어. 꺼!"

송씨가 입으로 촛불을 불어 껐다. 어둠과 함께 어색한 정적이 흘렀다.

"방, 불 켜야지."

"저, 잠깐만요."

송씨는 말이 없었다. 송씨의 눈에서 눈물방울이 떨어졌다. 깜깜한 어둠 속이었지만 김만석은 송씨가 울고 있다는 것을 느낄 수 있었다.

모두가 잠든 깊은 밤. 송씨는 쉽게 잠을 이루지 못하고 몸을 뒤척였다. 돌아눕는 송씨의 머릿칼에 김만석이 선물한 장미꽃 머리핀이 꽂혀 있었다. 잠든 송씨의 입가에도 미소꽃이 피어올랐다.

*  *  *

다음날 새벽, 160번지 언덕 위에서 만난 김만석은 여느 때처럼 송씨의 리어카를 언덕 아래까지 무사히 바래다주었다.
"어허~ 운동 자~알 했다! 그럼, 난 가네."
"잠깐만요."
다시 언덕길을 올라가려는 김만석을 송씨가 불러 세웠다.
"응?"
"이거 받으세요."
송씨가 내민 것은 편지봉투였다.
"이게 뭐……?"
김만석이 미처 묻기도 전에 송씨가 리어카를 끌고 후다닥 사라졌다.
"……대체, 뭐지? 음……"

봉투 안에는 편지지가 들어 있었다. 편지를 보는 순간, 김만석의 입에서는 저절로 웃음이 터져나왔다.

"허어…… 허허허…… 허허…… 허허, 허허허, 허허, 어허허허허허허허허허……"

김만석의 입꼬리가 귀에까지 가서 걸렸다. 이뿐이가 글씨를 배운 이유가 이것 때문이란 말이지? 김만석의 눈에 송씨가 한 자 한 자 편지를 쓰는 모습이 저절로 떠올랐다. 편지에는 이렇게 씌어 있었다.

"김만석씨.
정말 고맙습니다.
송이뿐."

그것은 송이뿐이 세상에 태어나 처음 쓰는 편지였다. 김만석에게는 세상의 그 어떤 연애편지보다 더 많은 말을 담고 있는, 세상에서 가장 긴 연애편지이기도 했다.

*  *  *

"아! 차에 이렇게 스크래치가 나면 어떻게 해요? 주차장에 차를 맡겼으면 차에 신경을 써야지 이게 뭡니까!"

차를 빼다 말고 아침부터 우덕호는 장군봉에게 잔소리를 퍼부었다. 차 뒤쪽에 살짝 스크래치가 나 있었던 것이다.

"아, 그게…… 다른 손님이 차를 빼시다가……"

"아니, 이 노인네 봐. 차를 긁어 놓고 발뺌을 하시네? 아니 진짜 이게 얼마짜리 차인데 간수도 제대로 못해놓고 어쩔거야?"

"아니 젊은이……"

우덕호가 자기 성질을 못 이겨 반말을 하자 장군봉은 젊은 사람이 나이든 사람한테 말이 너무 심한 게 아니냐고 한 마디 하려 했으나 우덕호는 말할 기회를 주지 않았다.

"이 산꼭대기 동네에서 내가 미쳤다고 비싼 돈 줘가며 유료 주차장 쓰겠어? 널린 게 주차할 곳인데? 책임을 지란 말이야, 책임을! 씨발…… 길가에 차 대놓으면 어떤 놈이 자꾸 긁길래 돈 줘가며 월주차까지 댔구만! 아마 여기 오는 차들이 다 그럴 거요. 관리도 제대로 못하면서……"

"……미안합니다."

뭐라고 하려다 우선 장군봉은 사과부터 했다.

"하여간, 월주차 당장 끊을 거니까. 여기 흠집 난 거 똑똑히 봐둬요! 내일 카센터에 가기 전에 들릴 테니 같이 가서 배상이나 하쇼!"

"저, 저기…… 그래도 월주차는……"

우덕호는 자기 할 말만 하고는 탕~ 하고 차문을 닫고는 사라져 버렸다. 큰일이네. 손님 하나 떨어져도 월급이 주는데…… 거기다가 긁힌 거 수리비까지…… 장군봉은 걱정에 한숨이 절로 나왔다. 그때 누가 뒤에서 장군봉을 불렀다.

"아버지."

"어? 영희야! 네가 어쩐 일이냐, 이 아침에?"

"그냥……"

또 무슨 일이 있구나.

"아버지 보고 싶어서 왔지……"

그냥 온 것이 아니란 것을 장군봉은 영희의 얼굴만 보고도 금방 알아차렸다. 그게 부모니까.

"……들어가자."

자식은 품안에 있을 때 자식이다. 다 크면 품을 떠난다. 그리고 자식이 다시 부모를 찾아올 때는 두 가지 경우다. 다시 부모의 품이 필요할 때, 그리고 자신이 부모가 되어 자식을 키우다가 부모의 마음을 이해하게 될 때. 부모의 품이 필요할 때는 언제든 찾아오지만, 부모의 마음을 이해하게 되었을 때는 늦은 경우도 많다. 부모가 언제까지나 곁에 있는 것은 아니므로.

장군봉과 조순이는 삼남매를 두었다. 언제나 초등학생, 중학생, 고등학생일 것 같은 아이들이 어느덧 대학을 가고 졸업을 하고 결혼을 했다.

"아버지, 저 이 사람과 결혼합니다. 결혼하면 분가할 생각입니다."

믿었던 큰 아들 영철이었다. 그렇게 큰 아들이 떠났다. 내 품안의 자식이었는데……

"지금 저도 전세를 얻어야 하는데, 두 분을 모실 정도로 큰 집을 얻기는 힘들어요. 부모님은 그냥 여기서 넓고 편하게 사세요. 원래 장남인 형이 모시는 게 맞잖아요. 자주 찾아뵐게요."

그렇게 작은 아들 영수가 떠났다. 한 번도 모셔달라고 한 적은 없다. 그냥 자식과 함께 살기를 바랐을 뿐이다.

"나라도 엄마아빠랑 같이 살고 싶었는데, 이 사람이 외아들이라…… 미안해요. 자주 찾아뵐게요."

막내딸 영희가 떠났다. 우리는 자주 찾아뵈어야 하는 사람이 되었다.

가끔씩 전화는 왔다.

"아버지, 일이 너무 많아서 이번 설에는 못 찾아뵐 것 같아서요. 죄송해요."

"그래 괜찮다. 애는 이번에 고등학교 들어가지? 요즘 몸은 괜찮고? 일은 쉬엄쉬엄 하거라."

명절에 잔뜩 장만한 음식도 가끔씩 둘이서만 먹게 되는 일이 생겼다. 우리는 찾아뵈어야만 뵐 수 있는 사람이 되었다.

"아버지, 죄송해요. 요즘 경기가 너무 안 좋아서…… 다음 명절에 꼭 찾아뵐게요."

"아빠 미안해요. 시댁에 가야 해서…… 죄송해서 어쩌죠?"

"어머니, 죄송해요, 전화 드린다는 것이 그만…… 요즘 애들 때문에 너무 정신이 없어서……"

따르릉 따르릉 따르릉…… 괜찮다. 우린 괜찮다……

가끔씩, 종종, 그리고 그다음엔 의례히 언제부턴가는 명절도 둘이서만 지내는 것처럼 되었다. 처음에 당신과 나 둘이서 부부로 시작해서, 가족이었다가, 다시 부부로 돌아왔다. 한때는 가족이었는데…….

"갈게요, 아버지."

"그래, 조심해서 가거라."

"죄송해요. 오랜만에 찾아와서 이런 이야기만 하고 가서……"

"아니다, 너무 걱정 말거라. 애 등록금이야 어떻게 안 되겠니? 무슨 수가 생기겠지."

"엄마한테도 찾아뵈어야 하는데, 저도 일이 늦어서 빨리 가봐야 해요. 죄송해요."

"죄송할 거 없어. 내가 가서 잘 말해줄게."

그래도 이렇게 찾아와줘서, 오랜 만에 얼굴이라도 보니 반갑고 고맙구나.

차마 발걸음이 떼어지지 않는지 몇 걸음 옮기던 영희가 뒤돌아보며 말했다.

"아버지. 엄마 아버진 괜찮으신 거죠?"

장군봉의 머릿속으로 아침에 일어나 씻기고 빨래하고 밥상 차리고 출근하고 돌아가서 또 씻기고 이야기 해주고 그리고 겨우 잠깐 새우잠을 자는 하루 일과가 드라마 예고편처럼 스쳐 지나갔다. 괜찮지 않단다. 엄마가 치매야. 그러나 장군봉은 애써 웃음을 지으며 말했다.

"그럼! 우린 아주 잘 지내고 있단다."

장군봉의 웃음에 영희가 안심된다는 듯 미소를 띠며 말했다.

"갈게요. 아버지."

영희가 떠난 후 장군봉은 주차 관리실로 돌아와 서랍을 열어 깊숙이 숨겨둔 통장을 꺼내보았다. 애 등록금이 200만원이 부족하다고 했지……. 전기세 내고 수도세 내고…… 밥이랑 반찬은 그냥 있는 거 먹으면 되는데…… 차 때문에 수리

비만 물어주지 않아도…… 월주차 하나가 떨어져나가면 월급에서 만원이 깎이고…… 수리비는 또 얼마나 나올지……

통장을 확인해보니 지난달 월급 88만원을 넣고 난 잔액이 얼추 240만원 정도는 되었다. 그래도 얼추 되겠네……

"그나마 다행이다……"

장군봉이 혼잣말로 마음을 쓸어내리고 있는데, 바깥에서 빵빵거리는 차소리가 들렸다.

"여기, 주차요! 관리인 없어요?"

"예, 나갑니다. 나가요."

장군봉은 후다닥 관리실을 뛰쳐나갔다. 장군봉이 급하게 책상 위로 내려놓은 통장 사이에서 사진 한 장이 바닥으로 날려 떨어졌다. 고등학생이던 영철과 중학생 영수, 그리고 초등학생 영희, 그리고 장군봉과 조순이가 함께 찍은 가족사진이었다.

*  *  *

다음날 새벽, 어김없이 김만석은 우유배달을 나섰다. 골목길을 돌아서자 잘못 보던 승용차가 한 대 서 있었다. 우덕호의 차였다. 좁은 골목길 사이로 오토바이가 가까스로 빠져나가면서 뒷짐받이의 우유박스가 우덕호의 차문 옆을 길게 긁고 지나갔다. 김만석은 조금 전 무슨 소리가 난 듯한 느낌이 들긴 했지만 대수롭지 않게 여기고 다음 우유배달할 집을 향해 오토바이를 달렸다. 몰러~ 내가 잘

그대를 사랑합니다

못 들은 거겠지.

날이 밝은 후, 우덕호의 비명소리가 골목 안에 울려 퍼졌다.

"으악~! 이게 뭐야! 또 어떤 놈이야!'

젠장, 어제 것도 배상 받지도 못하게 그 위로 그냥 쫘악 긁어버렸잖아! 도대체 어떤 놈이! 뭐야? 결국 월 주차 다시 해야 하는 거야?

* * *

우유배달은 끝났지만 아직 해야 할 볼일이 있어 김만석은 우유보급소로 오토바이를 몰고 갔다. 날이 조금씩 풀려가는 탓인지 석호는 보급소 앞에 나와 빈 우유팩들을 납작하게 펴는 일을 하고 있었다. 또 무슨 노랜가를 사투리 버전으로 바꿔 부르던 석호가 김만석을 보고 말했다.

"어? 할배요. 이런 아침 우얀 일인교? 아까 우유 배달은 다 했잖아요?'

"왜 임마? 또 오면 안 돼?'

"안될 꺼는 없지만서도……"

"으허허…… 그래 넌 아침은 먹었고…… 허허허…… 자식."

김만석은 가만히 있으려고 해도 자꾸만 실없이 터져나오는 웃음을 참을 수 없었다. 오늘 새벽에 받은 송이뿐의 편지 때문이다.

"이상하네예? 오늘 할배 무슨 기분좋은 일 있으신갑네예? 뭔 일 있으신교?'

"그래 뵈냐? 으허허허허허허허."

김만석이 여느 때와는 달리 싱글벙글이었다. 늘 고함 지르고 인상만 쓰다가 갑자기 다른 사람이라도 된 듯 싱글벙글대고 있으니 석호는 적응이 잘 되지 않았다. 이거는 이거대로 무서버…….

"으허허허허허…… 일은 무슨? 으허허허허허허허허허허"

김만석은 터져나오는 웃음을 주체하지 못했다. 드디어 할배가 노망나셨는갑다…… 석호는 뜨악한 표정으로 김만석을 올려다 보았다. 그러나 그것도 잠시, 김만석은 석호 옆에 쪼그리고 앉아 우유팩이 다 정리되기를 기다리고 있었다. 한 번 두 번 가져가기 시작하더니 이젠 빈 우유팩은 아예 김만석의 차지가 되었다. 그 할배 참말로…… 고 옆에 바짝 붙어가 째리만 보지 말고 쫌 도와주시든가……

"아직 멀었어?"

"이것 때문에 일부로 나오셨는교?"

또 내가 다 접으놓으마 낼름 다 가갈라꼬요?

"빨랑 접기나 해. 도와줘?"

맨날 말만 도와줘, 도와줘? 한 번도 도와준 적도 없으면서…… 인자는 완전히 빈 우유팩은 할배가 맡끼논 거 맹키로 다 가까뿌네.

석호는 속으로는 구시렁거렸지만, 절대로 입 밖으로는 잔소리를 꺼내지 않았다. 싸워봤자 이길 수도, 이긴 적도 없었다. 아~ 난 너무 착해. 그기 문제야, 나는……

＊＊＊

이번에도 빈 우유팩들을 하나도 빠짐없이 챙긴 김만석은 오토바이에 우유팩을 싣고 주차장으로 향했다. 부타타타타타 엔진소리도 요란스럽게 주차장 근처에 도착했다. 빈 우유팩 봉지를 든 김만석은 몰래 관리실쪽을 기웃거리며 훔쳐보았다. 그때 관리실 문이 열리며 장군봉이 말했다.

"들어와."

아니, 어떻게 알았지? 김만석이 화들짝 놀랐다.

"오토바이 소리 때문에 다 알아."

고래~. 그랬구나~. 난 또…… 모르는 줄 알았지……

"크헷헴흠흠흠…… 아, 아니 그게 아니라 난 그냥 지나가다가……"

김만석은 우유팩 봉투를 내려놓고 슬그머니 자리를 뜨려고 했다.

"허허…… 솔직하지 못하긴…… 송씨 주려고 모아왔구만?"

뜨끔 찔린 김만석이 장군봉을 째려보며 말했다.

"아, 이 영감탱이가! 그게 아니……라니……까아……"

아니라고 말하려고 하는데, 열린 문 틈으로 송씨가 보였다. 송씨가 방긋 웃었다.

"……까아……가…… 아니고……"

송씨의 얼굴을 보니까 얼굴이 붉어지고 목소리가 기어들어가기 시작했다.

"그래! 맞어!"

맞으면 뭐 어때서! 공부 방해 안 하면 되잖아! 김만석이 휙 돌아서서 가려는데 장군봉이 불러 세웠다.

"들어와."

장군봉은 김만석을 가운데 자리에 앉혀놓고 송씨에게 가르치던 한글공부를 계속 시작했다.

"이건 그럼 쐬, 쐬라고 읽는 건가요?"

"네. 그렇죠. 바람쐬다 할 때 그 쐬. 쌍시옷에 오자와 이자가 붙어요."

"그러면 낙엽이 싸일 때 할 때도 이 쌍시옷이 들어가는 거네요?"

"네, 그런데 그럴 때의 싸 밑에는 히읗이 하나 더 붙어서 쌓이다…… 보세요. 이렇게 쓰는 겁니다."

"쌍시옷은 또 어떨 때 쓰죠?"

"음…… 그러니까……"

송씨와 장군봉 사이의 한글공부를 말없이 지켜보던 김만석도 쌍시옷이 들어가는 말을 떠올렸다.

"'쌍' 할 때도 쓰여. 니미 쌍놈아 할 때……"

자기도 모르게 말이 튀어 나왔다. 송씨와 장군봉이 뜨악한 표정으로 바라보았다.

"아, 그게 아니라…… 한 쌍 두 쌍 할 때 그 쌍……"

젠장할…… 나도 모르게 그냥……

"젠장. 입에 달고 사는 게 욕이니…… 니미 씨부랄……"

아! 씨부랄할 때도 쌍시옷이다……

멀뚱멀뚱 김만석을 바라보던 송씨와 장군봉이 거의 동시에 큭큭 웃기 시작했다. 두 사람이 웃자 김만석도 굳었던 얼굴을 펴고 씨익 웃었다.

"푸하하하하……"

먼저 웃음보가 터진 것은 송씨였다. 한번 터지기 시작하자 누구랄 것도 없이 한동안 관리실 안에 웃음소리가 가득 찼다.

"크하하하하하하하하하하…… 이히히히히히히히히히…… 우허허허허 허허허허허허……"

한참동안 눈물이 날 정도로 웃고 나서 세 사람은 잠시 쉬며 커피를 한 잔씩 마시기로 했다. 커피를 홀짝거리며 마시다 송씨가 공책에다 '커피'라고 글씨를 쓰기 시작했다.

"커피…… 커어어어피이이…… 맞죠?"

장군봉이 커피를 한 모금 마시며 고개를 끄덕였다. 그런데 김만석은 '커피'란 글자 중에서 자꾸 '피' 자가 눈에 밟혔다. 문득 생각나는 게 있었다.

"아, 군봉이! 그…… 저기…… 거…… 말이야."

"왜?"

"자네 집사람, 괜찮은가?"

"음?"

"내가 보려고 본 건 아닌데, 지난번에 자네 집사람 집밖으로 나왔을 때…… 화장실에 데려간 적이 있었거든…… 그런데 그때 얼핏 보기에 혈변을 보는 것 같더라구……"

"혈변?"

장군봉이 놀라서 되물었다.

"모, 모르고 계셨어요?"

송씨가 다시 물었다.

"저도 본 것 같아요. 며칠 전에 눈 오던 날…… 순이씨랑 같이 있다가…… 화장실을 찾다가 빨래하는 곳에 들어간 적이 있는데, 그 빨랫감에 피가 좀 배어나온 걸 본 것 같아요."

"그, 그게 정말인가!"

평소에는 두꺼운 안경알 너머에 숨어 눈을 떴는지 안 떴는지도 구분이 잘 안 되던 장군봉의 눈이 크게 떠지며 물었다.

"난 자네가 알고 있는 줄 알았지……"

"저, 저도요……"

"난 심한 색약에 심한 노안이라서 자세히 들여다보지 않으면 잘 안 보여."

장군봉이 자리에서 벌떡 일어났다.

"당장 아내를 데리고 병원으로 가봐야겠어."

"여긴 어쩌고?"

"만석이 자네…… 운전할 줄 아나? 여기 잠깐만 봐주게……"

"할 줄은 알지만 나도 같이 갔으면 하는데……"

장군봉이 잠깐 망설였다. 김만석은 단호한 눈빛으로 말했다.

"혹시나 해서 그래……"

"그럼 어쩌죠?"

송씨가 말했다. 이럴 때 생각나는 사람은 역시 준범뿐이었다. 그러나 준범도 난색을 표시했다.

"지, 지가유? 또유……? 지난번에 혼자서 주차장 볼 때도 을매나 당황했었는데유…… 요즘은 순 오토만 들어와서…… 전 오토는 못 몬데니께유…… 지두 여기 가게도 봐야 하는디유……" 장군봉 뒤에 서있는 송씨가 애절한 눈빛으로 부탁하는 게 준범의 눈에 들어왔다. 그 옆의 김만석은 눈에서 레이저를 쏠 듯한 기세로 째려보았다. 저 할배는 암만 봐두 예전에 한 가닥한 가오야. 눈빛만으로 상대방을 쫄게 만드는 저 가오는 웬만한 사람은 흉내 못 내지……

"그게…… 그러니께…… 그러니께유……"

결국 준범은 체념했다. 이리 빼나 저리 빼나 주차장 봐줄 사람이 자기뿐임을 순순히 받아들였다.

"대, 댕겨오셔유……"

\* \* \*

김만석은 장군봉의 차를 보고는 잠시 말문이 막혔다. 장군봉의 차는 연두색 개인택시였다. 당췌 이게 언제적 차란 말인가? 단종된 지 십수년도 더 된 차종이었다.

"허어~ 이게 뭐야? 아직도 이 차가 있어? 이게 굴러는 가나?"

"이거 내 차야 옛날에 택시 운전할 때 몰던 차인데…… 그 동안 차들도 몇 번 바뀠는데, 이 차만큼은 내가 개인택시하면서 내 돈으로 산 내 첫차라 그런지 너무 정이 들어서 버리지도 못하고 여기다 지금까지 모셔다 뒀어. 그래도 내가 틈날 때마다 닦고 조이고 기름 쳐서 굴러는 갈 거야."

"보니까…… 이 차도 우리처럼 완전히 늙은이구만. 요샌 이런 차는 돈 주고 사려고 해도 어디서 구하기 힘들 거야."

장군봉의 택시가 굴러는 가는지 걱정하는 김만석에게 송씨가 끼어들어 말했다.
"저, 저도 같이 갈래요. 어쩌면 도와줄 사람이 필요할 거고……"
"운전은 내가 하지. 집앞까지는 차가 못 올라가니까 내가 차를 대놓고 기다릴게. 송씨랑 자네가 가서 데리고 나오게. 이 차라면 나도 몰 수 있어. 요즘 나온 최신형차라면 못 몰아도……"
김만석이 운전석에 앉아 시동을 켜보았다. 푸털푸털 거리더니 조금 있다가 그래도 곧잘 시동이 들어왔다. 스컹크가 방귀 뀌듯 엄청난 매연을 쿨럭쿨럭 토해놓으며 차가 움직이기 시작했다.

장군봉은 조순이의 내복을 새 옷으로 갈아입히고, 병원으로 가기 위해 겉옷도 챙겨 입혔다.
"오늘은 뭐했어? 오늘은 뭐 했는데에~?"
옷을 입혀주며 장군봉은 말이 없었다.
"나 심심해. 얘기해 줘. 오늘은 뭐 했는데에?"
당신은 이렇게 답답한 곳에 매일매일 갇혀 있었는데…… 나만 밖에서 친구들도 만나고, 웃고 즐기고…… 그리고 친구들도 아는 걸 왜 나만…… 나만 몰랐을까…… 왜 남편인 나만 몰랐을까…… 장군봉은 조순이를 조용히 껴안았다.
"여보, 미안해……"
혼자 방안에 갇혀서 혼자 아팠을지도 모르는데…… 왜 나만 모르고 있었지…… 미안해 여보…… 장군봉의 두 눈에 눈물이 고였다.

푸털푸털 쿨럭쿨럭 거리는 소리를 내면서도 장군봉의 택시는 네 사람을 싣고 잘 달려주었다.

"어디 가는 거야?" 조순이가 물었다.

"좋은데……"

"어디 가는데에…… 소풍 가는 거야아?"

앞자리에 앉은 송씨와 김만석은 뒷좌석쪽의 눈치만 살필 뿐, 입을 열지 못했다.

"응. 소풍……"

장군봉이 대답했다.

"우와아! 바깥이다! 우와아아아~ 나 소풍 간다아~! 히야아아~!"

병원에 도착한 후 장군봉은 조순이의 손을 꼭 잡고 진료실로 향했다.

"같이 와줘서 고맙네. 그럼, 아내랑 일 볼게."

"히야아아~ 여기가 어디야? 우와아아~."

조순이는 밝은 병원의 전등들을 바라보며 계속 감탄사를 내뱉었다. 장군봉은 그런 조순이의 손을 꼭 잡고 걸어갔다.

"근데요…… 왜…… 왜 굳이 같이 오려고 했어요?"

두 사람의 뒷모습을 바라보며 송씨가 물었다.

"……내…… 먼저 간 아내도…… 저렇게 아팠었거든."

여보, 혼자서 많이 아팠지? 이젠 안 그럴게. 우린 평생을 같이 했잖아. 여보…… 김만석은 장군봉과 조순이의 뒷모습과 둘이 꼭 잡은 손을 보며 그렇게 이미 세상에 없는 아내를 향해 마음 속으로 대화를 건넸다. 괜찮아, 괜찮을거야. 군봉이.

송씨와 김만석은 병원 로비 대기실에서 몇 시간을 기다렸다. 아내를 입원시켜본 적이 있는 김만석은 이해를 했다. 원래 대형병원이란 게 그렇다. 번호표 뽑고, 기다리고, 의사선생 방 안에서 기다리고, 무슨 검사하느라 기다리고, 검사 끝나면 결과를 기다리고, 기다리고 기다리고…… 의사를 만나는 시간은 오 분도 안 되지만 기다리는 시간은 한두 시간 훌쩍 넘기는 것은 보통일이니까.

장군봉이 조순이와 다시 돌아온 것도 서너 시간이 지난 다음이었다.

"많이들 기다렸지. 나도 이렇게 몇 시간이나 걸릴 줄은 몰랐네."

그런데 지금은 몇 시간 기다린 게 문제가 아니다.

"그…… 저기…… 군봉이…… 그러니까……"

김만석은 쉽게 입이 떼어지지 않았다.

"그러니까 의사가…… 뭐래?"

한동안 장군봉은 말이 없었다. 뭐야, 심각한 거야? 김만석은 속으로 놀랬다. 그러나 장군봉이 특유의 웃음을 지으며 낮은 목소리로 대답했다.

"괜찮대. 다행히 별거 아니래."

\* \* \*

돌아가는 차 안에서는 아무도 입을 열지 않았다. 돌아가는 길에는 푸틸부틸

거리며 털털털 거리는 낡은 자동차 소리만 차 안에 가득했다. 빨간 신호등에 걸려 차가 잠시 섰을 때 장군봉의 개인택시 옆으로 오토바이 한대가 멈춰 섰다. 할리 데이비슨이었다. 두퉁두퉁 거리는 엔진소리가 북소리 비슷한 것이 가슴에 두근두근 울렸다.

"아따 그놈의 오토바이 소리 요란하기도 하다."

오토바이 소리가 요란하다고요? 소리가 요란하기는 김만석씨 오토바이도 만만치 않아요. 송씨는 속으로 웃었다. 그런데 오토바이가 차 옆에 선 후로 김만석은 오토바이에서 잠시도 눈을 떼지 못했다.

"왜요? 저 오토바이…… 마음에 들어요?"

오토바이에서 고개도 돌리지 않고 김만석이 말했다.

"아니, 난 내 오토바이가 좋아. 오토바인 그렇다 치고 가죽잠바가 멋있네. 역시 오토바이엔 가죽잠바지…… 허허허."

가죽 잠바? 그러고 보니 늘 같은 옷차림이네…… 송씨는 김만석의 옷차림을 자세히 살펴보았다. 소매끝이나 팔꿈치 쪽이 살짝 해어진 것이 옷이 많이 낡아보였다. 초록 신호등이 들어오자, 오토바이는 부둥부둥두두두둥…… 웅장한 북소리를 내며 앞으로 치고 나갔다. 검은색 아래위 가죽옷차림에 검은색 선글라스가 송씨가 보기에도 멋있어 보였다.

"근데에~ 소풍 어디로 가는 거야~?"

조순이가 물었다.

"소, 소풍? 아, 여보 오늘은 늦었으니까……"

장군봉의 말이 끝나기도 전에 김만석이 큰소리로 대답했다.

"가야지, 지금!"

"지금? 이 겨울에……?"

장군봉이 당황스럽기도 하고 미안한 마음에 물었다.

"아, 원래 소풍가던 길이었잖아. 좀 추우면 어때. 가기로 한 거 그냥 가는 거지!"

"그래요, 가요." 송씨도 옆에서 거들었다.

"그런데 어디로 가나……?"

장군봉이 안 간다는 말을 접고 목적지를 물었다.

"어디든!"

"히야아아~ 신난다아아~ 소풍이다아아~"

조순이가 들뜬 목소리로 크게 외쳤다.

결국 도착한 곳은 한강둔치 시민공원이었다. 송씨와 조순이는 강가쪽으로 내려가 둘이서 마치 십대 소녀처럼 조잘조잘 거리고 있었다. 김만석은 그 모습을 바라보며 벤치에 앉아 아까부터 계속 혼자 구시렁거렸다. 장군봉은 매점 앞 자판기에 커피를 뽑으러 간 참이었다. 니미…… 평소에 어딜 다녀봤어야 아는 데가 있지. 기껏 온다는 게 한강 둔치나 오고…… 그래도 나이든 두 소녀는 좋다고 계속 소풍온 여학생들처럼 조잘거렸다.

"저거 물고기야?"

"겨울이라 물고기 없을 걸요?"

"우와아~ 물 빠르다."

"그렇죠 물살이 빠르죠?"

"물 깊어?"

"그럼요 깊지요."

"얼만큼?"

"아주 많이요……"

아직 날이 풀리지 않아 조금은 쌀쌀한 늦겨울 날씨였다.

"춥지도 않나…… 둘이서 아주 신났네, 신났어."

김만석이 구시렁거리는 사이에 커피를 뽑아온 장군봉이 커피를 한 잔 건넸다.

"어지간히 커피 좋아하는군."

"허허…… 노인네들이 겨울바람이 뼈가 시릴 텐데도 잘 노는구만……"

"그러게나 말이야."

"저러다가 풍 올라."

겨울바람에도 아랑곳없이 두 여자는 재잘대느라 정신이 없었다.

"송씨…… 참 고마운 양반이야."

장군봉이 말했다.

"그럼. 착하지."

김만석이 대답했다.

"그리고 자네도 고맙네."

내가 한 게 뭐 있다고…… 김만석은 뜨거운 커피를 한 모금 호르륵 마셨다. 그리고는 가슴 속에 뜨겁게 응어리져 있던 이야기들을 쏟아내었다.

"군봉이 자네는…… 내가 못한 걸 하고 있네. 내 마누라는 암으로 먼저 갔거든. 난 내 죽은 마누라한테 자네처럼 못했어. 잘 했어야 하는데…… 자네처럼 아내, 아내라고 부르지도 않았고, 기껏해야 여편네, 마누라 그러면서 막 대했지. 그래서 자네 집사람에게 하는 거 보면 부럽고, 존경스럽기까지 해…… 요즘 젊은 애들 보면 와이프, 와이프 해대던데 자네가 자네 집사람을 아내, 아내, 하고 부르는 거 보면 참 보기 좋아. 이제 와서 후회해봤자……"

나도 그렇게 했어야 했는데…… 먼저 간 내 아내에게…… 김만석은 잠시 말을 쉬었다. 강 건너편으로 저녁해가 저물고 있었다. 하늘 저쪽과 강물이 점점 붉은 노을빛에 물들어 갔다.

"이봐, 군봉이. 나 말이야…… 친구가 없어. 나잇살 먹으면서도 성질이 드럽게 꼬여 처먹어서 친구가 없어. 복덕방이나 노인정에 나가봐도 말동무할 친구도 없고, 다들 나를 피하지.."

"………"

장군봉은 아무 말 없이 커피만 마시고 있었다.

"그러니까…… 음…… 자네가 나보다 한 서너 살 더 많지만…… 우리 나이에 나이 서너 살이 대순가?"

"나도 그래……"

따뜻한 커피 한 모금을 넘긴 장군봉이 말을 시작했다.

"하루 종일 주차장 관리실에 앉아 있으니 사람 만날 시간이 있어야지. 그 좁은 곳에서 늘 혼잣말을 하고 늘 혼자 있었지. 어쩌면 송씨에게 글을 가르쳐 주는 것도 나를 위해서인지도 몰라. 그리고 자네랑 이렇게 이야기를 나누는 것도…… 나한테는 드문 일이야. 고맙게 생각하고 있네. 자네랑 송씨나…… 늘그막에 사람

그대를 사랑합니다 251

만나는 즐거움이 있어."

"우리 친구하세."

어느덧 노을도 건너편 산너머로 넘어가려고 하고 땅거미가 내리고 있었다.

"이봐. 군봉이…… 말해봐."

"뭘 말인가?"

"다 알어. 이 나이쯤 되면……"

"………"

"자네 지금…… 애써 감추고 있잖나. 안 그런 척해도 다 알어. 병원에선 뭐라고 하던가?"

장군봉은 말이 없었다. 대신, 물끄러미 송씨와 조순이를 바라보았다. 조순이가 장군봉을 바라보며 소리질렀다.

"여보오~. 헤헤 이거 봐. 이거 봐. 물이 막 반짝거린다."

조순이의 발밑에 찰랑거리는 강물이 저녁 햇살에 비쳐 붉게 노랗게 하얗게 반짝거리며 넘실대고 있었다. 장군봉은 멀찍이서 조순이에게 미소를 지어보였다.

"허허허……"

"친구니까 말해봐."

장군봉이 나지막히 입을 열었다.

"자세한 건 모레쯤 검사결과가 나와야 안다더군. 많이 좋지 않다더군. 아마도…… 자네가 걱정하는 게 맞을지도 모르겠어."

장군봉은 조용조용 이야기했지만 김만석은 놀란 표정으로 장군봉을 바라보았다.

"여보~ 여보~!"
멀리서 조순이가 외쳤다.
"여기 좀 보라니까아~. 물이 막 반짝반짝거린다니까아~"
조순이의 등뒤로 물빛이 햇살에 비쳐 금빛으로 빛나고 있었다.
"여보~ 여보오~!"
조순이가 신이 나서 만세를 부르며 손을 흔들었다.
"겁이 나……"
"아직 검사결과가 나온 것도 아니잖나. 괜찮을 거야 자네 집사람."
"아니! 내가 겁이 나. 내가 혼자 남겨질까봐 겁이 나. 혹시 내 아내가 가고 나면…… 나 혼자 남겨지면 이제 어떻게 살까…… 내 아내 없이 내가 혼자 살 수 있을까…… 혼자 남겨질까봐…… 그게 겁이 나……"
 장군봉의 볼을 타고 한 줄기 굵은 눈물이 흘러내렸다. 멀리서 등 뒤에서 부서지는 저녁 햇살에 반짝이는 황금빛 물빛들을 등지고 조순이가 양 손을 번쩍 흔들며 환하게 웃고 있었다. 조순이의 웃는 모습이 눈물 속에서 아롱거리며 흐려지더니 눈물방울과 함께 땅바닥으로 떨어졌다.

※ ※ ※

 소풍에서 돌아와 차에서 내리는 순간, 조순이는 발에 밟힌 작은 돌멩이 하나를 주웠다. 길 위를 굴러다니느라 더럽긴 했지만 손안에 쏙 들어오는 귀여운 모양의 돌멩이었다. 조순이는 돌멩이가 아주 마음에 들었다. 예쁜 건 친구 줘야 돼.

조순이는 돌멩이를 바지에 쓱쓱 문질러 깨끗이 닦은 후 송씨에게 내밀었다.

"선물."

작고 귀여운 돌멩이였다. 송씨는 기쁜 마음으로 돌멩이를 꼭 받아 쥐었다.

집에 돌아온 송씨는 옷을 갈아입고, 조순이가 선물로 준 돌멩이를 꺼내 보았다. 그리고 마음속으로 돌멩이에게 말을 걸었다.

돌멩이야. 너도 나와 같구나. 난 이름이 생겼어. 그 전엔 이름도 없었지. 그런데 지금은 이름도 생겼고, 글씨도 쓸 수 있게 되었어. 난 오늘 너무 행복해. 친구들과 소풍도 가고…… 난 보잘것없이 혼자 늙어가는 노인네였지만 난 이제 특별한 사람이 되었어. 너도 보잘것없고 흔하게 생긴 돌멩이지만 너도 이제 이름이 있는 특별한 돌멩이가 될 거야.

그리고 송씨는 돌멩이 위에 한 자 한 자 정성스럽게 이름을 새겨 넣었다. 맨 위에 송이뿐이라고 써놓고, 그 아래에 김만석, 장군봉, 조순이라고 써넣었다. 그리고 맨 마지막에 소풍이라고 썼다. 이제 네 이름은 소풍이야. 소풍 다녀온 날 선물로 받은 소중한 돌, 소풍이.

그리고 송씨는 잠자리에 들었다.

송씨는 돌멩이 꿈을 꾸었다.

그 돌멩이는 사람들 발길에 이리저리 채이다가 아내를 잃고 어두운 골목길에서 술에 취해 울고 있는 누군가의 눈물이 떨어진 돌멩이이기도 했고, 우유 배달 오토바이의 바퀴에 튕겨 파지 줍는 할머니의 머리를 때린 돌멩이이기도 했다. 서둘러 새벽길을 나서는 노안에 색약인 어떤 주차장 관리인의 급한 출근길 발길에

채인 돌멩이이기도 했고, 생일케이크를 사들고 망설이다가 창문을 두드리기 위해 집어 들었던 그 돌멩이기도 했고, 사람들의 발길에 채여 이리저리 골목길을 떠돌다가 오랜만에 소풍을 다녀온 누군가의 발에 밟혀 친구에게 선물로 주어진 돌멩이이기도 했다.

그게 꿈이어도 좋고, 현실이어도 좋았다. 그 돌멩이여도 좋고, 전혀 다른 돌멩이여도 좋았다. 그렇게 세상에서 가장 흔한 돌멩이 하나가 환한 별처럼 스스로 빛나며 송씨의 품으로 날아와 세상에서 가장 소중한 돌멩이가 되었으므로. 비로소 제 이름을 가짐으로써 세상에서 단 하나뿐인 돌멩이.

제13화
# 세상에서 가장 아름다운 이름, 가족

황씨 아저씨가 민지에 대한 친권 포기를 철회한 후 이제는 더 이상 민지가 다른 곳으로 입양 갈까봐 걱정할 필요가 없었다. 더욱이 황씨 아저씨는 민지의 후견인으로 정민채를 지정했다. 이제는 친권자나 후견인의 동의 없이 민지가 입양될 염려는 없었다. 법원이 재판에 의해 황씨 아저씨의 친권을 박탈하지 않는 한 걱정하지 않아도 되었다.

민지의 입양이 취소된 후, 민채는 교도소로 황씨 아저씨를 찾아갔다. 거기서 민채는 민지의 파양 소식을 전하며 황씨 아저씨를 비로소 "아버지"라고 불렀다. 황씨 아저씨는 아주 오랜 시간을 목놓아 울었다. 오랜 울음끝에 황씨 아저씨가 겨우 한마디 말을 꺼냈다.
"네 엄마가 이걸 봤어야 했는데. 네 엄마가 이걸 보고 죽었으면 정말 행복했을 텐데……"
이번에 눈물을 멈추지 못한 것은 민채였다.

주중에는 보육원에서 지낼 수밖에 없더라도 주말에는 외출 허락을 받아 민채는 민지에게 맛있는 밥, 따뜻한 밥을 지어 먹이고 싶었다. 그런데 민지를 폐업한 피씨방 쪽방으로 불러 밥을 먹이고 싶지는 않았다. 그래서 민채는 자전거 세계일주를 하는 동안 오랫동안 비워 두었던 오피스텔을 대청소했다. 그동안 가구며 집기들에 씌워놓았던 덮개들도 모두 벗기고 진공청소기와 스팀청소기로 말끔하게 청소도 했다. 예전처럼 파출부 아주머니에게 청소와 요리를 모두 맡길까도 생각했으나 앞으로 민지와 함께 살게 될지도 모를 집이라 청소도 요리도 직접하기로 마음먹었다.

민채의 오피스텔로 주말을 맞아 놀러온 민지는 너무 좋아했다.

"이게 오빠 집이야?"

침대며 소파를 마음대로 콩콩 뛰어다니며 민지가 신이 나서 물었다.

"지금은 오빠 집, 원래는 오빠 친구 집."

민채가 대답했다.

"아니, 그런데 자기 집도 아니고 친구 집인데 이렇게 막 드나들어도 돼요?

연아가 걱정스러운 말투로 물었다.

"친구가 지금 체코, 오스트리아, 스위스, 프랑스 등등 유럽을 여행중인데 배낭여행 중이라 몇 달 간 집이 비었거든요. 원래 집이나 차나 안 쓰고 버려두는 것보다는 쓰면서 쓸고 닦아주는 게 더 깨끗하고 오래 가는 법이잖아요. 친구가 없는 김에 제가 관리해주면서 좀 쓰기로 했죠. 왜요? 연아씨는 피씨방 쪽방이 더 좋아요? 그리로 다시 갈까요?"

"뭐, 그런 건 아니지만 그래도 친구도 수준에 맞게 사귀는 게 좋을 텐데, 민채 씨는 쪽방에 살면서 이런 으리으리한 오피스텔에 사는 친구랑 사귀는 건 좀 이상한 것 같아요."

아직도 민채를 가난한 고아로만 알고 있는 연아는 걱정스러운 마음에 민채에게 말했다. 한편으로는 연아를 속이는 게 미안하기도 하지만, 눈치 없이 자신이 아직도 가난한 고아인 줄로만 알고 있는 연아를 속이는 게 다른 한편으로는 재미있기도 했다. 똑 부러지고 당찬 연아지만 한편으론 어리숙한 구석이 있는 것이 나름대로의 매력이라고나 할까. 하여튼 민채는 연아에게서 나름대로 맹하고 순진한 구석을 발견했고, 그리고 연아의 그런 모습이 참 좋았다.

"그나저나 식사는 뭘로 할까, 민지야? 메뉴만 말해. 뭐든 내가 다 만들어줄게. 냉장고에 재료들은 가득 들어 있어. 터키식 고등어케밥? 베트남 쌀국수? 뭐든 해줄게. 이 오빠가 전세계를 돌아다니면서 전세계의 모든 요리는 다 먹어봤거든. 게다가 몇 번 먹어본 음식은 그대로 흉내낼 수 있는 천재적인 미각까지 가졌지. 크하하하…… 어때 오빠 멋있지?"

민채가 연아의 코앞에 얼굴을 들이밀며 말했다. 민지보다는 연아 들으라고 하는 소리 같았다. 이건 뭐 완전 자뻑대마왕이구만.

"아니, 민지를 위해 요리한다면서 나한테 그걸 물어요?"

코앞에서 연아의 얼굴을 빤히 들여다보는 민채의 눈빛에 연아는 가슴을 콩닥거리다가 손가락 끝으로 민채의 코끝을 밀어내며 말했다.

"오빠, 난 짜장면!"

민지가 소파 위를 콩콩 뛰어다니며 말했다.

"헉~ 오빠, 짜장면 못 하는데?"

"아니, 좀 전에 몇 번 먹어본 음식은 다 만들 줄 안다며? 오빤 짜장면도 못 먹어봤어? 짜장면이 얼마나 맛있는데? 난 세상에서 짜장면 하고 탕수육이 제일 맛있더라."

피자도 있고 치킨도 있고 세상에는 얼마든지 맛있는 것들도 많을 텐데, 어린 나이에 먹어본 가장 맛있는 것이 짜장면이라는 생각에 연아의 마음이 짠해졌다.

"야아~ 짜장면 뽑으려면 밀가루 반죽해야 하고 그거 수타로 뽑으려면…… 에이 뭐! 그럼 우리 짜장면 시켜 먹을까?"

"난 찬성!"

민지가 손을 번쩍 들며 말했다. 민채가 어디론가 전화를 걸었다. 보나마나 중국집.

"아니 뭐예요? 직접 요리 만들어준다고 사람 불러다 놓고 짜장면 시켜 먹어요?"

"그러게 말이죠. 나도 내 요리 솜씨 제대로 한번 보여주고 싶었는데…… 민지가 짜장면이 먹고 싶다니 어쩌죠? 연아씨 혹시 짜장면 할 줄 알아요?"

연아는 고개를 절레절레 저었다.

"그럼, 불고기나 김치두루치기…… 뭐 이런 거는?"

고개만 절레절레.

"아, 그럼 연아씨가 도대체 할 줄 아는 건 뭐예요?"

"맛있게 먹어주는 거!"

연아가 애교스럽게 말했다.

"그래. 그것도 좋은 기술이긴 하죠. 근데 그거 원래 남자가 해야 할 역할 아닌가요? 여자가 맛있게 요리하면 남자가 맛있게 먹어줘야 하는데 말이야……"

"근데, 민채씨 요즘 맨날 나는 구박하고 민지만 챙기는 거 알아요? 민지가 돌아온 뒤론 나는 살짝 뒷전인 듯!"

"살짝이 아니라 노골적으로 뒷전인데요?"

민채가 연아를 놀리며 키득키득 웃었다. 그때 인터폰 벨이 울렸다.

"야, 짜장면이다."

여지껏 소파와 침대 등등을 콩콩 뛰어다니며 놀던 민지가 소리쳤다. 민채가 인터폰을 들었다. 거기엔 철가방이 아니라 낯선 중년 여자가 서있었다.

"누구……세요?"

"여기가 정민채씨 집인가요? 저, 연아 엄마예요!"

민채가 난감한 표정으로 연아를 돌아보았다.

이윤희는 연아의 뒤를 밟아온 참이었다. 며칠 전 맹신혜에게서 들은 이야기로는 기가 막힐 지경이었다. 나이 스물일곱이 되도록 시집갈 생각도 않는 연아로 인해 속이 답답해 점집에 가서 점을 봤더니 점쟁이 이야기가 "외동딸이 부잣집 외동아들 만나 평생 호강할 팔자"고 "이미 부잣집 외동아들 만나고 있어!"라며 호언장담하는 것이었다. 그러고보니 최근 들어 연아가 부쩍 화장에도 신경을 쓰고 옷차림새에도 신경을 쓰는 것이 그럴듯했다. 그래서 올커니 하고 맹신혜에게 전화를 해서 연아가 요즘 만나는 남자가 있는지 물었다. 그랬더니, 맹신혜의 대답은 기가 막히고 코가 막힐 노릇이었다. 맹신혜의 이야기로는 연아가 요즘 공익근무 나온 동갑내기와 사귀고 있는데, 그 동갑내기가 글쎄 백수에다 고아이고, 아직 코흘리개인 여동생까지 딸려 있다는 이야기였다. 기가 막혀 기절하실 지경이었다. 내 이 노무 점쟁이 다리몽둥이를 그냥……. 갖다 바친 복채가 얼만데…….

그래서 오늘은 작정을 하고 몰래 연아의 뒤를 밟아온 것이었다.

그런데 막상 뒤를 밟아보니, 백수에 고아란 놈이 사는 곳이 오피스텔이라고 해서 그저 그런 원룸 비슷한 곳인 줄 알았는데, 한강변에 세워진 삐까번쩍한 빌딩이라 윤희는 살짝 기가 죽었다. 뭐, 친구 집에 얹혀 사는 것일 수도 있고…….

집 안으로 들어와서 살펴보니 윤희는 더 기가 죽었다. 생각 같아선 연아년 머리끄댕이라도 잡아서 끌고 나올 생각이었는데, 오피스텔이 으리으리한 데다 집안의 가전제품들과 가구들도 한눈에 딱 봐도 고급 명품이란 것이 눈에 들어왔다. 그래도 품위는 잃지 말고 흠흠……

"여기가 자네 집인가?"

"네 제가 사는 곳입니다."

"그런 뜻이 아니라…… 흠흠……"

그제서야 민채는 무슨 뜻인지 눈치를 챘다. 민채는 이윤희 여사를 집안 이곳저곳 안내하는 척하며 연아에게서 떼어놓았다.

"네, 제 소유입니다."

"꽤 크네? 몇 평쯤 되나?

"한 오십평 됩니다." 실평수가 그렇고 계약평수는 한 팔십평?

윤희의 눈이 휘둥그레졌다.

"전망이 좋군." 구경 좀 시켜줘 보지?

"제가 집안 구경 좀 시켜드리지요." 집안 구경시켜 드리는 김에 다른 것도…….

민채는 연아의 어머니를 모시고 침실과 욕실, 드레스룸 등 집안 곳곳을 구경시켜 드렸다. 그리고 탁월한 생존본능으로 연아 어머님이 무엇을 원하는지를 정확하게 짚어냈다. 연아가 자기 엄마를 이율배반여사로 불렀다는 것도 기억해냈다.

"여기서 보시면 한강이 다 보입니다. 조기 밑에가 선착장이고요…… 그리고 저쪽으로 가보실까요. 저쪽도 전망이 좋습니다."

그리고는 민채는 연아에게서 가급적 멀리 떨어진 곳으로 어머니를 모시고 갔다.

"여기 뭐, 전부 빌딩들 밖에 없구만, 전망은 무슨……"

"어머니, 저기 저쪽에 빌딩 보이시죠?"

"거기 한 삼십층 되는 저 빌딩 말인가?"

"아뇨. 그 옆에 디자인이 좀 세련돼 보이는 작은 빌딩…… 7층짜리 말입니다."

"아, 저 작은 거?"

"네, 그게 제 빌딩입니다."

예상대로 윤희의 눈이 휘둥그레졌다.

"저…… 저런 빌딩이면 얼마쯤 하는가……요?" 어머나, 그 점쟁이 진짜로 용하구나!!

"네. 제가 살 때는 50억쯤 줬는데 지금은 아마 70억은 조금 넘을 겁니다. 저거 말고도 작은 게 몇 개 더 있습니다만……." 제가 살던 피씨방도 상가건물 통째로 제 꺼고요.

윤희가 놀라서 휘청거렸다.

"정말…… 전망이 좋기는 좋네." 정말 너 엄청 부자구나.

"그런데 어머니…… 제가 부탁드릴 말씀이…… 좀……"

"말해 보시게."

"연아씨한테는 비밀로 좀 해주십시오."

"아니 왜?" 이 좋은 사실을 왜 비밀로 숨기나?

"전 아직 연아씨 마음을 잘 모르겠는데, 다른 여자들처럼 연아씨도 돈 때문에 저 좋아하는 것 싫어서요……." 어머님께서 돈 때문에 저를 좋아하시는 것은 아무 상관없습니다만.

"알았네." 나도 돈 때문에 허락했다는 말은 듣기 싫네.

"만약 연아씨가 결혼 전에 이런 사실을 알게 되면 저 연아씨랑 결혼 안할지도 모릅니다."

"걱정 말게." 그런데 이 결혼 말리러 온 내가 왜 이 결혼 깨지는 걸 걱정해야 되지?

"어머님! 부탁드리겠습니다."

"아, 걱정 말래도. 호호호호……." 연아 저 년이 자네랑 결혼 안 한다고 하면 내가 머리끄댕이 잡고서라도 결혼식장으로 끌고 가지.

뭔지는 모르겠지만 이상스럽게 조용히 말들을 나누고, 그러다가 갑자기 엄마가 호들갑스러운 웃음소리를 내는 이유를 몰라 연아는 고개를 갸우뚱했다.

그대를 사랑합니다 **263**

***

　민채가 이윤희 여사를 배웅하고 돌아오는 동안, 그 사이 배달되어온 짜장면은 퉁퉁 불어터졌다.
　"에이~ 맛있는 음식해 준다더니 이게 뭐야? 짜장면 다 불었잖아?"
　민지의 입도 퉁퉁 불었다.
　"그럼. 우리 짜장면은 놔두고 탕수육만 일단 먹고, 다 같이 소풍이나 갈까?"
　민채가 제안했다.
　"소풍, 찬성!"
　민지가 소파 위를 콩콩 뛰어다니며 만세를 부르며 찬성했다. 민채는 민지와 연아가 중국집에서 배달한 음식들을 먹는 동안, 혼자서 분주하게 주방에서 뭔가를 준비했다. 그리고는 지하 주차장에서 오래 묵혀두었던 링컨 컨티넨털 컨버터블을 꺼냈다. 민채는 민지와 연아를 차에 태우고는 캐노피를 씌운 뒤, 어디론가 차를 몰고 갔다. 민채가 민지와 연아를 데려간 곳은 남한강이 바라다 보이는 공원묘지였다.
　"뭐예요, 이게? 소풍간다고 해서 기껏 좋아라 따라왔더니 공원묘지?"
　연아가 뾰로퉁한 입술을 내밀며 핀잔을 주었다.
　"조용히 따라와 봐요, 인사시켜 드릴 분이 있어요."
　민채가 연아를 데려간 곳은 어머니의 무덤이었다. 영문을 몰라하는 민지와 연아에게 민채가 말했다.

"인사드리시죠. 우리 어머님이십니다."

그제서야 연아는 민채가 공원묘지로 데려온 이유를 깨달았다. 민채는 상석 위에 몇 가지 준비해온 음식과 과일들을 꺼내놓더니 무덤을 향해 입을 열었다.

"엄마. 소개해 드릴게요. 이쪽은 엄마 딸 민지, 이쪽은 김연아씨. 엄마 아들의 새로운 가족들이야."

연아는 민채가 가족 '들' 이라고 말하는 것을 마음에 담았다. 민지를 새로운 동생으로 받아들인 것은 알겠지만, 가족 '들' 이라니……? 민채에게 물어보려 했으나, 곧이어 민채의 어머니 무덤에 절을 드리고, 곧이어 엄마 무덤을 부둥켜안고 우는 민지를 달래느라 금방 잊어버렸다.

슬프고도 행복한 소풍이었다. 민지는 내내 울었고, 민채는 내내 달랬다. 그렇지만 잠시 후 민채가 피크닉바구니에 담아온 맛있는 음식들을 먹으며 금세 민지는 언제 울었느냐는 듯 웃음을 터뜨렸다. 그런 민채와 민지의 모습이 연아는 참 보기 좋았다.

공원묘지에서의 행복하고도 짧은 소풍이 끝나고 민지를 보육원에 데려다 주고 돌아오는 길에 연아가 민채에게 물었다.

"아까, 가족들이라고 한 건 무슨 의미예요?"
"아, 그거요? 그게 무슨 뜻이냐 하면…… 이러면 이해가 되려나?"
갑자기 민채가 고개를 돌리더니 손으로 연아의 눈을 가렸다.
"무슨 짓이에요?"

따지려는 연아의 입술을 민채의 손가락이 가로막았다. 그리고 민채의 입술이 연아의 입술을 가로막았다. 불가항력적인 어떤 힘에 온몸의 기운이 빠지는 듯한 나른한 기분을 느꼈다. 민채와의 첫키스는 달콤했다.

연아의 심장이 쿵쾅쿵쾅 뛰었다. 그리고 그것으로 가족이란 이름에 대해 가지고 있던 연아의 모든 의문들이 저절로 풀렸다. 더 이상 설명은 필요 없었다. 민채는 가족이란 게 얼마나 아름다운 이름인지 가르쳐 준 사람이었다. 연아도 그 아름다운 가족의 일원이 되고 싶었다.

*＊＊＊*

가죽잠바를 사기 위해 길을 나서기 전 송씨는 일단 살림부터 따져보았다.

"쌀은 아직 많이 남았고, 전기요금과 수도요금도 냈고…… 기름값은 아끼면 되고…… 다음주에 동사무소에서 15만원이 나온다고 하니까…… 지금 남은 돈이…… 9만원?"

송씨는 멋진 오토바이를 타고 있는 젊은 청년이 입고 있던 가죽잠바를 부러운 듯 뚫어져라 바라보던 김만석을 생각했다. 그리고 검정색 멋진 가죽 잠바를 입은 김만석의 모습을 상상했다. 기분이 좋아졌다.

송씨는 모처럼 몇 년만에 남대문시장 나들이를 했다. 그러나 송씨의 기분 좋은 상상은 금방 깨어졌다. 9만원짜리 가죽잠바는 어디에도 없었다. 가장 싼 잠바도 그 두 배는 했다. 양가죽 잠바는 그 몇 배는 했고, 그 중 싸다는 소가죽 잠바도 15만원 아래로는 없다고 했다. 깎아달라고 했다가 정신나간 늙은이 취급당하며 쫓겨나기도 했다. 가게 주인이나 종업원이 하는 말은 한결 같았다.

"그 돈으론 안돼요."

이 돈이 어떤 돈인데, 이 돈이면 얼마를 살아갈 수 있는데…… 속이 상하기도 했지만 슬프기도 했다. 9만원이나 되는 돈으로 가죽잠바 하나 살 수 없다니. 9만 원이면 얼마나 큰 돈인데…….

남대문시장을 나와 회현역에서 버스를 타고 가려고 하다가 마음을 고쳐먹고 지하철로 발걸음을 옮겼다. 주민등록증이 나오고 난 뒤에 좋아진 것 중에 하나가 주민증을 보여주면 지하철역에서는 노인용 무료 차표를 준다는 것이다. 연아가 가르쳐 주었다. 지하철 입구쪽으로 걸어가다가 송씨는 문득 발걸음을 멈추었다.

"설마!"

송씨는 방금 지나쳐왔던 길을 되돌아보았다. 길가 천막 노점과 지하철 환풍구 사이의 길바닥에서 노숙자 차림의 웬 노인네가 퍼질러 앉아 허겁지겁 컵라면을 먹고 있었다. 노인의 얼굴 위로 송씨가 아는 어떤 젊은 남자의 얼굴이 겹쳐져 보였다. 검은 머리는 백발이 되고, 젊었던 얼굴에는 검버섯이 피어 있었다.

"살아 있었군요."

노인이 컵라면을 먹다 말고 힘없는 얼굴로 송씨를 올려다보았다.

"어……?"

"나 모르겠어요?"

노인이 컵라면을 먹던 손길을 멈추고 송씨의 얼굴을 한참 쳐다보더니 얼마 뒤에 눈이 갑자기 휘둥그레졌다.

"소, 송씨!"

"이게 몇 년 만인가요?"

"송씨…… 다시는…… 다시는 못 볼 줄 알았는데.."

노인은 용구오빠, 서용구였다. 송씨와 수라리고개를 같이 도망나온 사람. 젖먹이 아이를 남겨놓고 사라져버린 사람. 송씨의 아가를 10년간이나 이름 없이 살다 이름 없이 죽게 한 사람. 한동안 두 사람은 말이 없었다.

"뭐라고 말 좀 해봐요."

서용구는 라면을 먹던 입을 손으로 대충 훔치고 송씨의 눈빛을 피해 고개를 숙인 채 말했다.

"잘…… 살았어?"

"당신은 기껏…… 이렇게 살 거면서 왜……!"

송씨의 부릅뜬 눈을 서용구는 계속 외면했다.

"그러니까 그게…… 그때는 내가 너무 어려서……"

서용구는 슬쩍 곁눈질로 한번 송씨의 눈치를 살피더니 계속 말을 이어갔다.

"다행이야…… 죽기 전에 한 번쯤은 만나겠지 했는데…… 이제 와서 뭔 할 말이 있겠어…… 그저 미안하다는 말은 꼭 한 번 하고 싶었는데……"

서용구를 바라보는 송씨의 눈빛 너머로 술만 마시며 주먹질을 하던 서용구, 열 살이 다 되도록 자기 이름도 없이 살다가 장질부사로 죽어간 사랑하는 아가의 마지막 모습이 떠올랐다.

"용서해줘…… 정말, 정말 미……"

그러나 미안하다는 서용구의 말이 끝나기도 전에 짜악~ 하는 소리와 함께 서용구의 뺨에 송씨의 손이 날아갔다. 서용구의 고개가 휙 돌아갈 정도였다.

"이제, 됐어요……"

내가 살아온 지난 세월을 모르죠? 난 정말이지, 정말이지 난…… 당신을 용서

할 수 없었어요.

송씨는 서용구를 외면하고 가던 걸음을 계속 옮겼다. 서용구가 먹다 남긴 컵라면이 길바닥에 쏟아져 있었다. 서용구의 목소리가 송씨를 불러 세웠다.

"저기, 저기 송씨…… 우리 애는…… 우리 애는……"

송씨는 잠깐 걸음을 멈추었다.

"우리 애는 잘 살고 있어?"

우리 애는 죽었어요. 이름도 없이. 아빠 얼굴도 못 본 채…… 그래도 당신이 아빠라고 우리 애를 기억하기는 하나요? 마음속에서 많은 말들이 오갔지만 정작 송씨의 입에서는 다른 말이 흘러나왔다.

"우리 애는…… 우리 애는 잘 자라서…… 엄마 말도 잘 듣고…… 공부도 잘했고…… 돈도 많이 벌고…… 결혼해서…… 애도 많이 낳고…… 아주 행복하게…… 잘 살고 있어요……"

네, 그렇게, 우리 애도 그렇게 살아야 했어요. 그런데……

송씨의 눈앞으로 지난 세월이 흘러갔다. 눈발이 하나둘 날리고 있었다. 모든 것들을 하얗게 덮어버리는 눈발이 날리고 있었다. 아직은 겨울이었다.

\*\*\*

김만석은 병원에 검사결과를 들으러 간 장군봉을 대신해서 주차장 관리실을 지키며 걱정되는 마음에 혼자서 중얼거렸다.

"괜찮겠지…… 괜찮을 거야……"

관리실 안에만 있기가 답답해서 김만석은 관리실 밖을 어슬렁거렸다. 눈이 내리고 있었다. 지긋지긋한 눈이다.
"또 눈이 오는군…… 니미, 이번 겨울은 유난히 길어…… 눈도 드럽게 많이 오고……"
군봉이는 괜찮을래나? 만석은 눈 내리는 하늘을 올려다 보았다.

그 시각 병원에 간 장군봉은 담당의사를 만나고 있었다.
"검사 결과가 어떻게 나왔나요?"
"으음…… 그게 말입니다……"
아직 검사 결과를 꺼내기도 전에 장군봉은 이미 의사의 표정에서 모든 검사결과를 읽을 수 있었다.

주차장으로 돌아가는 장군봉의 발걸음에 힘이 풀렸다. 거리를 오가는 사람들과 어깨를 부딪히자 장군봉의 몸이 곧 넘어질 듯 휘청거렸다. 벽을 짚고 잠시 쉬었지만, 다리에 다시 힘이 솟지 않았다. 다리의 문제가 아니었다. 다리가 풀린 게 아니라 장군봉의 마음이 모두 풀어진 탓이었다.
'…… 너무 많이 진행이 되었어요. 이 정도면 그동안 분명히 신체적 증후가 나타났을 법한데…… 정말 안타깝습니다. 조금만 더 신경을 썼더라도 이렇게까지…… 어떤 원인이 있다기보다는 신체가 노화되면서 체력이 약해지고 면역력이 약해진 것이라고 보는 게 맞을 겁니다…… 결정을 하셔야 할 것 같습니다. 치료비가 상당히 많이 드는 데다 성공한다는 장담을 할 수도 없습니다. 무엇보다도 치료 중에 따르는 육체적 고통이 상당히 큰데 환자분께서 연세가 너무 많으셔서 감당하실 수 있을지도 의문입니다……. 이런 말씀드리기는 죄송합니다만, 너무 늦게 오셨습니다……'

나름대로 최선을 다해 정중하고 자세하게 설명을 해주는 의사의 목소리가 장군봉에게는 의사가 아니라 사형판결을 내리는 판사의 목소리처럼 들렸다.

'조순이! 시한부 3개월을 선고한다.' 땅땅땅……

장군봉은 큰길가 옆 작은 골목길 안으로 겨우 몇 걸음을 옮긴 뒤 그 자리에 주저앉았다.

"여보…… 여보……"

길 위로는 굵은 눈발이 날리고 있었다. 그 길 위로 많은 사람들이 오고 갔다. 장군봉은 골목길 안쪽에서 양무릎 사이에 고개를 박고 몇 번이나 아내를 불렀다.

\*\*\*

모른 척 그냥 돌아서 떠나려는 송씨의 눈에 엎질러진 컵라면이 들어왔다. 어쩌면 저 컵라면이 오늘 먹을 수 있는 모든 끼니였을지도 모른다. 송씨는 엎질러진 컵라면이 마음에 남았다. 자신도 그래본 적이 있으므로. 몸이 아파 일을 나가지 못하는 날, 마지막 남은 라면을 끓였지만 그 라면을 들 힘조차 없어서 와장창 쏟아버린 후, 하염없이 눈물 흘렸던 날이 있었으므로.

송씨는 서용구에게 돌아갔다. 그리고 주머니에서 가죽 잠바를 사기 위해 준비해온 돈 중에서 5만원을 꺼냈다.

"받아요."

"아니, 괜찮아."

"나도 아이도 행복하게 잘 살고 있으니까…… 우릴 찾을 생각은 하지 말아요."

그리고는 돌아서서 송씨는 가던 길을 재촉했다. 이제는 더 이상 지나온 과거를 되돌아보고 싶지 않았다.

"송씨! 송씨!"

서용구가 다급하게 송씨를 불러세웠다. 송씨는 잠깐 걸음을 멈추고, 서용구가 똑똑히 알아듣도록 큰소리로 또박또박 말했다.

"내 이름은! 송씨가 아니에요…… 내 이름은 송이뿐이에요."

그리고 송씨는, 아니 송이뿐은 한 발 두 발 자신의 과거로부터 발걸음을 옮겼다. 모든 지나간 과거를 다 덮어버리듯 굵은 눈발이 거리 위에 쌓이고 있었다.

\*\*\*

펑펑 내리는 눈이 세상을 덮고 있었다. 조순이는 담요를 두루고 거실로 나와 열린 현관문 밖으로 펑펑 내리는 눈구경에 시간 가는 줄을 몰랐다.

"히야아아~. 그리고 싶어. 그릴래. 그릴래."

같은 시각, 눈 내리는 골목길 안에서 장군봉은 길바닥에 퍼질러 앉아 넋을 놓아 울었다. 멈추려 해도 멈추어지지 않았다. 장군봉 안에 있는 눈물의 강이 터져

나온 것 같았다.

"끄윽…… 끅…… 끄윽…… 끅…… 크흐흐흑……"

장군봉의 가슴에서 쏟아져 나온 뜨거운 눈물의 강이 눈 내리는 골목길과 큰길까지 흘러나갔다. 장군봉의 눈에 온 세상은 눈물에 잠긴 눈물의 강과 같았다.

송씨의 어깨 위로 한 점 두 점 눈이 내려앉았다. 지하철을 타려던 송씨는 그냥 예전처럼 버스를 탔다. 지하철은 다 좋은데 마주앉은 사람의 표정이 다 보이는 게 싫었다. 송씨는 버스 맨 뒷좌석에 앉았다. 서용구에게 돈을 다 쥐어주고 나니 수중에 남은 돈은 거의 없었다. 어차피 가죽잠바를 사기엔 모자라는 돈이었다. 송씨는 아무런 말도, 아무런 생각도 할 수 없었다. 그렇게 나갔으면 잘 살기라도 할 일이지…… 버스 창밖으로 떠나온 수라리고개와, 용구오빠와 그리고 아가의 얼굴이 흘러갔다. 하얗게 펑펑 내리는 눈은 모든 것을 하얀 그림으로 바꾸어놓고 있었다. 송씨는 참았던 눈물을 더 이상 애써 참지 않았다. 송씨의 눈에서도 뜨거운 하얀 눈이 내렸다. 그렇게 내리는 눈은 모든 것을 덮었다. 모든 것을 용서했다.

아무리 기다려도 오지도, 연락도 없는 장군봉이 걱정되었다. 김만석은 계속해서 하늘을 올려다보았다. 어둑어둑하던 하늘은 눈발에 덮여 짙은 검회색으로 바뀌어 있었다. 눈이 내리면 오토바이가 언덕길 올라가기도 힘들고, 송씨가 리어카 끌고 다니기도 힘든데…… 니미, 대충 좀 작작 오지……

"노인네들에겐…… 겨울이 유난히 시린 법인데……"

장군봉을 기다리며 김만석은 혼자서 중얼거렸다.

그렇게 송씨의 기억 위로도, 장군봉의 눈물 위로도, 김만석의 걱정 위로도, 조순이의 하얀 도화지 위에도 하얀 눈들이 쌓이며 유난히 긴 겨울이 가고 있었다.

※ ※ ※

"애비냐? 나다. 내일 저녁에 집에 오너라. 며느리랑 애들도 다 데리고…… 오라면 와…… 내일 보자…… 끊는다."

'아버지, 갑자기 왜……? 서울까지 가려면 몇 시간인데……' 하는 말을 끊고 장군봉은 단호하게 큰아들 영철에게 내일까지 옥수동으로 오라는 전화를 넣었다. 이어서 둘째 영수와, 막내 영희에게까지 모두 전화를 했다. 다들 핑계는 같았다. '아버지, 요즘 일이 많은데…… 애들도 학교 늦게 끝나고……' 그러나 장군봉은 평생 거의 처음으로 아이들 말을 무시하고 무조건 내일까지 집으로 오라고 했다. 뭐라고 하던 아이들도 평소와는 다른 장군봉의 단호한 고집에 결국은 순순히 전화를 끊었다.

장군봉은 전화를 내려놓고, 장롱에서 옷을 꺼내 내일 자신과 아내가 입을 옷을 곱게 다리기 시작했다.

※ ※ ※

연아는 조금 전부터 특별한 용무도 없이 자신이 일하는 주민센터 창구 앞을 어슬렁거리더니 이제는 대놓고 창구 앞을 막아서서 얼쩡거리는 김만석이 신경쓰였다. 그러다 마침내 연아는 목소리를 낮게 쫙 깔고 할아버지를 째려보며 말했다.

"할아버지. 용건도 없다면서 도대체 왜 그래? 신경 쓰여서 일을 못 하겠잖아!"

"흐음…… 흠흠…… 아니, 아냐…… 넌 네 할 일 해. 할애비 신경쓰지 말고……"

그러면서 김만석은 한쪽 손은 허리에 한쪽 손은 창구 위에 올려놓고 장갑 낀 손가락으로 빈 피아노를 치고 있었다. 톡톡톡 토도톡. 그놈 참 눈치가 느리네.

그제서야 연아의 눈에 김만석이 손에 낀 검정색 가죽장갑이 눈에 들어왔다.

"응? 할아버지 혹시…… 장갑 새로 샀어?"

그제서야 비로소 김만석의 목소리가 한 옥타브는 올라가며 들뜬 목소리로 속사포처럼 자랑을 쏟아놓았다.

"장갑? 왜? 장갑 멋지냐? 헐헐헐…… 이거 산 거 아냐! 선물 받았어. 이 장갑이 눈에 확 들어오지? 그렇지? 이거 가죽이야! 가죽장갑이라고! 누가 선물로 줬다니까! 멋지지 않냐? 야아~ 역시 이 장갑이 좋긴 좋구나! 금방 알아보네!"

그래, 장갑 멋지다 치고……. 할아버지 제발 목소리 조금만…… 응?

연아는 눈빛으로 레이저를 쏘아보냈지만 김만석은 아랑곳없이 계속 자랑질이었다. 연아는 창피해서 고개를 숙였다.

"어떻게 말도 안 했는데 장갑 낀 걸 한눈에 알아보냐? 가죽이라 그런가? 껄껄껄…… 우하하하하……"

그 장갑은 새벽에 송씨가 선물한 것이었다. 160번지 언덕길 아래에서 송씨는 김만석에게 조그맣게 포장된 상자 하나를 주었다. 선물이라고 했다. 그러면서 미안하다고 했다.

그대를 사랑합니다 **275**

아니, 선물이라면서 미안한 건 또 뭐야?

김만석이 포장지를 뜯어보니 거기에는 검정색 가죽장갑이 들어 있었다. 손에 착 감겼다. 날아가는 기분이었다.

근데 이걸 나 혼자 좋아하면 뭐하나, 어디 자랑할 데도 없…… 아니, 있구나! 생각해보니 많네~!

그래서 달려온 곳이 연아가 일하는 주민센터였다.

김만석이 그다음 달려간 곳은 우유보급소. 걸음이 너무 가벼워 거의 공중을 둥둥 날아가는 기분이었다. 마침 석호가 밖에 나와 있었다. 김만석은 석호가 보란 듯이 우유보급소 앞을 몇 번을 왔다 갔다 했다. 그래도 석호는 가죽장갑은 못 알아보고 딴소리만 했다.

"아이구…… 머리가 왜 이렇게 시원하게 안 긁히지?"

김만석은 장갑 낀 손으로 머리까지 벅벅 긁는 시늉을 했다. 그래도 석호는 눈치를 못 챘다. 니미, 눈치라곤 약에 쓸려고 해도 개똥만큼도 없는 놈!

"손이 좀 덥네? 왜 그러지?" 그제서야 석호가 말했다.

"할배요, 그카마 장갑을 벗고……."

그래, 그거야!

"그래? 장갑이 손에 짝 달라붙어서 난 장갑 낀 줄도 몰랐네. 너도 이 장갑 알아봤구나. 이 장갑이 뭐냐 하면…… 가죽장갑이야!"

마지 못해 석호가 맞장구를 쳤다. 한번 사는 인생, 편하게 살자.

"디게 좋아 뷔네에……."

"그래? 그렇지? 어때? 한번 만져볼래? 이걸 내가 샀느냐? 아니야! 선물 받은 거야……."

그다음 김만석이 날아간 곳은 부자고물상이었다. 그다음은 장군봉의 주차장 관리실……. 하루 종일 김만석의 마음은 공중을 붕붕 떠다녔다.

"아, 이상하다…… 박수를 치면 짝~ 하고 소리가 나야 하는데 왜 소리가 팡~ 하고 나는 거지?"

김만석은 고물상 앞을 왔다 갔다 하며 장갑을 팡~팡~ 쳐대었다.

"희한하네~ 예전엔 안 그랬는데 말이야. 왜 팡~ 하고 소리가 날까? 짝~ 하고 소리가 나야하는데 말이지?"

공연히 고물상 앞을 왔다갔다하는 김만석이 눈에 거슬려 이판술과 준범이 김만석을 째려보았다.

"저 인간이 뭘 잘못 쳐 먹었나? 니가 한번 나가봐라."

요즘 김만석에게서 뭔가 이상한 본능적인 낌새를 느낀 이판술이 준범을 등 떠밀어 내보냈다.

"할아부지. 장갑을 벗으셔야쥬……"

그제서야 김만석이 아는 체를 하며 준범을 향해 말을 쏟아내었다.

"아! 맞다! 장갑을 꼈었지? 근데 소리가 왜……? 아, 가죽이라서 그런 거구나!"

자랑질하는 김만석의 뒤통수를 이판술이 노려보았다. 누구냐, 넌? 뭐하는 놈이냐 이건?

고물상을 떠나 바로 옆의 주차장 관리실로 걸음을 옮긴 김만석은 관리실 유리창을 가죽 장갑으로 팡~ 하고 힘껏 쳐보았다. 그리고는 창문 위로 갑자기 고개를 쑥 내밀며 "애벌레!' 하고 고함을 질렀지만, 장군봉의 반응은 썰렁했다.

"자네 왔는가?"

니미, 가죽 장갑이라 유리창도 안 깨졌다…… 뭐 이렇게 말해야 하는 건데…… 니미……

"아, 아닐세."

"뭐가?"

"그건 그렇고…… 자네 집사람 괜찮다더니 정말이지? 검사 결과가 좋았다매?"

썰렁한 분위기도 모면할 겸 김만석은 그동안 미심쩍어 했던 조순이에 대한 안부로 화제를 돌렸다.

"허허…… 몇 번을 말하나? 막상 검사해보니 별거 아니었다니까? 그냥 치질이 좀 있어서 대장 출혈이 좀 있었다는군……"

"흐흠. 정말이야? 믿어도 되는 거지?"

김만석이 정색을 하고 장군봉을 노려보면서 다시 물었다.

"허허…… 진짜라니까…… 이 친구가 속고만 살았나?"

다시 한번 김만석은 장군봉의 표정을 살펴보았다. 니미, 이건 눈이 새우눈알만해서 당췌 뭐 눈이 보여야 알지…… 대체 감은 거야, 뜬 거야?

"그래.. 그럼 정말 잘된 일이네……"

"허허…… 그렇지. 걱정해줘서 고맙네."

장군봉이 사람 좋은 웃음을 웃는 걸 보자 김만석은 불안한 의심을 거두고, 주차장에 온 본래의 목적을 위해 다시 한번 생쇼를 벌이기 시작했다. 허리도 한번 풀어주고, 팔을 쫘악~ 다리도 쭈욱~ 스트레칭도 한번……

"어이구. 요즘 운동에 재미를 붙여서…… 예전엔 수족냉증이 있었는데, 요샌 운동을 한 후론 수족냉증도 없어지고…… 헛둘 셋둘……"

그러면서 김만석은 장군봉의 눈앞에 아예 장갑을 들이밀었다.

"이상하게 요즘은…… 헛! 헛! 손이 따뜻해져서…… 헛! 헛!'

그러다가 무리해서 허리를 삐끗했다. 아이고 허리야……

그때 장군봉이 드디어 장갑을 알아보았다.

"못 보던 장갑이네?"

앗싸~!

"헐헐헐…… 자네도 한눈에 장갑을 알아보는군. 이거 보게. 가죽장갑이야. 진짜 가죽이라니까! 이거 봐. 불에 달궈도 하나도 안 뜨거워. 이거 내가 산 것도 아니야. 누가 선물로 줬다니까."

김만석은 라이터로 장갑을 한번 쓱 그슬러 보았다. 물론, 혹시라도 장갑이 탈세라 순식간에 불꽃은 장갑을 스치고만 지나갔다.

"가죽장갑이라…… 허허…… 송씨가 선물해 줬구만?"

"어? 어떻게 알았어~?"

"자네 지난번에 병원에서 돌아오던 차 안에서 가죽 잠바 어쩌구 하지 않았나…… 송씨가 그 말을 놓쳤을 리가 없지…… 허허…… 가죽 잠바는 송씨 형편상 어려웠나 보지…… 애썼군, 송씨……"

그래서, 그래서…… 아까…… 선물을 줘놓고도 미안하다고…… 니미, 내가 괜히 부담을 줬네……

"나 잠깐…… 어디 좀 급하게 가야겠어. 오늘 저녁에 여기 좀 봐 달랬지? 이따 저녁에 올게."

김만석은 후다닥 자리를 떴다. 있다 저녁에 주차장을 대신 봐주려면 서둘러야 했다. 니미, 난 왜 이렇게 세심하지 못하지…… 송씨 형편에…… 젠장…… 좀 전까지 비행기처럼 날아갈 것 같던 기분이 잠기다 못해 잠수함처럼 가라앉았다.

김만석은 급하게 발걸음을 옮겼다. 발걸음이 무거웠다. 그런 김만석의 뒷모습을 보며 혼잣말로 중얼거렸다.

"미안하네, 만석이…… 한참 지금이 좋을 때인데…… 내 문제로 괜히 무거운 기분을 줄 수는 없지……"

*** 

가죽 장갑을 선물하고도 송씨는 마음이 무거웠다. 정작 가지고 싶어 하던 것은 가죽 잠바였는데 고작 가죽 장갑밖에 선물할 수 없는 자신의 처지가 서럽고 미안했다. 이게 아닌데……

"후우~"

저절로 한숨이 터져 나왔다. 동사무소에서 나오는 돈 하고…… 조금만 더 아끼고 모으면 잘하면 다음 달에는 가죽 잠바를 꼭 살 수 있을지도 몰라…… 그때 창밖으로 익숙한 오토바이 소리가 들렸다. 부타타타타타…… 이 소리는 분명 김만석의 오토바이였다. 새벽도 아닌데 이 시간에 왜? 오토바이는 송씨의 집 바로 앞에서 끼익 멈춰 서더니 엔진 소리가 작아졌다.

오토바이 소리가? 설마 이 시간에……? 송씨는 창가로 나가 바깥을 내려다 보았다. 김만석이었다.

"이봐, 이뿐이!"

김만석이 검정색 가죽 잠바를 입고 보란 듯이 양팔을 펼쳐보이며 말했다.

"가죽 장갑이 마음에 들어서 가죽 잠바도 하나 장만했어! 완전 세트야, 세트!"

"아!"

송씨는 너무나 잘 어울리는 검정색 가죽 잠바에 감탄을 했다.

"어때? 잘 어울려?"

"멋있어요!"

진심이었다.

"그렇게 입고 타면 만석씨 오토바이도 더 멋지게 보이겠어요."

김만석이 좋아라 웃었다.

"히히히 그래? 그런, 나 간다…… 규봉이 가게 좀 봐줘야 해서……"

엔진을 부릉부릉 켜던 김만석이 송씨에게 뭔가 깜빡했다는 듯한 표정으로 말했다. 그러나 깜빡했다기엔 김만석의 표정 연기는 서툴렀다.

"그나저나 나 이제 가죽 잠바 있다……"

"네?"

"그러니까, 그 뭐냐…… 괜한 데 돈 쓰지 말라고…… 순전히 장갑이 맘에 들어서 잠바도 산 거니까……"

송씨가 웃으며 대답했다.

"그럴게요……"

낡은 오토바이를 타고 검정색 가죽 잠바와 가죽 장갑을 한 김만석이 하얀 머릿칼을 휘날리며 골목 아래로 달려 내려갔다. 그런 김만석을 바라보며 송씨는 생각했다. 만석씨……. 처음엔 참 무뚝뚝한 사람인 줄 알았는데…… 참 세심한 사람이네요……

부타타타타타…… 오토바이를 몰고 내려가는 김만석의 입가에 자신도 모르게 미소가 지어졌다. 그렇게 입고 타면 만석씨 오토바이도 더 멋지게 보이겠어요…… 라는 송씨의 말이 떠올랐다. 저절로 어깨가 으쓱해지며 기분이 들떴다.

부타타타타 거리던 오토바이 엔진소리가 부퉁부퉁……. 두두두두둥 거리는 묵직한 엔진소리로 바뀌었다. 지금 김만석은 십 몇 년 된 낡은 오토바이가 아니라 갓 새로 뽑은 할리 데이비슨 위에 앉아 있었다. 아래 위 검정 가죽 잠바로 쫙 빼입고, 두건형 가죽 헬멧까지 쓴 김만석은 하얀 꽁지머리를 휘날리며 하늘 위를 달렸다. 기분 대끼리였다.

\*\*\*

장군봉의 집 불빛이 환하게 빛났다. 평소엔 사람이 있는 안방에만 켜두던 전등이 온 집안 가득 환하게 켜졌다. 온 집안에 사람이 가득 찼다. 안방에도, 거실에도, 건넌방에도 아이들로 가득했다. 왁자지껄 사람 소리로 가득했다. 장군봉이 조용히 입을 열었다.

"다들 모였니?"

재잘거리던 소리, 왁자지껄하던 소리가 잦아들었다.

"다 모였으면 안방으로 다들 건너 오거라."

안방 가득 아이들과 손자손녀들이 모였다. 안방에 다 앉지 못해 몇몇은 방문을 열고 거실 밖에까지 나가서 앉았다. 모든 아이들이 자리를 잡을 때까지 장군봉은 조순이와 나란히 앉아 조용히 기다렸다. 어제 잘 다려둔 옷으로 두 사람 모두 갈아입은 뒤였다.

"다 모였어요, 아버지…… 그런데 저…… 느닷없이 왜 갑자기……"

큰 아들 영철이었다. 자녀들과 손자들까지 다 모이자 조순이가 좋아서 계속 아까부터 헤에~ 거리며 좋아했다. 이렇게 다 모이니까 당신도 좋지? 그러나 장군봉은 정작 아무런 말도 하지 않았다

"무슨 일이 있으신가요? 혹시 아버지 어머니께서 긴히 하실 말씀이라도……?"

작은 아들 영수였다. 장군봉은 여전히 대답을 하지 않고, 조순이의 손을 꼭 잡았다. 우리 아이들이 이렇게 많았었나…… 여보…… 잘 봐두라고…… 이게 다 우리 아이들이야…… 장군봉이 조순이를 바라보았다. 조순이도 마치 장군봉의 말을 알아듣는 것처럼 해맑게 웃었다.

여보…… 이 아이들이 모두 다 당신 배를 통해서 나온 자식들과 그 자식들이야……

이제는 다들 부모가 되었어…… 당신 참…… 수고 많았어…… 참 많지…… 우리 아이들……

이 녀석들…… 다 당신 때문에 있는 거야…… 당신 참…… 열심히 살았어…… 고마워 여보……

"저, 아버님……"

"무슨 하실 말씀이라도……"

며느리와 막내 딸 영희도 한마디씩 물었다. 장군봉은 뿌듯한 표정으로 아들들, 며느리들, 딸과 사위, 그리고 손자들과 손녀들을 하나씩 하나씩 눈에 담았다. 눈에 넣어도 아프지 않을 내 자식들……. 가족들이었다.

"아니다, 됐다…… 요새는 설날이나 추석에도 다들 한꺼번에 모이기 힘들고, 서로 얼굴 본 지도 너무 오래 되어서…… 그냥 내가 너희들 한번 보고 싶어서 불렀다."

조용조용 웅성웅성 거리는 소리가 흘러나왔다.

"앞으로 명절 때가 아니더라도 자주 전화하고 서로들 연락도 하고 지내거라…… 그래도 세상에서 제일 믿고 기댈 수 있는 건 형제들이고 가족이다…… 밤도 늦었는데 이제 됐으니 돌아들 가거라."

아이들이 떠났다. 자기들끼리 어떻게 지내는지, 요새 뭐가 힘들고 어떤 쪽이 전망이 좋은지, 학교 이야기, 사업 이야기들을 두런두런 하다가 그리고 그렇게 떠났다. 장군봉과 조순이는 대문 앞에까지 나가서 집으로 돌아가는 아이들을 하나하나 배웅했다. 그리고 맨 나중에 떠나는 영희의 주머니 속에 봉투 하나를 집어넣었다. 원래 준비한 봉투 외에 영철이네와 영수네가 아버지 어머니 용돈 하시라고 십만원씩 넣어준 봉투까지 함께 넣어주었다. 영희가 사양하려는 몸짓을 보였으나 장군봉은 나지막한 목소리로 말했다.

"그냥 조용히 넣어두거라…… 애 등록금 때문에 고민이 많지…… 얼마 안 되지만 보태 쓰거라……"

"아빠도 넉넉치 않잖아요…… 엄마 치매 돌보시기도 벅차실 텐데……"

장군봉의 머릿속으로 의사가 들려준 이야기가 스쳐지나갔다. '너무 늦었습니다. 수술을 시도 한다 해도…… 성공을 장담 못 합니다. 그리고 수술비가…… 상당히 많이 듭니다.' 그래서 장군봉은 이백수십만 원이 남은 통장 잔고를 오랫동안 들여다 보았었다. 그리고 결국 결심을 하고 200만원을 뽑았다. 그리고 그 돈을 방금 영희에게 전해준 것이다.

"아니다, 우린 괜찮다……"

영희의 눈가에 잠깐 이슬이 비쳤다.

"고마워요, 아빠…… 매번……"

"어여 가거라."

몇 걸음 옮기던 영희가 뒤돌아보며 말했다.

"저…… 아빠…… 이거 최대한 빨리 갚아드릴게요. 꼭이요……"

허허허…… 부모는 자식에게 갚을 것을 바라고 주지 않는단다. 너도 자식이 있으니…… 우리 나이가 되면 더 잘 알게 되겠지……

장군봉은 조순이의 손을 꼭 잡고 골목 아래로 사라지는 아이들의 뒷모습을 바라보았다. 맨마지막에 가며 뒤돌아보고 또 돌아보던 영희의 모습마저도 사라졌다. 골목 안에는 두 사람만 남았다. 조심해서들 살펴 가거라……

"여보, 이제 우리도 들어가야지?"

"헤에~"

오랜만에 아이들이 모두 다 온 게 기분이 좋은지 조순이는 쉽게 들어가려 하지 않았다. 집에 들어가자고 이끄는 장군봉의 손을 잡아끌었다.

"들어가기 싫어? 그럼 조금만 더 있다가 들어갈까?"
"응……? 응."
"애들은 다들 잘 돌아갔다니까……"
가족들이 모두 돌아간 텅 빈 골목길을 장군봉과 조순이는 오래도록 지켜보았다.

## 제14화
# 함께라서 아름다운 동행

    김만석은 장군봉의 주차 관리실 벽에 커다랗게 붙여 놓은 〈주차장 관리인 구함〉 포스터를 보았다. 근무시간: 새벽 5시~밤 12시. 경험자 우대. 단기 근무자 사절. 면접 후 급료 결정. — 동성주차장.
    "밖에 써 붙여놓은 거…… 왜? 그만 두게?"
    이제는 오가며 장군봉의 관리실에 들러 커피 얻어 마시는 게 인이 박혔는데, 그만 둔다는 소리에 섭섭하기도 하고 걱정되기도 해서 김만석이 물어보았다.
    "어. 나도 이제 그만 좀 쉬어야지……평생 택시 운전에, 주차장 관리에…… 일만 했는데……"
    하긴…… 나도 평생을 건설회사 현장소장으로 일하고…… 그 일을 그만 둔 뒤에는 우유 배달까지…… 쉬지 않고 일만 하는 게 지겹기도 하니…… 자네도 그럴 만하지…… 평생 일만 해서 남은 거라곤 입에서 떨어질 줄 모르는 욕뿐이니…… 그런데……!
    "자네, 혹시…… 집사람…… 때문인가? 정말 괜찮은 거야?"

김만석이 장군봉을 뚫어져라 쳐다보았다. 이 친구…… 진심으로 걱정해주고 있군. 장군봉은 생각했다. 그렇다면 더더욱……

"허어…… 이 친구, 속고만 살아왔나? 별일 없다고 했잖아. ……이젠 여행이나 좀 다녀오려고. 지난 세월을 돌이켜보니 아내와 함께 제대로 여행을 간 적이 없었어."

"뭐, 그럼 다행이고……"

김만석은 그렇게 말하며 커피 한 모금을 홀짝 마셨다. 아직 썼다. 설탕 한 스푼을 더 탔다. 달달했다.

"자네 말이야…… 난 자네가 부러워. 자넨 아내에게 참 잘하는 것 같아. 난…… 그렇지 못 했거든. 그래서 사실 요즘…… 음…… 지금이라도 잘하고 싶은데…… 그게 참 잘 안 되더라구. 뭐 하던 놈이 잘 한다고 내가 잘해 본 적이 있어야, 뭘 알아야 잘 해주지. 이뿐이에게 잘해주고 싶은데…… 그게 참……"

"잘해주고 싶다고?"

"어떻게 하는 게 잘하는 건지 모르겠어……"

"그럼, 송씨에게 물어봐."

김만석이 장군봉을 쳐다보았다.

"뭘, 그리 고민하나. 송씨에게 직접 물어봐. 자네가 어떻게 해줬으면 하는지…… 혼자 고민하지 말고…… 그게 좋아."

"에이, 어떻게 그, 그딴 걸 물어보나? 남사스럽게스리……"

뜨악한 표정으로 바라보는 김만석에게 장군봉이 미소를 지으며 말했다.

"우리 젊었을 때는 보통 지레짐작으로 이런 걸 좋아할 거다, 하면서 내가 좋자고 하는 거 많이 하잖아. 그렇기 때문에 막 연애 시작할 때 서로 위한답시고 티격태격하고 많이들 그러잖아. 우리 나이엔 그럴 시간이 없어……"

"……"

"송씨가 뭘 원하는지 그걸 물어봐. 그리고 그걸 해줘…… 송씨…… 힘들게 살아온 여자잖아……"

"그렇지…… 힘들게 살아왔지……"

김만석은 고개를 끄덕였다. 내가 힘들게 살아온 그 여자에게…… 의지가 되었으면 하는데…… 니미, 뭐 할 줄 아는 게 있어야지…… 진짜로 물어……봐?

\*\*\*

"계세요?"

정복을 입은 경찰관이 송씨의 집 문을 두드렸다. 송씨가 문을 열자 경찰이 물었다.

"여기가 혹시 송이뿐 할머니댁 맞나요?"

"네? 아, 네…… 제가 송이뿐인데요."

"아, 제대로 찾아왔네요. 할머니가 고령이신데다 성함까지 특이해서 다행히 쉽게 찾아왔네요……"

"네에…… 그런데 저를 무슨 일로……?"

"음…… 이것 참…… 말씀드리기가…… 혹시 서용구씨라고 아시죠?"

"네, 알아요. 그런데……"

그대를 사랑합니다 289

"그분 부탁으로 이렇게 찾아왔습니다."

"부탁……?"

"저, 이거…… 돈이 들어있는데, 이걸 꼭 전해달라고 하셔서요……"

경찰관은 돈이 든 봉투를 전해주며 서용구의 이야기를 전해주었다. 며칠 전이었다고 했다. 노숙자인 서용구는 밤에는 서울역 지하에서 생활하고, 낮에는 남대문시장 근처에서 구걸을 하며 생활해왔는데, 며칠 전 눈 내리는 날, 넋을 놓고 찻길을 건너다가 그만……. 병원에 실려왔을 때까지 살아는 있었는데, 너무 늦었다고 했다. 그래도 의식이 살아있을 때 이 돈을 꼭 송이뿐에게 돌려주라고, 자기는 이런 돈 받을 자격이 없다고 한사코 돌려드려야 한다고…… 했다고 한다. 송이뿐에 대해서 알려준 것은 이름과 나이, 영월 수라리고개 살던 사람이라는 게 전부였다고 했다.

"……그 말이 유언이 되셨습니다."

경찰관이 돌아가고 나서, 송이뿐은 종이 봉투 안에 들어있던 돈 5만원을 꺼내 보았다. 그게 서용구가, 아가의 아빠가 송이뿐에게 마지막 남겨준 유산이요, 유언이었다.

참으려고 했는데, 울음이 터져나왔다. 평생을 용서하지 못한 것이 한이 되었다. 마지막 만남에서 그렇게 뺨을 후려친 것이 후회되었다. 아가도, 서용구도…… 송이뿐과 관계를 맺었던 사람들은 모두가 떠났다. 사랑했던 사람도, 평생 원망했던 사람도 모두가 떠나고 나니 눈물이 되었다.

송이뿐은 불 꺼진 방에서 그렇게 혼자서 울었다. 슬픔들이 방 안을 가득 채우고, 강물이 되어 바다로 나가 더 큰 바다들을 만나 어우러지며 모든 것들이 용서

될 때까지 오랜 시간을 울었다.

* * *

장군봉은 집으로 돌아가는 발걸음을 서둘렀다. 장군봉의 손에는 낮에 잠시 짬을 내어 사다 둔 노란색 크레파스가 든 비닐봉투가 들려 있었다. 서둘러 집에 도착한 장군봉은 그림을 그리다 말고 방에 쓰러져 있는 아내를 발견했다.

"여, 여보! 여보!"

많이 아픈지 조순이는 앓는 소리를 내고 있었다. 황급히 조순이를 자리에 눕혔다. 한참 만에 조순이가 정신을 차렸다.

"여보, 일어났어? 괜찮아…… 많이 아팠지?"

조순이가 정신을 차릴 때까지 머리맡을 지켰던 장군봉은 조순이가 눈을 뜨자 안심을 하면서도 한편으론 걱정이 되어 물었다.

"노란색…… 노란색……"

조순이가 몸을 일으키며 노란색 크레파스를 찾았다.

"여보, 좀더 누워 있어."

장군봉이 말렸으나 조순이가 자리에서 일어났다.

"노란색 있어?"

"당신이 부탁한 대로 노란색 크레파스 잔뜩 사왔어."

조순이는 노란색 크레파스가 가득 든 비닐봉투를 뒤적이더니 노란색 크레파스를 발견하고는 좋아라 했다.

"노란색, 노란색이다. 헤헤에."

"여보…… 그동안 뭘 그리고 있었던 거야?"

조순이가 노란색 꽃잎 또는 별빛처럼 생긴 그림들을 손가락으로 짚으며 말했다.

"이건 꽃잎…… 그리고 이건 오토바이 부웅하던 날…… 하늘, 꽃, 구름……"

그냥 막 그리는 줄 알았더니 그림에 하나하나 뜻이 있었구나, 장군봉은 생각했다.

"그리고 이건 꽃…… 그리고 이건 과자…… 눈 내리던 날 눈이랑 과자……"

"그럼 저 위에 노란색 많은 것들은 뭐야? 저거 그리느라 노란색을 다 썼잖아."

조순이가 별처럼 많은 노란색들을 짚으며 말했다.

"이거…… 반짝 반짝…… 소풍 가던 날…… 물에서 반짝 반짝…… 예뻤어. 그래서 그리고 싶었어."

조순이가 짚는 노란색 너머로, 장군봉은 소풍가던 날 황금빛으로 반짝이는 물빛들을 등지고 환하게 웃던 아내의 모습이 떠올랐다.

송씨, 만석이…… 그 사람들이 갇혀만 살던 내 아내에게…… 간직하고 싶은 좋은 추억을 주었군…….

"헤헤……"

조순이가 황금빛 반짝이는 강가에 앉아 웃고 있었다. 연애할 때 첫눈에 반했던 그 예쁜 웃음이었다.

"예뻐…… 당신, 아주 예쁘네……"

장군봉은 그림 앞에 앉은 아내의 모습에서, 강가에 소풍갔던 아내, 첫아이를 안던 아내, 그리고 첫 데이트때 수줍게 웃던 아내의 모습들을 떠올렸다. 예뻤다.

송씨, 만석이…… 고맙네…… 정말 고마워…… 여보, 당신도 그동안 참…… 고생이 많았소……

그때 조순이가 앉은 자리에서 일어나 벽에 붙인 그림 위로 까치발을 해서 벽지 위에 노란색으로 무언가를 그리려고 했다.

"여보……. 뭘 또 그려?"

"달…… 이, 이렇게……"

조순이가 노란색으로 지이익 동그라미 일부분을 그렸지만 키가 모자랐다. 장군봉이 자리에서 일어났다.

"여보, 내가 그려줄게."

장군봉이 대신 벽지 위에 달을 그렸다.

"자아…… 이렇게 그리면 되는 거지?"

장군봉은 아내가 그리다만 동그라미 부분을 메꿔 예쁜 초승달을 그렸다.

"아니, 아니…… 이렇게 크고 뚱그렇게…… 크으으으게에…… 뚜우웅그렇게에에…… 이렇게에에……"

조순이는 양팔을 가득 벌려 달의 크기를 표현했다.

"아? 반달 말고 보름달?"

"응 응. 그날 밤에 꽉 찬 달…… 당신이랑 봤던 꽉 찬 달……"

나와 함께 봤던 달……? 그날 밤…… 돌아오던 길에…… 당신을 잃어버렸던 날…… 함께 돌아오던 길에 떴던 달을 기억하고 있었구나. 우리가 함께 봤던 달을……

그대를 사랑합니다

"똥그렇게 꽈악 찬 달이 있었어. 아주 예뻤어."

장군봉은 그 달을 그리고 싶다며 '그릴래 그릴래' 하던 아내의 모습이 떠올랐다. 그래서 말했다.

"이 그림은 당신이 완성하는 게 좋겠어. 내가 도와줄게."

장군봉은 벽지 위에도 새로 복사지를 붙였다. 달이 충분히 들어갈 만큼 넉넉하게 붙였다. 그리고는 조순이를 등에 업었다. 조순이가 하얀 종이 위에 노랗고 둥근 달을 조금씩 그려나갔다.

"히야아~ 계속 그려?"

조순이가 좋아라 하며 노란색으로 하얀 종이 위를 동그랗게 점점 크게 채워가고 있었다.

"응…… 계속 그려."

땀이 흘렀지만 장군봉은 힘든 기색없이 조순이를 꼭 들쳐 업었다.

"우아아아……."

"허허…… 그렇게 좋아?"

노랗고 커다란 달을 벽에 가득 차게 그리며 조순이가 어린아이처럼 웃었다. 모처럼 보는 아내의 환하고 커다란 웃음이었다.

당신이 행복해서 웃으면…… 나도 행복해, 여보…… 사랑해……

조순이의 손끝에서 세상에서 가장 크고 가장 예쁜 달이 벽 위로 떠올랐다. 장군봉의 가슴 속에도 그렇게 노랗고 환한 둥근 달이 떴다. 행복했다.

\*\*\*

그 이후로, 조순이는 더 이상 그림을 그리지 못했다. 증세는 점점 더 나빠졌다. 너무 아파서 쉽게 잠들지 못하고, 밥을 먹어도 금방 다 토해 내었다. 미음조차도 제대로 삼키기 힘들어졌다. 점점 말라갔다. 장군봉이 해줄 수 있는 것이라곤 아내를 안고 울어주는 일뿐이었다. 벽에 붙은 종이 위에는 더 이상 새로운 그림이 그려지지 못했고, 황금빛 물빛과 꽃잎, 그리고 노랗고 예쁜 달만 그 자리를 지킬 뿐이었다.

\*\*\*

가스레인지에 불을 켜기 위해 점화스위치를 거푸 돌렸으나 불이 들어오지 않았다. 장군봉은 계속해서 점화스위치를 돌렸으나 딱~딱~ 거리며 점화불꽃만 튈 뿐 가스불은 들어오지 않았다.

"요즘 통 이뿐이를 볼 수가 없어……"

장군봉이 커피물을 끓이기 위해 가스레인지를 손보고 있는 동안 김만석이 혼잣말처럼 중얼거렸다. 요즘 김만석은 날마다 장군봉의 관리실에 들러 커피를 마시고 가곤 했다.

"뭐라고?"

여전히 가스불이 들어오지 않았다. 딱딱딱~ 점화불꽃 소리만 흘러나왔다.

"모르겠어…… 이뿐이가 요즘 자꾸 날 피하는 것 같아…… 니기미. 새벽에 만나도 별 말도 없이…… 휑하니 가버리고……"

"기다려봐…… 무슨 말이 있겠지……"

"아…… 진짜 뭔 일이라도 생겼나……"

장군봉은 말없이 가스레인지 불 켜는 일에 집중했다. 여전히 불은 들어오지 않았다.

"내일이 여기서 일하는 거 마지막이라고?"

"응…… 사람을 구할 때까지는 있으려고 했는데……"

"그러면 이젠 늦잠 잘 수 있겠네?"

"그렇지."

드디어 가스레인지에 불 붙이는 걸 포기한 장군봉이 탁자로 돌아왔다.

"휴~ 오늘은 커피 못 마시겠는데? 렌지에 좀 문제가 있나봐. 어째 가스가 좀 새는 것 같더라니……"

"엥? 뭐야…… 커피 한 잔 마시러 왔더니만…… 자네 때문에 나도 어느새 커피 중독이 됐다니까……"

"허허…… 그러게나 말이야…… 그건 그렇고, 오늘 아내를 데리고 병원에 가봐야 하니 오늘도 자네가 잠시만 주차장을 좀 맡아주게."

최근 들어 부쩍 앓아눕는 일이 많아졌고, 눈에 띄게 수척해진 아내를 위해 할 수 있는 일이라곤 병원에 데려가는 일뿐. 그러나 장군봉은 그거라도 해야겠다고 생각했다.

＊＊＊

"그러니까 할머니께선…… 음, 환자분께선 잠깐 자리를 피해주시는 게……"
 병원까지 오는 것도 무리였던지 조순이는 장군봉의 어깨에 기대 눈을 감고 쉬고 있었다. 그 모습을 본 의사가 그냥 말을 이어갔다.
 "뭐…… 어차피 환자분께서 치매시라 잘 모르실테니 그냥 말씀드리도록 하지요…… 환자분께서 현재……"
 "그게 무슨 말이요?"
 장군봉이 의사의 말을 끊으며 물었다.
 "치매면?"
 "네?"
 의사가 의아한 듯 물었다.
 "어차피 못 알아들을 테니 없는 사람치고 말한다 그 말이요?"
 "그게 아니라……"
 "내 아내가 왜 없는 사람처럼 있어야 하지?"
 장군봉의 목소리는 조용했으나 거기에는 무거운 분노가 실려 있었다.
 "내 아내가 왜!"
 의사는 잠시 멈칫 하다가 곧 사과를 했다. 장군봉은 더 이상 화를 내거나 말하지 않았다. 장군봉의 분노는 의사를 향한 것이 아니었다. 어쩌면 아내를 위해 해줄 수 있는 것이 아무 것도 없는 자기 자신을 향한 분노일지도 몰랐다. 할 수 있는 것이라곤 그저 곁에 있어주는 것밖에 없는…….

약을 받아 돌아가는 길에 장군봉은 의사의 말을 떠올렸다.

"죄송합니다…… 환자분께서 이제 너무 늦었습니다. 날이 갈수록 더 신체적 고통이 커질 겁니다. 지금도 많이 힘드시겠지만, 앞으론 더 견디기 힘들 정도의 고통이 있을 겁니다. ……마음의 준비를 하셔야 할 때입니다. 그저 저로선 환자분의 고통을 덜어드릴 수 있도록 진통제와 숙면을 취하도록 해주는 수면제를 처방해드리는 방법 밖에는 없네요……. 다시 말씀드리지만, 마음의 준비를 하십시오."

한손에는 약봉투를 들고, 다른 한손으로는 조순이를 부축하여 걸음을 옮기다가 장군봉이 어깨를 기대고 걷는 조순이에게 말했다.

"여보…… 뭐라고 말 좀 해봐……. 여보, 어떻게 하면 좋을지 말 좀 해봐, 응? 예전처럼, 이렇게 해라 저렇게 해라 잔소리도 좀 해보라고 응?'

그래도 조순이는 말이 없었다. 아픈 몸을 이끌고 병원까지 다녀온 것도 무리였을 것이다. 장군봉의 눈에 이슬이 맺혔다. 그때였다. 조순이가 작은 목소리로 입을 열었다.

"달……"

조순이가 손가락으로 가리키는 곳에는 달이 떠 있었다. 환한 보름달이었다. 조순이가 집안 벽 위에 노란색 크레파스로 그려놓은 바로 그 보름달이 둥글고 크고 밝게 하늘 위에 걸려 있었다. 장군봉과 조순이는 집으로 돌아가는 언덕길 위에 걸린 노란 보름달을 향해 걸어들어갔다.

\* \* \*

병원에 다녀오는 것도 무리였던지, 집에 도착하자마자 쓰러져 잠든 아내를 집에 두고 장군봉은 잠깐 송씨의 집을 들렀다. 전해야 할 말이 있었다.

"어쩐 일이세요?"

"그냥 지나가다 들렀어요."

매번 새벽 네시경에 비슷한 시간에 일을 나서던 두 사람이 저녁 늦은 시간에 집에서 얼굴을 마주하기는 처음이었다.

"뭐 좀 드릴까요? 아, 커피 좋아하시죠? 커피라도……?"

장군봉을 집안으로 모신 송씨가 물었다.

"커피…… 좋죠."

커피 잔을 밥상 위에 놓고 자리를 마주한 장군봉이 입을 열었다.

"만석이가 아까 낮에 커피 마시고 싶다고 찾아왔었는데…… 아마 커피는 핑계고 송씨가 궁금해서였을 겁니다……"

송씨는 고개를 숙이고 아무런 말이 없었다.

"무슨 일이 있었어요? 요즘 송씨가 자꾸 피하는 것 같다고 만석이가 궁금해 해서……"

"……"

"말해봐요. 내가 말은 잘 못해도 수다쟁이 아내 덕분에 옛날부터 듣는 건 아주 잘해요. 허허…… 말해보세요……"

드디어 송씨가 어렵게 입을 열었다.

"나, 나는요……"

"그럼, 저는 그만 일어나지요."

송씨가 어렵게 털어놓은 이야기를 듣고 보니 송씨의 마음을 이해할 만했다. 하지만, 장군봉은 송씨에게 아무런 말도, 아무런 충고도 하지 않았다. 송씨는 잘 이겨낼 것이다. 그리고 만석이가 잘 도와줄 것이다.

"아 참…… 내 아내 만나러 갈 때 쓰라고 드렸던 우리 집 대문 열쇠 돌려주시겠어요?"

"네? 아…… 네."

송씨가 놀란 눈빛으로 말했다.

"이제 일을 그만두게 돼서요…… 이젠 아내랑 계속 함께 있을 수 있게 되었거든요."

열쇠를 받아들며 장군봉이 말했다.

"아, 네!"

집을 나서는 장군봉을 송씨가 문 앞까지 배웅해주었다. 계단을 다 내려온 장군봉이 송씨를 올려다보며 말했다.

"아, 그리고 송씨…… 그동안 고마웠어요."

"네, 뭐가요?"

"전부 다요…… 고마웠어요, 송씨."

장군봉이 모처럼만에 환하게 웃는 모습으로 송씨를 보며 말했다.

"그리고…… 만석이에게 직접 말하세요. 다 잘 될 거예요."

송씨를 올려다보며 웃는 장군봉의 안경 위로 환하고 둥근 보름달이 떠올랐다.

*  *  *

"다 정리됐어?"
짐들을 챙기는 장군봉에게 김만석이 물었다. 몇 년 동안 일했는데, 짐이라곤 라면 박스 하나가 전부였다.
"어, 챙길 건 다 챙겼고…… 이젠 가야지?"
아쉬운 듯 장군봉이 주차장 구석구석을 바라보았다.
"참…… 이곳에서 많은 날들을 보냈는데……"
장군봉이 아쉬운 마음으로 주차장을 이리저리 둘러보는 동안 김만석은 장군봉이 챙겨놓은 짐 박스를 들었다.
"엇차~ 이건 내가 들어다 주지!"
그러다가 마음과는 달리 박스가 한쪽으로 기우뚱 기울며 짐들이 쏟아졌다.
"아이고메야!"
김만석은 박스에서 쏟아져 내린 청테이프들이며 짐들을 다시 박스에 주워 담으며 중얼거렸다.
"니미…… 하여간 꼭 사고를 쳐요…… 그나저나 뭔 테이프들이 이렇게 많아?"
"주차장에서 쓰다가 남은 것들인데, 그냥 버리기엔 아깝고 해서 내가 쓰려고……"
흩어졌던 청테이프며 짐들을 거의 주워 담았을 무렵 장군봉이 물었다.

"날도 다 풀렸는데 그 가죽장갑은 줄기차게 끼고 다니는구만……? 그게 그렇게 마음에 들어?"

"어? 어…… 엉."

조금은 쑥스럽기도 한 마음에 김만석이 장군봉을 보며 슬쩍 웃었다.

"그럼…… 이게 어떤 건데…… 흐흐허허허허……"

"허허허허……"

장군봉도 따라 웃었다.

한참을 웃은 후, 장군봉은 라면 박스와 접이식 사다리를 양쪽으로 하나씩 챙겨들고 인사를 건넸다. 김만석이 하나를 들어준다고 해도 장군봉은 끝끝내 사양했다.

"혼자서도 들 수 있어 혼자 갈게."

"아, 들어다 준다니까? 차암 나……"

"이봐, 만석이…… 자네와 송씨…… 정말 고맙네."

"뭐가?"

"정말 고마워."

"거 사람 싱겁긴…… 별 소릴 다하네."

오토바이로 실어 날라 준다고 해도 싫다고 하고, 하나정도 같이 들어준다고 해도 싫다고 하니 도리가 없었다. 장군봉이 집을 향해 걸음을 옮겼다. 김만석은 아까부터 물어보고 싶었던 것을 장군봉에게 물어보기로 했다. 지금이 아니면 기회가 없을 것 같았다.

"저기, 이봐 군봉이!"

장군봉이 돌아보았다.

"혹시…… 이뿐이 만났나?"

"글쎄…… 그게 내가 만난다고 될 일인가? 우리가 속 몰라서 전전긍긍할 나이는 아니잖나? 자네가 직접 물어봐. 그럼 송씨가 말할 거야. 그리고…… 자네가 해주고 싶은 대로 해."

장군봉은 송씨에게 들었던 이야기를 김만석에게는 말하지 않기로 했다. 그런 이야기일수록 제3자를 통해 듣는 것보다는 본인 입으로 직접 듣는 게 낫다는 것이 지금까지 팔십 가까운 인생을 살아오면서 배운 인생의 교훈이었다.

"알았어. 지금은 좀 그렇지만…… 자네 말대로 잘해볼게."

김만석은 장군봉의 말을 순순히 받아들였다.

"송씨에게 자네가 할 수 있는 건 다 해주게. 우리 나이엔…… 해주고 싶어도 해줄 수 있는 게 아무것도 없을 때가 올지도 몰라……"

장군봉은 자신에게 하고 싶었던 이야기를 김만석에게 들려주었다.

"자넨 집사람에게 잘하고 있지 않나."

김만석의 말에 장군봉은 쓸쓸하게 웃으며 대답했다.

"허허…… 이제 해줄 수 있는 것이라곤 함께 어딜 가주는 것밖에는 못하는 걸……"

그러고선 장군봉은 다시 걸음을 옮겼다. 이번에는 장군봉이 가던 걸음을 멈추고 멀찍이서 김만석을 불렀다.

"이봐, 만석이!"

"왜? 또?"

"이봐, 만석이. 우리 친구 맞지?"

"뭐야, 뜬금없이!"

"이 나이 되니까…… 부모는 없고, 자식들은 떠나고, 남는 건 친구밖에 없다는 생각이 들어서 그래. 만석이, 우리 친구 맞지?"

"어차피 같은 동네 살면서 별 잡소릴 다하면서 가네……"

김만석이 어이없는 듯 피식 웃으며 큰소리로 말했다.

"먼길 떠나는 것도 아닌데 폼 그만 잡고 얼른 가기나 해! 그리고…… 우리 친구 맞다, 이놈아!"

김만석이 웃으며 고함지르는 소리에 장군봉이 맞받아 헐헐 웃으며 대답했다.

"허허허…… 그럼, 잘 부탁하네. 친구!"

사다리와 라면 박스를 들고 골목길을 굽이굽이 올라와 집에 도착한 장군봉은 여느 때처럼 대문에 잠긴 자물쇠를 열지 않고 벽에다 사다리를 놓고 사다리를 올라 담을 넘어 집안으로 들어갔다. 바깥에서 잠긴 대문은 이제 밖에서는 열고 들어올 수 있어도 안에서는 열고 나올 수가 없게 되었다. 하늘에 가득 찼던 보름달이 조금씩 일그러지고 있었다. 하늘에 꽉 찬 보름달도 시간이 지나면 초승달이 되고, 언젠가는 달도 없는 그믐이 될 터였다.

\* \* \*

다음날 새벽, 우유 배달을 위해 새벽 세시에 일어난 김만석은 여느 때와 다름

없이 우유 보급소로 새벽 세시 반 전에 도착했다. 우유 보급소의 문은 활짝 열려 있었고, 밝은 불빛이 거리까지 비쳐 나왔다. 김만석의 오토바이에 오늘 배달할 우유들을 실어주던 석호가 갑자기 뭔가 생각난 듯이 김만석의 코앞에서 큰소리로 고함을 질렀다. 보청기가 없을 때는 그렇게 해야 알아듣는다.

"아 맞다! 만석이 할배요. 엊저녁땁에 친구라 카는 분이 댕기가셨는데요?"

"친구? 누구?"

"장!군!봉! 할아버지라 카든데요. 친구라 카마 알끼라 카든데!"

"군봉이 군봉이가 여기 왔다 갔다고? 왜?"

장군봉이 뜬금없이 우유보급소를 들렀다는 소식에 김만석은 의아한 낯빛으로 물었다.

"이거 전해 달라꼬에. 열쇠하고 편지! 할배 오마 전해달라 카든데요."

김만석은 석호가 건네주는 열쇠와 편지봉투를 전해받았다.

"열쇠? 이건 뭐야?"

열쇠고리에는 열쇠가 두 개 달려 있었다. 하나는 평범한 열쇠였고, 다른 하나는 자동차키처럼 보였다. 편지봉투에는 "친구 김만석에게 —장군봉"이라고 씌어 있었고, 누가 뜯어보지 못하게 잘 풀칠되어 있었다. 김만석은 장갑 낀 손으로 거칠게 봉투를 찢어 편지지를 꺼내 읽어내려갔다.

"뭐라고 쓴 거야……"

무슨 편지인지 내용이 궁금해서 몰래 어깨 너머로 훔쳐보려던 석호는 김만석의 낯빛이 처음에는 흐뭇해하다가 뒤로 갈수록 점점 무섭게 일그러지는 것을 보았다. 김만석의 낯빛이 무서워 석호는 뭔지 물어 보려다가 얼른 포기하고 말았다. 결국 김만석이 버럭 소리를 질렀다.
"이 미친 놈의 늙은이가!!!"
김만석은 머릿칼이 모두 쭈뼛 서는 느낌이었다. 그럼, 어제 했던 말들이!!
'자네들 덕분에, 아내에게 소중하게 간직하고 가져갈 추억이 생겼어. 우리 나이엔…… 해주고 싶어도 해줄 수 있는 게 아무것도 없을 때가 올지도 몰라…… 이제 해줄 수 있는 것이라곤 함께 어딜 가주는 것밖에는 못하는 걸……'
어제는 의미 없이 흘려들었던 말들이 하나하나 의미가 있는 말들이었다.
김만석은 바람처럼 오토바이에 올라타고 새벽 골목길을 전속력으로 달렸다. 아무런 생각이 나지 않았다. 늦기 전에 제때 도착하기를 바랄 뿐이었다. 오토바이가 새벽바람을 가르며 총알처럼 골목길을 내달렸다. 김만석의 입에서 저절로 참았던 욕이 튀어나왔다.
"이이…… 이 미친놈이! 이 미친 늙은이가!!"
장군봉의 집앞에 도착한 김만석은 오토바이를 세울 틈도 없이 아무 집 담벼락에나 대충 기대놓고 대문을 향해 달려가며 고함을 질렀다.
"군봉이! 군봉이!"
대문은 밖에서 잠겨 있었다.
"이런 썩을! 이런 미친놈이!"
흥분한 탓에 자물쇠 구멍에 열쇠가 잘 들어가지도 않았다.
"이런 썅! 이건 또 왜 이렇게 안 열려!"
몇 번을 쑤셔넣고 돌린 다음에야 겨우 자물쇠가 열렸다. 김만석은 마당을 가로질러 집안으로 뛰어 들어갔다.

"군봉이! 장군봉! 이봐, 장군봉!"

현관의 알루미늄 샤시문이 잘 열리지 않았다. 장갑 낀 두 손으로 힘껏 밀어당긴 다음에야 투둑 소리를 내며 현관문이 열렸다. 현관문틈을 청테이프가 막고 있는 것이 보였다. 김만석이 잡아당기면서 청테이프가 찢겨져 나가 있었다. 어제 장군봉이 챙겨갔던 그 청테이프였다.

김만석은 거실 안으로 뛰어 들어가려다가 숨이 막혀 잠시 주춤했다. 거실 겸 부엌의 가스레인지 위에 냄비 두 개가 얹혀져 있고 가스 스위치가 둘 다 켜져 있는 것이 보였다. 가스불은 켜져 있지 않았다. 김만석은 현관문을 활짝 열어 급히 환기를 시킨 후 거실로 뛰어들어가 가스부터 잠궜다. 거실과 안방을 연결하는 안방 문은 열려 있었다. 김만석은 급히 안방으로 뛰어 들어가며 소리 질렀다.

"군봉이! 지금 당장 나와! 지금 당장……"

김만석의 눈에 안방에 나란히 누워있는 장군봉과 조순이의 모습이 들어왔다. 그리고 그 위 머리맡에 있는 약봉지와 물컵도 보였다. 김만석은 평화롭게 누워있는 장군봉과 조순이의 모습을 멍하니 쳐다보았다. 그런 김만석의 옆으로 벽에 그린 노란 보름달이 창밖에서 비치는 달빛을 받아 노랗고 환하게 빛나고 있었다.

* * *

병원을 마지막으로 다녀오던 날, 노랗고 환한 둥근 달이 장군봉과 조순이의 머리 위에 떠 있었다. 조순이가 노란색 크레파스를 잔뜩 써가며 그렇게 그리고 싶어하던 바로 그 노란 보름달이었다.

"달……"

조순이가 손가락으로 달을 가리켰다. 조순이의 손가락 끝에 달이 걸렸다. 장군봉은 아내 조순이의 어깨를 꼭 붙잡아주며 말했다.

"그래…… 우리에게도 저런 달이 있지……"

"응. 응. 우리가 같이 그린 달……"

"그래. 같이…… 우리가 함께 같이 그린 달……"

"응응…… 같이…… 함께……"

장군봉은 사랑하는 아내 조순이를 바라보며 이렇게 말했다.

"그래 함께…… 우리는 언제나 함께 있을 거야…… 언제까지나 함께……"

사랑하는 아내 조순이의 웃는 얼굴이 눈물에 가려 잘 보이지 않았다. 환하고 노란 달빛이 눈물에 가려 물빛처럼 어지럽게 흩어지고 있었다. 장군봉의 눈물방울과 함께, 달빛도, 사랑하는 아내 조순이의 웃음도 함께 떨어져 내렸다. 그렇게 장군봉은 조순이와 함께 노란 달빛 속으로 함께 걸어 들어갔다.

\*\*\*

호상이라고 했다. 평소에는 명절에도 함께 모이기 힘든 가족들도 모두 모였다. 몇 년 만에 혹은 몇 십년 만에 서로 얼굴을 마주하는 사람들도 있었다. 자주 봤던 사람들이건, 오랜만에 만난 사람들이건 모두들 모이면 입을 모아 호상이라고 했다.

"노인네가 가스를 틀어놓고 주무셨다면서?"

"어, 아마 뭘 드시려 렌지에 올려놓았다가 물이 넘쳐서 불은 꺼지고 가스가 계속 흘러나와서 돌아가셨다나 봐."

"저런, 저런…… 왜 깨질 못 했을까?"

"불면증이 있어서 수면제를 복용하셨다나봐."

"아이고, 사고였구만…… 연세가 많으시니…… 조심하질 못하셨군……"

"쯧쯧쯧…… 그래도 호상이야. 일평생 해로하다가 두 분이 함께 같은 날 가셨으니……"

"그래, 그래…… 좋게 생각하자구…… 호상이지 호상이야."

"그렇지. 그래야 간 사람이나 남은 사람들이나 마음이 편하지……"

"호상이지 뭐……"

"호상이야 호상……"

니미…… 호상은……? 보청기를 끼고 있으니 듣고 싶지 않아도 문상 온 사람들의 이런 저런 이야기들이 다 들렸다. 장례식장 한쪽 귀퉁이에 앉아 혼자 소주잔을 기울이던 김만석은 더 이상 듣기 싫어 보청기를 빼버렸다. 비로소 세상이 고요해졌다. 김만석은 쓴 소주를 한잔 들이켰다. 상들마다 사람들이 둘러 앉아 음소거된 텔레비전마냥 붕어입을 뻥긋거리고 있었다. 그래도 입모양만 봐도 김만석은 사람들이 무슨 말을 하는지가 다 보였다. 여기도 호상, 저기도 호상, 여기저기 호상, 호상, 호상…… 상가 안엔 온통 호상, 호상, 호상, 호상, 호상 소리로 가득 차 있는 것 같았다.

김만석은 마신 소줏잔으로 상 위에 딱! 소리가 크게 나도록 내리쳤다. 사람들의 시선이 갑작스런 큰 소리에 김만석에게로 모였다.

"호상, 호상 하지 말란 말이야……"

"예?"

"호상, 호상 하지 말란 말이야…… 이 미친 것들아! 사람이 죽었는데…… 그게 어떻게 잘 죽은 거란 말이냐!"

"아, 어르신 그런 뜻이 아니잖아요. 다들 문상 오셔서 좋은 뜻으로 말씀하시는 거 아시잖습니까?"

문상객 중 누군가가 대답했다. 김만석이 자리에서 벌떡 일어서며 버럭 고함을 질렀다.

"세상에 잘 죽는 게 어딨냔 말이다! 노인네가 오래 살다가 죽으면 다 호상이야? 살만큼 살았으니까 죽는 게 당연하다 이거야! 늙었으니까 그만 죽어야 한다 이거냐! 노인네는 어떻게 죽어도 잘 죽은 거란 말이냐!"

고함을 질렀지만, 더 이상 김만석에겐 고함을 지를 여력이 남아 있지 않았다. 눈물이 앞을 가려 아무것도 보이지 않았다.

"니미, 호상은…… 어디서 호상, 호상……"

김만석의 눈에서 눈물이 주르륵 흘러내렸다.

"니미…… 호상은…… 개뿔……"

울음을 참고 있는 김만석의 손을 누군가가 잡았다. 송씨였다.

"만석씨……"

"흑…… 흐윽…… 군봉이, 군봉이 이 미친놈이……"

"네에…… 알아요……"

눈물이 맺힌 눈으로 송씨가 고개를 끄덕였다.

"이 미친놈이…… 가버렸어…… 이 미친놈이……"
군봉이 이 썩을 놈아…… 자네보고 사람들이 호상이란다……

장례식장을 나서며 송씨는 부의금 함 앞에서 빈 봉투를 하나 건네받아 준비해 온 부의금을 넣고 봉투에 이름을 한 자 한 자 써내려갔다. 장군봉은 송씨에게 처음으로 한글을 가르쳐준 사람이었다. 아무도 거들떠보지 않던 자신에게 자청해서 한글을 가르쳐 주었다. 그러면서도 오히려 적적한데 자신이 말동무가 생겨서 더 고맙다고 한 사람이었다.

송…… 이…… 뿐…… 한 자 한 자 적어 내려갈 때마다 장군봉과 보냈던 시간들이 생각났다. 장군봉이 송씨에게 세상에서 맨처음 가르쳐준 이름, 송.이.뿐.을 송씨는 지금까지 수도 없이 연습하고 써보았다. 그때마다 얼마나 기쁘고 고맙든지…… 그런데 지금 쓰는 송.이.뿐.은 세상에서 가장 아픈 글씨였다. 참았던 눈물이 떨어져 내렸다. 송이뿐이란 글씨가 눈물에 번져 어지럽게 흩어지고 있었다.

\* \* \*

"술을 너무 많이 드셨나 봐요."
장례식장을 나서는 김만석의 걸음걸이가 비틀거렸다. 송씨가 조심하라고 주의를 줬으나 김만석은 금세 비틀거리며 한쪽으로 휘청 넘어질 뻔 했다.
"어이쿠, 조심하세요."
송씨가 김만석의 팔을 붙잡아 부축했다. 그때 뒤에서 누군가 부르는 소리가 들렸다.

"저기요, 할아버지! 저희 아버지 친구분 되시죠?"

송씨와 김만석이 뒤를 돌아보았다. 하얀 소복을 입은 중년 여자가 서있었다. 영희였다.

"저는 막내딸인데요…… 여쭤볼 게 있어서요……" 송씨는 조금 전 김만석이 장례식장 안에서 고함을 지를 때 소복 입은 여자가 김만석을 유심히 지켜보고 있던 것을 기억했다. 아마도 막내딸이었을 거라고 송씨는 짐작했다.

"혹시…… 우리 부모님에게 다른 무슨 일이 있었던 건가요? 그런…… 건가요? 혹시 뭐 아시는 거라도……"

김만석이 무슨 말을 할까봐 송씨가 얼른 말을 가로챘다.

"무슨 말씀이신지……"

"저희 부모님, 다른 일이 있었던 것은 아니죠?"

장군봉의 막내딸 영희의 눈빛에는 걱정과 의심, 불안의 빛이 스쳐지나갔다. 한동안 영희의 얼굴을 빤히 쳐다보던 김만석이 담담하게 입을 열었다.

"그런 거 없어. 사고였어."

그러면서 가던 발걸음을 돌리며 한마디를 더 던졌다.

"너무 마음 쓰지 마. 호상이니까……"

그리고는 김만석과 송씨는 장례식장을 묵묵히 걸어 나왔다. 두 사람이 사라지는 모습을 영희는 멀리서 지켜보았다. 아무 일이 없었다는 김만석의 말에 안심이 되긴 하지만, 왠지 모를 슬픔이 가슴 한자락에서 다시 살아 올라와서 영희는 조용히 눈물을 훔쳤다.

\*\*\*

돌아오는 길에 김만석은 송씨에게 장군봉의 편지를 전해주었다.

"이뿐이…… 자네에게 보여줄 게 있어…… 군봉이가 나한테 남기고 간 편지인데…… 자네도 봐야 할 것 같아서…… 자네 이야기도 있고 해서…… 그리고…… 내 마음이 너무 답답하고…… 버거워서…… 한번 읽어보게……"

송씨는 김만석이 남겨준 말을 떠올리며 장군봉의 편지를 꺼내 방바닥에 내려놓고 한 자 한 자 읽어 내려가기 시작했다.

"어려운 글자가 너무 많네……"

웬만한 글자는 다 깨우치긴 했는데 아직도 'ㄴㅎ' 받침이나 'ㅂㅅ'처럼 받침에 글자가 두개씩 있는 글씨는 어떻게 읽는지를 잘 알 수가 없었다. 장군봉이 가르쳐준 것처럼, 송씨는 그냥 앞에 있는 받침만 소리 나는 대로 읽어내려 갔다.

"만석이 보게. 그동안 참 고마웠네.

나는 사실 그동안 참 외로웠어. 세월이 흘러가면서 자식들은 다 내 주변을 떠나고 의지할 데라곤 오직 아내 밖에 없었어.

새벽부터 자정까지 하루 종일 일을 해야만 했고 피곤한 몸으로 집에 가면 하루 종일 집에 갇혀 있었던 아내의 수발을 들고는 바로 곯아떨어지기 일쑤였지.

나는 주차 관리실에 하루 종일 갇혀 살았고 아내는 집에 갇혀 살아야만 했지. 하루하루 살아가는 게 쉽지 않았어.

몸도 늙어 매일 졸리기만 하고, 덕분에 늘어만 가는 것은 커피를 마시는 일이었지. 커피를 좋아한다기보다 일터에서 졸지 않기 위해 약처럼 먹었었지.

매일 관리실 창밖을 내다보면서 이렇게 오늘 하루도 가는구나 하는 생각이 들었었지. 이제 살날이 얼마 남지 않은 나이였기에 그런 하루가 더욱 힘들었네. 참 산다는 게 힘들었어.

그러던 차에 만석이 자네와 송씨가 내 앞에 나타났네.

무료하고 지루한 긴 하루의 시간 중에 커피를 마시겠다며 불쑥 불쑥 찾아오는 자네가 그렇게 반가울 수가 없었네.

송씨에게 글을 가르쳐 준다는 것도 어쩌면 내 핑계였는지도 몰라. 나는 송씨에게 글을 가르쳐 주면서 오히려 내가 즐거워했다네.

사람이 참 그리웠는데 자네와 송씨는 나에게 사람을 만나는 즐거움을 주었다네. 사람과 만나서 이야기하는 것이 늘그막에 큰 기쁨이었네. 내 인생의 마지막 즈음에 이런 즐거움을 줘서 정말 고맙네.

이보게 만석이. 사실 그동안 숨겨왔는데 내 아내는 몸이 많이 좋지 않아. 이제는 너무 늦어서 치료를 할 수도 없는 병이 몸속에서 자라고 있었네. 자네들을 만나서 나 혼자만 즐거움을 느끼는 내가 부끄러웠다네. 아내는 힘들게 병과 싸우고 있는데, 제일 가까운 나만 정작 아내의 병을 모르고 있었네.

마음이 많이 괴로웠지. 그 긴 세월을 우리는 하나로 살아왔는데 아내가 아파서 괴로울 때 나는 아무것도 해줄 수가 없었어. 그저 아픈 아내를 바라볼 수밖에 없었지.

늘 함께였던 우리가 병으로 인해서 따로 떨어지는 것이 견디기 힘들었다네. 그래서 난 다시 아내와 하나가 되어 함께 가기로 했네.

긴 세월을 우리는 늘 함께였어. 나는 아내를 위해 끝까지 함께하는 길을 택하려고 하네.

내 아내는 겁이 많아서 그 먼 길을 혼자 가기 힘들다네.

만석이. 부탁할게 있네.

우리가 길을 떠나는 동안 행여 누가 올까봐 대문을 잠가놓고 우리는 떠날 거야. 우리가 어떻게 떠났는지 알려지지 않았으면 좋겠네. 내 자식들이 우리가 어떻게 떠났는지 알게 되면 자식들이 슬퍼할 거야.

또한 우리가 그렇게 떠난 것을 세상 사람들이 알게 되면 자식들을 향해 손가락질을 하게 될지도 몰라. 난 내 자식들이 곤란해지는 것은 원치 않는다네.

우리가 어떻게 떠났는지 자네가 좀 감춰줬으면 하네. 어려운 부탁을 하게 돼서 정말 미안하네. 나는 이런 부탁을 할 친구가 자네밖에 없어.

자네는 내 친구니까 내 부탁을 꼭 들어줄 것이라고 생각하고 이만 줄이네……

― 친구 군봉

추신: 커피 너무 달게 마시지 말게. 단건 우리 같은 나이엔 좋지 않아."

\*\*\*

편지에서 장군봉이 부탁한 대로 김만석은 마지막 마무리를 했다. 그게 친구가 남긴 마지막 부탁에 대한 의무이자 도리라고 생각했다. 김만석은 부들부들 떨리는 손으로 문틈에 붙은 청테이프들을 하나씩 떼어냈다. 현관문과 창문 틈에 붙은 청테이프들을 하나씩 뜯어낼 때마다 장군봉과 길지 않은 시간 나누었던 추억들이 하나씩 기쁨에서 슬픔으로 바뀌는 것 같았다. 그래도 친구의 마지막 유언이니 들어주어야만 했다. 청테이프 조각과 모든 부스러기들을 쓸어모아 마지막으로 대문을 닫은 후, 김만석은 다리에 힘이 풀려 그 자리에 주저앉았다. 온몸이 부들부들 떨려왔다.

"니미…… 씨부랄……"

욕으로도 풀지 못하는 깊은 슬픔이 터져 나왔다. 김만석은 장군봉의 대문 앞에 퍼질러 앉아 끄윽 끄윽 참을 수 없는 울음을 울었다. 그 슬픔은, 그 울음은 장군봉의 가족들도, 친척들도 누구도 이해할 수 없는 울음이었다. 오직 모든 진실을 알고 있는 단 한 사람의 친구, 김만석의 몫이었다.

## 제15화
# 수라리재 가는 길

　장례식장에서 돌아온 후, 김만석은 누구도 만나고 싶지 않았다. 7년 전 그렇게 어이없게 아내를 보낸 후 처음이었다. 김만석은 우유 보급소 한쪽 귀퉁이에 퍼질러 앉아 혼자서 깡소주를 비웠다. 술을 마시면 기분이 좀 좋아지고 가슴에 쌓인 것이 풀려야 하는데, 답답하고 허전한 것은 여전했다. 오히려 술을 마실수록 정신은 더 말짱해지는 것 같았다.
　삐걱~거리는 소리를 내며 누군가 우유 보급소 안으로 들어왔다.
　"여기 있었군요."
　송씨였다.
　"만석씨가 뒷일을 한 거였군요……"
　"니미…… 누구라도 조금만 자세히 살펴봐도 알 수 있었을 텐데…… 여든이 나 먹은 노인네가 죽었으니 자연스럽게 생각들 해…… 그 나이 되니까 어떻게 죽더라도 말이야……"
　김만석은 고개를 숙인 채 혼잣말처럼 중얼거렸다.

"게다가 호상이라니…… 니미……"

"만석씨……"

"그 썩을 놈이…… 그렇게 같이 가버릴 줄이야……"

"저도 알 것 같아요…… 그건 군봉씨가 원하던 것이었어요……"

"흑흑…… 난, 그놈 가는데……"

김만석의 눈에 눈물이 맺혔다. 울음 때문에 말이 끊겼다.

"괜찮아요…… 괜찮아요…… 군봉씨도 고마워할 거예요."

"그 미친놈이…… 죽어가면서까지 지 자식들 걱정이나 하고……"

"슬퍼하지 말아요. 괜찮아요."

송씨는 조금씩 들썩이는 김만석의 어깨를 꼭 감싸 안았다.

"썩을 놈…… 그렇게 갈 거면서…… 흐윽…… 흑……"

"괜찮아요…… 괜찮아요……"

괜찮다고 위로를 하는데, 송씨의 눈에서도 눈물이 흘렀다. 슬픔은 나누면 반이 되고 기쁨은 나누면 배가 된다고 하는데, 송씨와 김만석에겐 슬픔도 나누니 배가 되었다. 송씨가 흑흑흑~ 울기 시작하자, 김만석은 드디어 참았던 울음을 놓아버렸다. 어린아이처럼 허어엉…… 허어엉엉~ 울음이 봇물 터지듯 터져 나왔다. 비로소 김만석의 가슴속에 쌓여있던 응어리가 그 봇물과 함께 쓸려 내려가 버리는 기분이었다.

한참을 울고 난 후에 김만석과 송씨는 우유 보급소를 나섰다. 불을 끄고 문을 잠갔다. 송씨 앞에서 어린아이처럼 목놓아 울어버린 쑥스러움 때문인지 김만석이 몇 발짝 앞서서 먼저 걸어갔다. 송씨는 바튼 걸음으로 쫓아가 슬그머니 김만석의 한쪽 손을 잡았다. 김만석이 그 손을 꼬옥 잡아주었다. 김만석의 손은 따뜻했다. 그리고는 송씨의 집 앞까지 말없이 걸어갔다. 말이 필요 없었다. 말보다 더 많은 말들을 손이 대신하고 있었다. 말이 대신할 수 없는 많은 감정들을 손이, 그리고 체온이 전달했다.

송씨의 집 앞에 이르러서야 김만석은 잡은 손을 놓았다. 손이 떨어지자 말문이 열렸다.

"저……. 이뿐이…… 내가 자네한테 해줄 수 있는 게 없을까? 나 자네한테 잘하고 싶어."

김만석은 직접 송씨에게 물어보고, 그리고 해주고 싶은 걸 해주라는 장군봉의 말을 떠올렸다.

"이뿐이…… 자네한테 잘 하고 싶은데…… 내가 해줄 수 있는 게 없을까?"

송씨는 잠시 말이 없었다. 그러나 송씨는 용기를 내었다. 만석이한데 직접 말하면 다 잘될 거라던 장군봉의 말이 떠올랐다.

"만석씨…… 나 있잖아요……"

김만석이 송씨를 쳐다보았다. 그런 만석을 보며 송씨는 자신이 원하는 속마음을 이야기했다.

"나…… 고향으로 돌아가고 싶어요."

송씨의 말에 놀란 김만석은 말을 잃었다. 고향으로? 그럼 나는……?

그대를 사랑합니다 319

***

"나…… 고향으로 돌아가고 싶어요."

이 말은 장군봉에게 먼저 꺼낸 말이었다. 무슨 말이든 해보라는 장군봉의 이야기에 송씨는 속마음을 먼저 털어놓았었다.

"그 사람이 죽었어요. 내가 만나고 온 날, 사고가 났대요……"

"……"

장군봉은 아무 말 없이 듣기만 했다. 잘 들어주는 것이 장군봉의 특기였다.

"나도 이제 이렇게 늙었으니 살 날이 얼마 안 남았겠지요…… 더 늙어서 죽기 전에 돌아가고 싶어요……"

"……"

"사는 게 너무 힘들어요…… 나이를 먹으면 먹을수록…… 나 원래 났던 곳으로 돌아가고 싶어져요……"

말이 없던 장군봉이 커피 한 모금을 마시더니 드디어 입을 열었다.

"만석이가 슬퍼할 텐데…… 다시 생각해봐요."

"……"

이번엔 송씨가 말이 없었다.

"만석이……를 만나 행복하지 않았나요……?"

"……"

"송씨…… 자네는 여태 한평생을 힘들게 살아오다가…… 이제 겨우 좋은 사람을 만났는데……"

"그래서 그래요."

고개를 숙이고 있던 송씨가 고개를 들며 분명한 눈빛으로 말했다. 그래서 그렇다고? 장군봉은 의아하게 생각했다. 송씨의 하얀 머릿칼 위에 빨간 머리핀이 빛났다.

"너무 행복해서…… 내가 살면서 이렇게 행복했던 적이 없어서…… 그래서…… 우리는 나이가 있으니 죽음으로 헤어지겠지요. 그러면…… 행복이 큰 만큼…… 더 큰 슬픔으로 변하겠지요……"

"……"

장군봉은 할말이 없었다. 그 말의 의미를 누구보다도 가장 잘 이해하는 게 바로 자기 자신이었다. 지금 당장 장군봉이 맞닥뜨린 그 슬픔이 바로 장군봉이 지나온 평생의 삶을 통해 받았던 행복의 무게만큼이 아니겠는가.

송씨는 가슴을 쥐어뜯으며 눈물을 흘리며 말했다.

"그걸 견딜 수 없을 것 같아요…… 잃고 싶지 않아요…… 평생 처음 만나는 이 행복…… 고향으로 돌아가서 이 행복을 간직하면서 남은 생을…… 늙어가고 싶어요……"

장군봉은 더 이상 송씨에게 아무런 말도, 아무런 조언도 할 수 없었다. 송씨가 평생 처음 얻은 이 행복을 깨뜨릴 권한이 자신에게는 없다는 것을 알았다. 그리고 죽음이 이 행복을 깨뜨릴 때 혼자 남겨진 이의 슬픔은 자기 혼자 감당하는 것만으로도 충분하다고 생각했다.

장군봉이 송씨에게 해줄 수 있는 유일한 말은, 김만석에게 직접 이야기를 하라는 것이 전부였다.

***

송씨와 헤어진 후 김만석은 마을놀이터 벤치에 혼자 앉았다. 삼분의 일쯤은 줄어든 달이 서울의 밤하늘에 걸려 있었다. 어두운 밤하늘처럼 김만석의 마음도 어두웠다. 그렇게 김만석은 벤치에 홀로 앉아 엉킨 생각들을 정리했다.

달이 저물고 도시 건너편 산마루 너머로 아침 여명이 밝아왔다. 그리고 아침 해가 떠오르고 아침이 되었다. 망부석처럼 우두커니 벤치에 앉아있던 김만석은 마치 옆자리에 앉아 이야기하는 것 같은 송씨의 말을 떠올렸다.

'내가 살던 집은 강원도 영월 넘어가는 수라리고개에 있었어요. 강원도…… 깊은 산골동네였지요……'

강원도…… 드럽게 멀기도 하군……

마음을 정리하고 나자, 깊은 한숨과 함께 헛웃음이 터져 나왔다.

"허허허…… 참…… 허허허……"

그래…… 해줄 수 있는 건 해주자…… 해줄 수 있을 때 해주자……

한바탕 웃음을 터뜨리고 나니 마음이 가벼워졌다. 어느새 밝아온 햇살이 눈부셨다.

김만석은 마음을 정리하고 자리에서 일어나려는데, 아까부터 주머니 속에서 손에 꼭 쥐고 있던 것이 생각났다. 열쇠였다. 김만석은 열쇠를 꺼내보았다.

음? 그러고 보니 군봉이 이 녀석…… 왜 열쇠를 두 개나 주고 갔지? 하나는 대문 열쇠고…… 그리고 또 하나는…… 아, 이거 하나는 혹시……?

김만석은 그 길로 주차장으로 달려갔다. 주차장 한 귀퉁이에 장군봉의 연두색 개인택시가 서있었다. 김만석은 주머니에서 열쇠를 꺼내 차문을 열어보았다. 철컥하고 문이 열렸다.

"군봉이…… 이노무 자식이……"

차문을 닫고 운전석에 앉았다. 연료게이지를 보니 기름이 만땅으로 채워져 있었다. 김만석의 눈에 운전석 앞자리에 잘 접혀 있는 종이쪽지가 눈에 들어왔다. 김만석은 그 종이쪽지를 펴서 살펴보았다.

"썩을 놈…… 끝까지 참견이구만……"

김만석의 입에서 피식 웃음이 새어나왔다.

김만석은 송씨의 집을 찾아가 돌멩이를 던져 송씨를 불렀다. 송씨가 창밖으로 고개를 내밀었다.

"어떻게 된 거예요. 오늘 새벽엔 우유배달도 안 하고……"

송씨가 걱정스러운 목소리로 물었으나 김만석이 송씨의 말을 중간에 자르며 말했다.

"데려다 줄게."

"네?"

송씨가 무슨 말인지 영문을 몰라 물었다.

"이뿐이 고향집으로 데려다 줄게."

그래, 내가 해줄 수 있는 건 다 해주자. 내가 해줄 수 있을 때 다 해주자. 더 늦기 전에 내가 해줄 수 있는 모든 것.

"내가 데려다 줄게……"

김만석이 말하는 의미를 깨달은 송씨의 눈이 깜짝 놀라 동그랗게 떠졌다.

"내가 데려다 줄……" 이렇게 말하는데 마지막 말은 목이 잠겨 더 이상 나오지 않았다. 다시 볼 수 있을까…… 우리 나이에…… 지금 헤어지면 다시 볼 수 있을까…… 김만석의 눈에서 눈물 한 줄기가 흘렀다. 김만석은 장군봉이 남겨놓았던 종이쪽지를 꼭 움켜쥐었다. 그 종이쪽지에는 옥수동에서 출발하여 동호대교로 빠져서 올림픽대로를 탄 뒤 중부고속도로로 올라가 호법에서 갈라진 뒤…… 수라리고개에 이르는 길 이름과 약도가 그려져 있었다. 택시기사였던 경력답게 갈림길과 좌회전 우회전 등등 모든 길들이 꼼꼼하게 적혀져 있고, 그려져 있었다.

약도의 제목은 〈수라리재 가는 길〉이었다. 장군봉은 김만석이 결국은 송씨를 고향인 수라리고개로 데려다줄 것임을 미리 알고 있었던 것이다. 그리고 그것을 위해 약도와 차를 김만석과 송씨에게 남겨준 것이었다. 그것은 장군봉이 친구인 김만석과 송씨에게 남겨준 마지막 선물이었다.

*＊＊＊*

이삿짐을 꾸려 나오랬더니 송씨가 들고 나온 것은 오른손에 들린 낡은 가방 하나와 왼손에 들린 옷보따리 같은 보자기 하나가 전부였다.

"짐이 그게 다……야……?"

다소 황당한 표정으로 김만석이 물었다.

"네…… 어차피 빈손으로 왔었는 걸요……"

하긴, 젊었을 때는 큰 차, 큰 집, 큰 냉장고…… 점점 더 큰 것 더 많은 것을 바라지만, 나이가 들면 그 모든 것이 짐만 된다는 것을 알게 되는 법이다. 가지고 가고 싶은 것이 많을수록 더 아깝고 더 아프고 더 마음의 짐만 되는 법. 그래서 늙어가면 하나씩 둘씩 포기하고 버리는 법을 배우게 된다. 그저 나를 대신해 이 세상에 남겨질 자식들, 손자 손녀들을 바라보는 즐거움 그것만으로도 만족하는 법을 배우게 되는 법이다. 그런데 송씨는 남겨진 자식도 가족도 아무것도 없으니 가지고 갈 짐이야 뭐가 있으랴.

그래도 뭔가가 아쉬운 듯 송씨는 쉽게 발걸음을 떼지 못하고 그 자리에 붙박이처럼 서서 집쪽을 한참 동안 바라보았다. 하긴 거의 평생을 살아온 집이니 제2의 고향과 같고 가족 같은 집이었으리라, 김만석은 생각했다. 김만석도 이제는 다시는 저 집에서 나오는 송씨, 창문밖으로 고개를 내미는 송씨를 볼 수 없을 거란 생각에 물끄러미 집쪽을 함께 쳐다보았다.

"자…… 그럼 가자구……"

미련은 오래 남겨두어서 좋을 게 없다. 자를 땐 빠르고 과감하게.

"네에…… 이제 돌아가야죠"

그렇게 말하면서도 송씨의 눈은 떠나오는 집에서 떨어질 줄을 몰랐다.

\* \* \*

장군봉의 택시는 일반도로를 달릴 때는 크게 문제가 없었는데, 고속도로로 올라온 다음부터는 뒷차들이 난리였다. 차가 낡아서 고장 안 나고 달려주는 것만 해도 감지덕지한 판국인데, 뒷차들은 똥차가 앞에서 빨리 비키지 않는다고 빵빵

경적을 울리고 난리가 아니었다. 뒤에 밀려 있다가 왼쪽 추월선을 통해 지나갈 때는 꼭 경적을 한 번씩 울리고들 지나갔다.

"다른 차들이 좀 답답한가 봐요……"

계속해서 경적을 울리는 차들 때문에 송씨가 좀 미안한 마음이 들었는지 한마디 했다. 하지만 김만석은 아랑곳하지 않았다.

"차가 늙어빠져서 더 빠르게 안 가는 걸 뭐 어떻게 하라고…… 니미 씨부랄 것들…… 뭘 그리 급해…… 천천히 가면 되지. 정 급하면 지들이 앞질러 가면 되지……"

처음부터 빨리 갈 마음도 없었다.

"가뜩이나 수라린가 뭔가가 가까워져서 짜증이 나는구만……"

김만석의 짜증을 아는 건지 차도 푸털털털……거리며 툴툴대는 듯했다.

"니미…… 강원도 어디 산골짝이라고 해서 난 또 드릅게 먼 줄 알았더니만…… 이래서야 이뿐이랑 같이 있을 시간도 별로 없잖아……"

차가 유난히 천천히 가는 이유를 그제서야 송씨도 알 것 같았다. 송씨가 말했다.

"천천히 가요……"

그 말을 들었는지 못 들었는지 김만석은 앞만 바라보며 계속 달렸다. 송씨가 다시 말했다.

"천천히 가요. 어디 휴게소라도 들러서…… 배고파요."

제천 휴게소에 들렀다. 국수를 시켰는데 송씨는 별로 배가 고프지 않은 탓에 국수의 양이 굉장히 많다고 느껴졌다. 김만석은 주문해서 나온 국수를 시켜놓고는 물끄러미 바라만 보고 있었다. 식사를 하지 않고 있는 김만석을 보며 송씨가 입을 열었다.

"어서 드세요."

여전히 생각에 잠겨 말이 없던 김만석이 천천히 대답했다.

"……그래."

김만석이 국수를 한 젓가락 집어 입에 넣고 우물우물 씹기 시작했다. 국수의 면발이 까끌하게 느껴졌다. 아무래도 이야기를 해야 할 것 같았다.

"이봐, 이뿐이…… 내, 사실…… 말을 안 한 게 있어……"

"네? 뭐가요?"

송씨도 국수를 한 젓가락 집어 먹다가 되물었다.

"내가 들어갔을 때 군봉이는 아직 살아 있었어."

국수를 집던 손을 멈추고 송씨가 깜짝 놀라 김만석을 바라보았다. 김만석은 국수 위로 멍하니 시선을 던져둔 채 말을 이어 나갔다.

"그날 새벽에 난……"

장군봉의 편지를 읽다가 정신없이 장군봉의 집에 달려간 김만석은 나란히 누워 있는 장군봉과 조순이의 모습을 발견하고는 이미 늦은 줄 알았다.

"군봉이! 제수씨! 군봉이!"

불러보았지만 대답이 없었다. 이미…… 늦었구나…… 너무 놀라고 당황스러워 눈물도 나지 않았다. 그때였다. 장군봉이 아직 살아있는지 얼굴이 살짝 움직이는 게 느껴졌다. 구, 군봉이 아직 살아있어! 김만석은 재빨리 장군봉을 안아 일으켰다.

"군봉이! 군봉이!"

그리고 장군봉이 정신을 차리도록 흔들어 깨웠다.

"군봉이! 정신 차려봐! 군봉이! 이 미친놈아! 나가자, 빨리! 내가 데리고 나……"

그때 김만석은 장군봉이 뭐라고 이야기하는 것을 느꼈다. 말소리는 전혀 들리지 않았지만 장군봉이 분명 뭐라고 말하는 것을 알았다. 김만석의 눈에 장군봉과 조순이가 꼭 잡고 있는 손이 보였다. 장군봉은 조순이와 잡은 손을 놓지 않고 있었다. 장군봉이 붕어처럼 입을 뻐끔거리며 뭐라고 웅얼거리고 있었다.

"뭐라는 거야! 하나도 안 들려! 손놔! 일단 나가자! 나가고 보자고!"

그때 장군봉의 입 모양이 김만석의 눈에 들어왔다. 우. 리. 떼. 어. 놋. 지. 마. 러.

"우. 리. 떼. 어. 놓. 지. 말. 어."라는 말이었다.

그러면서도 조순이와 잡은 손은 절대 놓지 않고 꽈악 잡고 있었다.

"이이이…… 이…… 미친 놈아아아아~! 이 미친놈아!"

더 이상 김만석은 장군봉이 조순이와 함께 가는 길을 막을 수 없었다. 자신이 아내를 그렇게 덧없이 보냈는데, 장군봉에게도 아내가 떠난 후 자신처럼 후회만 안고 남은 평생을 살아가라고 강요할 자신이 없었다. 한편으로는 장군봉과 조순이가 죽음의 순간까지도 함께 잡은 그 손이 부럽기도 했고, 존경스럽기도 했다.

김만석은 한 번도 꿈꿔보지도, 실천해보지도 못한 동행이었다. 자신은 바깥나들이를 갈 때도 한번도 아내와 손잡고 다닌 적이 없었다. 그런데 장군봉은 최후의 순간, 최고로 고통스러운 이 순간까지도 아내의 손을 잡고 있었다. 내가 무슨 권리로 이 손을.

김만석은 장군봉의 선택을 받아들였다. 스스로 선택한 가장 위대한 동행을 자신이 방해할 수는 없었다. 김만석은 장군봉을 다시 조순이 곁에 나란히 눕혔다. 그리고 자신에게 부탁한 장군봉의 마지막 유언을 묵묵히 지켜주었다. 테이프들을 하나씩 떼어내고, 누가 봐도 사고처럼 보일 수 있도록 최선을 다했다. 참았던 눈물이 쏟아져 나온 건 모든 일을 다 마무리하고 대문 밖을 나서는 순간이었다.

"어쩔 수 없었다니까…… 그 미친놈이…… 그 눈이…… 그 손이…… 어쩔 수 없었다니까……"

김만석은 국수를 다시 한 젓가락 우물우물 씹어 먹으며 말을 이어나갔다.

"목소리도 안 나오는 주제에…… 뭐라고 헐떡거리면서 씨부리는데…… 차라리 몰랐으면 좋았을 걸…… 니미…… 난 어쩌다가…… 입모양으로 말을 알아먹을 정도의 가는귀를 쳐먹어가지고……"

목이 메어 면발이 잘 넘어가지 않았다. 김만석은 면발 한 입을 오랫동안 입 안에 넣고 우물우물 씹었다.

"하지만…… 그 손이…… 어쩔 수 없었어…… 그 손이…… 드럽게 꼭 잡고 있더만…… 누가 떼어놓을 세라……"

입안에 든 국수를 모두 삼키고도 다음 젓가락질을 못하고 면발만 바라보고 멍하니 있는 김만석에게 송씨가 국수를 한 젓가락 집어 김만석의 눈앞에 보여주며 권했다.

"많이…… 들어요……"

송씨는 모든 것을 이해했다. 장군봉의 마음을, 그럴 수밖에 없었던 김만석의 마음을. 송씨가 그런 상황이었다고 해도 똑같이 할 수밖에 없었으리란 것을.

국수를 절반이나 남기고 자리에서 일어나서 휴게실을 나섰다. 김만석과 송씨 두 사람 모두 말이 없었다. 김만석은 커피 자판기 쪽으로 발걸음을 옮겼다. 커피를 잘 마시지 않던 김만석이 식후엔 꼭 커피 한 잔 마시는 습관이 든 것도 전적으로 장군봉 때문이다. 자판기에 동전을 넣고 습관처럼 프림커피를 누르려던 김만석의 손가락이 멈칫했다. 커피 너무 달게 마시지 말라던 장군봉의 편지 마지막 줄이 떠올랐다.

"썩을 놈…… 정말 끝까지 참견이구만……"

김만석은 입으로는 장군봉을 욕하면서도 손가락은 블랙커피를 눌렀다. 블랙커피 한 잔을 뽑아든 김만석이 송씨를 바라보며 물었다.

"커피 마실래?"

"아뇨."

"이제 다 왔어…… 조금만 더 가면 이뿐이 자네 고향이야."

김만석의 눈에 얼마 남지 않은 강원도 깊은 산들의 모습이 들어왔다. 송씨는 어두운 표정으로 말이 없었다.

"왜 그래? 겁나……? 괜찮아, 괜찮아."

송씨가 걱정한 것은 고향이 아니었다. 송씨가 걱정한 것은 김만석이었다.

"이제…… 우리 다시 보기 힘들겠죠?"

"……"

김만석은 뭐라고 대답할 말이 없었다. 입에 발린 위로도, 그렇다……고 대답할 수도 없었다. 우리 나이가 있지 않은가.

"지금 인사하죠……"

"그러지……"

나이가 들면서 느는 지혜 중의 하나가 포기해야 할 것들을 너무 늦지 않게 포기하는 법이다. 젊었을 때는 더 움켜쥐려고 아등바등했던 것들도 늙으면 마음의 손으로 놓을 수 있게 된다. 무덤까지 가져갈 수 있는 것은 추억 외에는 아무것도 없으므로.

"고마웠어요."

송씨가 계속 말을 이어나갔다.

"우리가 만난 시간은 겨우 한 계절 남짓이었지만…… 만석씬 내 인생 전체를 행복하게 해줬어요."

"나도 그래."

"그럼, 이제 인사해요."

송씨는 어쩌면 이 인사가 마지막 인사가 될 수도 있다는 것을 알았다. 아쉽기는 하지만 후회하지는 않았다. 그리고 김만석의 얼굴을 찬찬히 바라보며 마음으로 마지막 인사를 나누었다.

우리가 좀더 젊었을 때 만났으면 좋았을 텐데…… 나한테, '그대를 사랑합니다'라고 했었죠? 저도 당신을 사랑합니다. 죽는 날까지 간직할게요.

***

이정표가 영월 태백이 1킬로미터밖에 남지 않았음을 가르쳐 주었다. 강원도 산골 오르막길을 장군봉의 택시는 부털털털거리며 잘 올라가 주었다. 낡은 똥차는 김만석의 오토바이만큼이나 요란한 엔진소리를 토해내었다.

"만석씬…… 어떻게 죽고 싶어요? 우리도 죽을 때가 다 되었잖아요……"

"엥? 하나도 안 들려! 이 노무 고물차! 언덕 올라가느라고 엔진소리만 요란해!"

송씨가 김만석이 충분히 알아들을 정도의 큰소리로 고함을 지르며 말했다.

"만석씬 어떻게 죽고 싶냐고요!" 이번에는 충분히 알아들었다.

"음…… 자식들에게 둘러싸여 병원에서 죽는 것도 싫고! 시름시름 앓다가 죽는 것도 싫어! 몰라! 그냥…… 행복하게 죽고 싶어! 난 그냥! 웃으면서 죽고 싶어!"

송씨가 품~ 하고 웃음을 터뜨렸다.

"웃으면서 죽겠다고요?! 말 그대로 호상이네요, 호상!"

송씨가 웃자 김만석도 따라 웃으며 말했다.

"하하하…… 호상이지 암! 호상이고말고! 하지만 두고 봐! 난 일찍 안 죽는다니까? 적어도 이뿐이보다는 훨씬 오래 살 거야. 하하하……"

그렇게 부털거리는 엔진소리와 너털거리는 웃음소리에 싸여 김만석과 송씨는 수라리재 고개를 넘어왔다. 드디어 해발 600미터 수라리재 정상이었다. 수라리재 정상에서 옆길로 빠져 시멘트 포장도로를 달리다가 얼마 안 가서 비포장도로가 나온 지점에서 김만석은 차를 멈췄다. 차에서 내린 송씨가 아~ 하고 감탄사를 내뱉었다.

"여기가 맞아?"

김만석이 물었다.

"어쩜…… 우, 우리 집이 그대로 있어요. 내가 떠나왔을 때 그대로……!"

"그런데 왜 겁먹은 표정이야?"

"괜…… 찮을까요?"

그 사이에 집주인이 바뀌었을 수도 있고, 너무 많은 세월이 흘렀다는 것을 송씨는 생각했다.

그때 김만석이 송씨의 손을 덥썩 잡으며 송씨를 집쪽으로 이끌었다.

"자기 집에 돌아오면서 걱정은 왜 해? 자, 가자구."

함께 잡은 김만석의 손이 따뜻했다.

흙길을 걸어 집안으로 들어선 송씨는 깜짝 놀라 그 자리에 멈춰섰다. 너무 놀라 손에 들고온 짐보자기를 떨어뜨렸다.

어머니였다!

"어, 엄마……"

고향집 뒷마루에 앉아 옥수수를 만지작거리고 있는 것은 분명 송씨의 어머니였다. 고향을 떠나올 때는 지금의 송씨보다 더 젊었던 엄마는 그 사이 얼굴에 굵은 주름과 검버섯이 잔뜩 피었지만, 분명 어머니였다. 송씨는 천천히 걸음을 옮겨 어머니 옆에 앉았다. 너무 늙어버린 어머니는 거의 기력이 없어 보였다. 손놀림도 많이 느려져 있었다. 송씨가 어머니 곁에 앉아 입을 열었다.

"저는요…… 너무 많은 세월이 흘러서 저는요……"

그때였다. 송씨의 눈앞으로 어머니의 손이 천천히 다가왔다. 손 안에는 옥수

그대를 사랑합니다

수 알갱이 몇 개가 있었다.

"아~ 해."

송씨는 어머니가 시키는 대로 입을 열었다. 수십년 전 옥수수 알갱이를 먹여주던 어머니 손길 그대로였다. 눈물이 흘렀다. 엄마…… 나도 이렇게 할머니가 되어서…… 난……

어머니가 송씨의 고개를 감싸 안으며 자신의 무릎에 송씨를 눕혔다. 그리고 송씨의 머리를 토닥토닥거려주며 말했다.

"우리…… 이뿐이가…… 이뿐이가 왔구나……"

어머니의 손길은 여전했고, 따뜻했다. 어머니였고, 고향이었다. 눈물이 났다. 평생을 참았던, 참고 살아야 했던 눈물이 났다. 송씨는 더 이상 참지 않았다. 고향이었고, 어머니 품 안이었다.

"흑흑흑…… 흐으윽…… 허엉…… 어어어엉…… 엄마……. 허어어어엉…… 엄마……"

"이뿐이가 왔어…… 우리 이뿐이가, 이뿐이가 왔어……"

김만석은 송씨와 어머니의 모습을 말없이 지켜보았다. 말하지 않아도 모든 것을 이해할 수 있었다. 60년 세월을 망부석처럼 집앞 툇마루에 앉아, 집 떠난 딸을 기다린 어머니…… 딸이 찾아오지 못할까봐 이사도 가지 못 하고, 딸의 얼굴을 볼 때까지는 쉽게 죽을 수도 없었던 어머니…… 그 어머니가 부르는 소리에 집을 떠났을 때 기억 속의 어머니보다 더 늙은 할머니가 되어 집으로 돌아와 다시 어머니의 품에서 어린 아이로 돌아간 송씨……

말하지 않아도, 이야기해주지 않아도 모든 것이 김만석은 저절로 이해되었다.

그것이 세월이 주는 지혜였으니까. 세상을 한 70년쯤 살다보면 굳이 말하지 않아도 알게 되는 것들이 있는 법이니까.

김만석은 조금 전까지 송씨의 손을 잡고 함께 걸어 올라왔던 흙길을 이번엔 혼자서 내려갔다. 눈앞에 강원도 산골의 산들이 다가왔다. 깊고 깊은 산속이었다. 송씨와 함께 왔던 꼬불꼬불 오르락내리락 그 길들을 이제는 혼자 돌아갈 생각에 깊은 한숨이 나왔다. 올 때는 너무도 짧은 길이었는데, 돌아갈 때는 너무도 길고 긴 길이 될 것이란 걸 김만석은 알았다. 인생이란 원래 그런 것이므로.

＊＊＊

김만석은 한 사람을 떠나보내고 대신에 다른 한 사람을 새로 얻었다. 김만석은 연아가 정민채란 젊은이와 결혼하고 싶다는 생각을 밝히면서 할애비에게 가장 먼저 상의해준 것이 고마웠다. 김만석은 무조건 찬성이었다. 늙으면 그저 손자 안아보는 게 최고다. 그 손자가 이제 결혼해서 곧 증손자를 안겨주겠다는데 그걸 마다할 미친 노인네는 없다. 게다가 연아는 리틀 김만석이 아닌가. 제 인생이 걸린 일인데 어련히 잘 알아서 하려고. 김만석은 연아를 믿었다.

그런데 아무래도 며늘아이 이율배반여사가 걱정이었다. 공익근무하는 백수에 고아라고 반대할 가능성이 높았다. 그래서 김만석은 연아에게 절대로 엄마 아빠가 반대하지 못할 결정적인 한 수를 가르쳐 주었다. 그것은 어쩌면 오랫동안 벼려왔던 김만석 나름의 소심한 복수이기도 했다.

그러나 연아가 정민채를 집으로 데리고 와서 인사를 시켰을 때 정작 연아의 결혼을 반대한 것은 아빠인 김인섭이었다.

"나는 이 결혼, 반댈세!"

엄마가 반대를 하면 반대를 했지 아빠가 반대할 거라고는 생각지도 못한 연아는 당황했다. 아빠는 민채씨와 주민센터에서 같이 근무하면서 민채씨가 어떤 사람인가는 누구보다도 잘 아는 사람이 아닌가. 그런데도 아빠가 반대를 하다니 이해를 할 수가 없었다.

"아빠! 우리 결혼을 반대하는 이유가 뭐야? 내가 이해할 수 있게 설명을 좀 해 줘요."

"민채군이 성실한 사람이고 똑똑한 사람인 것, 잘 안다. 하지만 넌 내 하나밖에 없는 딸이야. 난 네가 좀더 사랑받을 수 있는 집안으로 시집갔으면 한다."

정민채가 앞에 있으니 대놓고 말은 못하지만, 아마도 교도소에 있는 민지 아빠와, 엄마 아빠가 다른 여동생 민지 문제를 말하는 것임에 틀림없었다.

"아니, 여보. 요즘 세상에 민채군 같은 신랑감이 어디 있다고 그러세요? 인물 잘 생겼겠다, 서울대 나왔겠다. 그리고 공익근무 마치면 예전에 다니던 컴퓨터회사인지 게임회사인지 다시 들어간다니 직장도 확실하겠다. 그리고 솔직히 말해서, 시어머니도 안 계시고, 시누이라고 해봐야 이제 겨우 초등학교 들어가는 손아래 시누인데 시집살이 걱정도 없고……. 요즘 이런 시집자리가 어디 있다고 그러세요, 연아 아빠도 참. 호호호." 게다가 빌딩도 몇 채씩 가지고 있는 재벌이고. 흠흠.

원래는 엄마가 반대하면 써먹으라고 할아버지가 가르쳐 주신 것이지만, 연아는 최후의 카드를 아빠를 위해 써먹기로 했다.

"아빠가 정 그렇게 반대한다면 나도 할 수 없어. 그렇다면 나도 아빠가 할아버지한테 결혼 승낙 받으실 때 썼던 방법을 쓰는 수밖에. 아빠는 정말 내가 그렇게 하기를 원해?" 연아가 이 말을 꺼내자마자 아빠와 엄마의 낯빛이 싹 변했다. 그리고 동시에 인섭은 고개를 돌려 아버지 김만석을 째려보았다. 누구의 작품인지 금세 감이 왔다.

김만석은 모른 척 인섭의 눈초리를 피해 슬금슬금 자리에서 일어났다.

"아이고, 벌써 우유 배달할 시간인가?"

"아버지, 지금은 새벽이 아니라 저녁인데요."

"아이고, 그렇네. 지금은 저녁이네."

도로 자리에 철푸덕 주저앉으면서도 김만석은 속으로 클클 터져 나오는 웃음을 참느라 고소해서 죽을 지경이었다.

어떠냐, 이 놈아? 딱 이십칠년만의 복수다. 니가 나한테 이럴 때 딱 내 마음이 지금 니 마음이었어. 흐흐.

김인섭은 얼굴을 붉으락푸르락하더니 연아에게 물었다.

"너, 그 말 진심이냐?"

"네, 아빠."

연아의 단호한 말에 담배 한 대를 길게 빨더니 김인섭이 백기를 들었다.

"네 뜻이 그렇다면, 내가 졌다. 대신! 행복하게 살아야 돼! 나중에 딴소리 나오면 둘 다 내 손에 발모가지 부러질 줄 알아!"


연아의 집을 나서며 민채가 물었다.

"연아씨. 그런데 아까 말한, 아버님이 할아버님께 결혼 승낙 받은 방법이란 게 뭐에요? 그게 뭐길래 아버님께서 한 마디도 못 하시고 그냥 승낙하세요?"

민채의 물음에 연아는 대답도 못하고 얼굴이 빨개졌다. 아직 시집도 안 간 처녀가, 그것도 이제 겨우 키스만 몇 번 나눈 사이에 어떻게 그런 말을 직접 입에 올릴 수 있다는 말인가? 연아는 민채에게 엄마 아빠의 속도위반으로 자신이 태어났다는 이야기를 어떻게 전해야 할까 골머리를 썩혔다.

"민채씨, 고속도로 제한 속도가 몇 킬로미터죠?"

"음. 도로에 따라 다르긴 하지만 대개 100킬로 정도 되지요."

"아빠는 엄마랑 결혼할 때 그보다 속도를 좀 더 밟으셨대요."

"그럼, 우리도 고속도로에서 한 150킬로 밟겠다는 이야기였어요? 어, 뭐 그 정도 가지고. 그런 협박이 통하다니 뜻밖이네요. 내 차는 조금만 밟으면 150킬로는 금방 나오는데."

어이구, 이 미련퉁이! 않느니 내가 죽지…. 나도 명색이 여자인데, 그 정도 힌트면 알아들어야지!

연아는 지금까지 쏘아보았던 레이저광선 중에서 가장 강력한 광선을 순진한 건지 멍청한 건지 구분이 안되는 민채의 얼굴에다가 마구 퍼부었다.

## 제16화
# 사랑하는 사람들은 행복하다

옥수동 밤하늘엔 변함없이 달이 떴다. 김만석은 변함없이 옥수동에서 다시 우유배달에 나섰다. 김만석의 낡은 오토바이를 다시 수리할 것인가 폐차시킬 것인가를 고민하던 석호에게 김만석의 재등장은 모든 고민을 해결해주었다.

연아는 정민채와 결혼했다. 정민채가 가난한 고아도, 재벌2세도 아니라 재벌 자신이란 것이 알려진 것은 결혼식에서였다. 결혼식 주례를 맡은 이석규 회장 때문이었다. 이 회장은 결혼식 주례사에서 정민채의 정체를 낱낱이 까발렸다. 오랜 시간 동안 방랑하며 쉽게 회사로 돌아와주지 않은 것에 대한 이 회장 나름의 복수였다.

정민채는 공익근무를 마치고 다시 회사로 돌아가기로 했다. 한동안 선풍적인 인기를 끌었던 〈데미지2〉 시리즈의 서비스는 종료시키고, 대신 〈데미지2〉를 능가할 다른 새로운 롤플레잉게임을 만들기로 했다. 민채가 그 책임을 맡았다. 연아와 민채는 한달간의 넉넉한 일정으로 세계일주를 떠났다. 말이 세계일주지 실상은 민채가 세계 곳곳에 만들어놓은 민채의 가족들을 만나러가는 동남아 순례와 다름없었다. 결혼식 당일까지도 가난한 고아인 것처럼 민채가 연아에게 거짓말을 했다는 이유로, 첫날밤부터 민채는 연아로부터 소박을 당할 뻔 했지만, 첫날밤은 무사히 잘 치렀다.

해가 바뀌고 눈이 펑펑 내리던 겨울날, 이판술이 죽었다. 김만석은 이판술의 장례식에 참석했다. 이판술의 장례식 상주는 준범과 만삭의 몸인 맹신혜가 맡았다. 조기폐경은 오진이었다. 비록 꿈에 그리던 손주의 모습을 직접 보지는 못했지만, 뱃속에 든 손주가 차는 발길질을 느낀 것만으로도 이판술은 행복하게 눈을 감았다.

장군봉이 일하던 동성주차장은 끝내 문을 닫았다. 옥수동에 대규모 아파트단지들이 들어서면서 주차할 차들이 점점 줄어들었다. 아파트단지 내에 있는 주차장만으로도 충분해서 더 이상 주차장은 필요 없었다. 그렇다고 주차장 주인이 망한 것은 아니었다. 재개발 붐이 일면서 땅값은 천정부지로 올랐고, 주차장 부지에도 아파트가 들어섰다. 정작 주차장이 없어지는 것을 아쉬워한 것은 주차장 주인이 아니라 김만석이었다. 김만석은 장군봉과 송씨의 추억이 어린 주차장이 굴삭기에 밀려 사라지는 것을 묵묵히 바라보았다. 그렇게 굴삭기와 불도저는 김만석과 장군봉, 그리고 송이뿐과의 추억을 밀어내어 버렸다.

***

그로부터 5년 후, 겨울. 오토바이 소리는 여전히 옥수동 주택가 골목길을 울렸다. 부타타타타타타타타타타 소리를 꼬리표처럼 남기며 김만석은 여전히 백발을 휘날리며 우유배달을 다녔다. 이미 낡아 반들반들해진 가죽장갑을 5년째 변함없이 끼고서……

우유배달을 거의 마치고 마지막 고비인 160번지 언덕길을 앞두고서 김만석은 숨고르기를 한번 했다.

"휴우~ 힘들지? 니도 그동안 수고가 많았다."

김만석은 십수년째 이 언덕을 오르내린 오토바이를 애마처럼 한번 쓰다듬어 주었다. 그리고 나지막한 목소리로 말했다.

"자, 이제 마지막 고갯길이야. 힘내자~ 저기만 올라가면 되니까……"

김만석은 엔진의 출력을 높이고 기어를 낮추고 160번지 고갯길을 향해 부타타타타타 달려 올라갔다.

"저 고갯길 꼭대기에 가면…… 이뿐이가 기다리고 있어."

김만석의 추억 속에 160번지 언덕길 위에는 언제나 송씨와 송씨의 리어카가 김만석을 기다리고 있었다. 김만석은 언덕 꼭대기에 걸린 노랗고 둥근 보름달을 향해 힘껏 달려 올라갔다.

바이탈사인이 가늘게 뛰고 있었다.

"이미 의식이 없으십니다. 너무 노쇠하셨어요……"

침대에 의식을 잃고 누운 김만석을 보며 의사가 말했다. 김만석의 얼굴에는 예전엔 없던 검버섯이 피어있었다. 세월의 흔적, 죽음의 꽃 검버섯.

의사는 계속 말을 이어나갔다.

"이건 병이라기보단…… 연세가 많으셔서 온 신체적 노화에 따른 것입니다."

병실에는 바이탈사인을 체크하는 기계음만 띠이 띠이 띠이 울렸다. 김만석을 둘러싼 가족들은 말이 없었다. 인섭도, 윤희도, 연아도, 민채도, 이제 어느덧 초등학교 5학년이 된 민지도 모두 김만석을 둘러싸고 김만석의 마지막 임종을 지켰다.

그때였다. 뭔가를 발견한 의사가 입을 열었다.

"이런? 할아버지께서 장갑을 그대로 끼시고…… 죄송합니다. 바로 벗겨 드리죠."

의사가 간호사를 시켜 김만석의 장갑을 벗기려 하자 연아가 말렸다.

"아뇨. 그냥 두세요. 저대로 두세요…… 할아버지가 원하시던 거예요."

인생의 마지막 고갯길을 앞두고 김만석은 깊은 숨을 들이쉬었다. 이제 마지막 고비다.


부타타타타타 엔진소리도 요란하게 오토바이가 160번지 언덕길을 달려 올라갔다.

"자! 조금만 더 힘내자!"

오토바이는 160번지 언덕 꼭대기에 걸린 달을 향해 달려갔다. 그리고 오토바이는 160번지 언덕길을 넘어 그 너머로, 그 너머로 달려갔다. 오토바이가 달리고 있는 곳은 수라리재 고개였다. 굽이굽이 가파른 수라리재 고개를 무사히 달려온 낡고 오래된 오토바이는 봄꽃들이 가득한 송씨의 집 앞까지 김만석을 무사히 데려다 주었다.

송씨의 집 앞에 도착했을 때 김만석은 어느새 아래위로 검정 가죽옷을 입고 멋있게 생긴 할리 데이비슨 오토바이를 타고 있었다. 김만석은 송씨에게 할리를 타고 멋있게 달리는 자신의 모습을 한번 보여주었으면 하는 게 소원이었다. 김만석을 위해 연아와 민채가 마련한 김만석의 예단은 할리 데이비슨 오토바이와 할리 가죽 잠바와 바지 세트였다. 꿈은 이루어졌다.

"잘 살고 있었어?"

송씨가 해맑게 웃으며 대답했다.

"네에. 건강하시지요?"

"허허…… 그러엄! 난 너무 건강해서 탈이지."

한동안 두 사람은 말이 없었다. 말이 없어도 좋았다. 정작 중요한 것들은 말로 전달할 수 없다는 것을 두 사람은 너무 잘 알고 있었다. 그저 바라만 보아도, 그저 눈빛만 보아도 모든 말을 알 수 있고, 모든 생각을 알 수 있는 것, 그것은 두 사람이 노인이어서가 아니었다. 그것은 연인이기 때문이었다.

사랑은 말하지 않아도 서로 알게 한다. 그렇게 두 사람은 말하지 않으면서 많은 말들을 나누었다. 그래도 가끔씩은 꼭 해야 할 말은 해야 했다. 그렇게 해야 사랑은 더욱 단단해지는 것이므로, 더 이상 가슴에 담아둘 수 없는 말들은 저절로 나오게 마련이므로.

"보고 싶었어."

김만석이 말했다.

"나두요."

그 말이면 충분했다. 더 이상 다른 말은 필요 없었다. 아아, 행복하다! 김만석은 저절로 얼굴 가득 미소가 지어졌다. 김만석은 마주잡은 송씨의 손을 힘껏 쥐었다.

이생과 저생, 현실과 꿈속을 넘나드는 기억 속에서 김만석이 송씨의 손을 꼭 쥐는 순간, 김만석의 상태를 체크하던 바이탈사인이 멈추었다. 띠이 띠이 작지만 일정하게 뛰던 사인이 띠이이이이……하는 소리와 함께 멈추었다.

"운명하셨습니다."

의사가 말했다. 의사는 김만석의 팔에 꽂혔던 링거를 뽑고, 입에 달았던 산소마스크를 제거했다. 산소마스크를 떼던 의사가 놀라는 표정으로 "어?" 하고 소리쳤다.

김만석이 웃고 있었다. 행복한 웃음을 지으며 김만석은 송씨에게 말했던 소원처럼 웃음을 이 세상에 마지막으로 남겼다.

편안하고 행복한 웃음을 남기며 떠난 김만석을 보며 연아도, 민채도, 인섭도, 윤희도 누구도 목놓아 울지 않았다. 모두들 입가에는 미소를 지으며 눈으로만 눈물을 흘렸다.

수라리재로 송씨를 데려다 주는 날, 김만석은 이렇게 말했었다.

"난 자식들에게 둘러싸여 병원에서 죽는 것도 싫고! 시름시름 앓다가 죽는 것도 싫어! 몰라! 그냥…… 행복하게 죽고 싶어! 난 그냥! 웃으면서 죽고 싶어!"

"웃으면서 죽겠다고요?! 말 그대로 호상이네요, 호상!"
"하하하…… 호상이지 암! 호상이고 말고!"
송씨와 김만석이 나누었던 말처럼, 김만석의 죽음은 문자 그대로 호상이었다.

* * *

"에이, 공무원 생활을 겨우 몇 년하고 이민을 가버리면 어쩌냐?"
"아주 가는 거야? 보고 싶어서 어쩌지?"
"온 가족이 다 가는 거라며? 어쩔 수 없지."
"민채씨가 몇 년 전부터 준비했던 일이라잖아…… 그것 때문에 일부러 미국 지사장으로 간다니까 한국에서도 대박 냈듯이 미국에서도 대박 나겠지."
주민센터 식구들은 모두 아쉬워했다. 이제는 두 아이의 엄마가 된 신혜도, 성호도, 민경도, 아빠가 퇴직한 후 새로 부임한 새 동장님까지도……
"고마웠어요. 이민 가서도 잘 살게요……"
"그럼, 연아씨 자기 전출서류는 다 알아서 했겠네. 허허허."
"그럼요, 제 마지막 업무였는 걸요."
다들 하하하 호호호 웃으며 기쁜 마음으로 연아를 보내주었다.
"그런데 제가 여러분들께 꼭 부탁드릴 게 하나 있어요."
그러면서 연아는 5년 전 있었던 이야기를 들려주었다.

***

"할아버지…… 또 여기서 뭐하세요?"

송씨를 수라리재 고개로 데려다준 후 김만석은 틈만 나면 송씨네 옛집 앞 계단에 앉아 시간을 보내곤 했다.

"어? 연아 왔냐?"

김만석은 지갑에서 꺼내 혼자 쳐다보던 송이뿐의 사진을 도로 집어 넣으며 연아에게 대꾸했다.

"할아버지……"

연아는 그동안 얼마나 쳐다보았는지 사진종이의 보풀이 너덜너덜 일어난 송이뿐 할머니의 사진에 가슴이 짠해졌다.

"허허허……"

김만석의 웃음이 쓸쓸했다. 연아는 할아버지 옆에 철푸덕 앉았다.

"에휴~. 이러실 거면서 왜 보내주셨어요? 얼마 전에 할아버지가 직접 데려다주셨다면서요?" 잠시 말이 없던 김만석이 조용조용 이야기를 들려주었다.

"알고 있었거든, 우린…… 난 내 아내에게 예의를 지켜야 했고…… 이뿐이는 고향으로 돌아가고 싶어했고…… 여기까지가 맞는 것 같았어."

"……"

"잘 된 거야…… 연아야. 산다는 게 뭔지 아니?"

연아는 대답이 없었다. 그냥 할아버지의 이야기를 계속 들었다.

"젊어서 열심히 살다가 애들 다 키워놓고, 어느 정도 나이를 먹게 되면 먹먹해

질 때가 있지. 그럼 그때서야 사는 게 뭘까, 생각하게 돼. 나이 들면 유난히 그런 생각이 많이 들어……. 사는 건 말이다. 뭐, 별거 아냐. 젊었을 때는 좋은 추억거리 만들고, 나이 들어선 그 추억을 되씹으면서 사는 게 인생이지……"

"……"

"우리같이 저 세상 갈 나이가 되면…… 행복한 추억이 필요해져."

"그런 말씀 마세요."

"이뿐이나 나나, 지금이 행복해…… 허허허……"

연아는 나이가 들어서도 행복해 하는 할아버지의 추억이 부럽기도 했지만, 한편으론 할아버지의 웃음소리가 쓸쓸하게 느껴지기도 했다. 그때였다. 초등학교 저학년으로 보이는 웬 꼬마아이가 두 사람 앞에 나타났다.

"어? 여기 우리 집인데요?"

"응?"

연아가 물었다.

"여기 우리 집이라구요……"

"뭐, 여가 니 집이라고? 이사 왔어?"

김만석이 묻자 아이가 대답했다.

"네, 며칠 전에 이사 왔는데요?"

김만석과 연아는 계단에서 일어나 아이에게 길을 비켜주었다. 그런데 아이는 곧장 계단으로 올라가지 않고 골목 옆 가로등에 있는 스위치를 올려 가로등에 불을 켰다.

"켜져라, 얍!" 벌써 어둑어둑한 골목길에 노란 불빛이 들어왔다. 아이가 신나게 웃으며 뛰어왔다.

"아유, 착하네~ 누가 시키지 않아도 알아서 가로등도 켜고. 호호호."

연아가 웃음으로 아이를 칭찬했다.

"네? 그게 아닌데…… 전에 여기 살던 사람이 편지를 써서 붙여 놓고 갔어요. 골목이 어둡다고요. 밤이 되면 가로등을 꼭 켜놔 달랬어요."

김만석이 놀라 아이를 쳐다보았다.

"새벽에 오토바이가 지나가기 전에 꼭 켜놔 달라고 하던데요?"

그제서야 김만석은 깨달았다. 그러고 보니 언제부턴가 이 골목은…… 항상 가로등이 환하게……

김만석의 눈에, 날마다 자신을 위해 가로등을 켜두던 송씨의 모습이 스쳐지나갔다. 김만석은 생각했다. 이봐, 군봉이…… 저 가로등도 자네집에 걸린 달처럼 제법 밝지 않은가?

김만석은 집으로 돌아오는 길에 연아에게 부탁을 했다.

"연아야, 할애비가 부탁이 있다. 너…… 동사무소 다니잖냐?"

"네."

"그럼, 이뿐이가 저 세상으로 가면…… 그것도 알 수 있겠네?"

"네. 조회해보면 알 수 있죠."

"저기 말이다…… 내가 만약에…… 이뿐이보다 먼저 죽으면…… 내가 죽은 걸 이뿐이가 모르게 해주렴……"

"네?"

연아가 의아한 눈빛으로 김만석을 쳐다보았다.

"이쁜이가 저 세상에 갈 때까진…… 내가 죽은 걸 모르게 해줘."
"할아버지!"
"이쁜이가 저렇게 날 걱정해 주지 않냐…… 내가 먼저 죽으면 이쁜이가 많이 슬퍼할 거야. 내가 이쁜이보다 먼저 죽으면…… 어떻게 해서든…… 이쁜이가 죽는 날까지 내가 죽은 걸 모르게 해줘…… 내가 약속한 게 있어서 그래."

\* \* \*

"연아씨, 그래서…… 친할아버지 사망신고를 아직 안 했다고?"
연아 주변에 모여든 주민센터 식구들이 웅성웅성 거리며 한마디씩 했다.
"네…… 혹시 이쁜이 할머니가 딴 데 가서라도 알아볼까 해서요…… 공무원이면서…… 죄송해요."
연아가 고개 숙여 사과하며 말했다.
"하지만 그래봤자…… 만약 직접 찾아오시면……"
"알아요. 이쁜이 할머니가 우리 집을 찾아오셔도 이민을 가고 나면…… 이곳 동사무소를 찾아오시겠죠. 할아버지는 우유보급소, 고물상 등등 송씨 할머니가 가실만한 곳에는 이미 다 그렇게 말씀해놓으셨나 봐요. 부탁드릴 게요. 혹시나…… 만약에라도 송이쁜 할머니가 찾으시면 그렇게 말해주세요. 김만석 씨는…… 가족이랑 함께 이민 갔다고…… 건강하게 잘 살고 있다고…… 부탁드릴 게요."
다시 한번 연아는 손을 모아 고개 숙이며 정중히 부탁했다. 다들 한동안 말이 없다가 웅성웅성 한마디씩들 했다.
"그래! 그래! 그게 뭐 공무원 비리도 아닌데, 걱정 마!"
"그래, 사망자 신고 가끔 빼먹을 수도 있지 뭐……"
"그냥 단순 누락이야, 서류 누락……"
"김만석 할아버지 이민 갔다고 말하는 게 뭐가 그리 어렵겠어, 걱정 마."
"허어…… 이래도 되나, 허허허…… 하긴 이민 갔다고 하는데 누가 뭘……"
"우리가 전근 가더라도 후임자에게 이야기 해 놓을게."
다들 가족처럼 걱정해주고 신경써주는 모습에 고마워 연아가 웃으며 말했다.
"고마워요."
연아가 생활의 대부분을 보낸 곳, 직장이라는 이름의 또 다른 가족들이었다.

### 에필로그
# 사람이 꽃보다 아름답다

눈이 내리고 새싹이 트고 꽃이 피고 낙엽이 지고…… 또 눈이 내리고 새싹이 트고 꽃이 피고…… 몇 년의 시간이 흘렀다. 수라리재 정상에도 가을 단풍이 곱게 물들었다.

어머니가 돌아가신 고향집을 홀로 지키고 있던 송씨는 늘 아침마다 하던대로, 커피 한 잔을 타서 툇마루로 나앉았다. 따뜻한 커피 잔의 온기와 커피 향이 좋았다. 커피 잔을 내려놓는데 빨간 장미 머리핀이 떨어져 내렸다. 이젠 탈모 때문에 머리칼이 많이 남지 않아 머리핀은 자주 떨어지곤 했다. 그래도 송씨는 머리를 다시 한번 곱게 빗어 올리고 빨간 장미 머리핀을 곱게 꽂아 넣었다. 언제든지 찾아오면 볼 수 있도록 가장 예쁜 모습으로 있고 싶었다.

커피 한 잔을 맛있게 호르륵 호르륵 아껴 마시며 송씨는 주머니 속에서 늘 만지작거리는 돌멩이를 커피 잔 옆에 꺼내 놓았다. 손에 닳아 글씨가 약간은 뭉개졌지만, 그래도 여전히 글씨는 알아볼 수 있었다.

돌멩이에 새겨진 글씨는 '송이뿐, 김만석, 장군봉, 조순이, 소풍' 이었다.

송씨는 단풍이 곱게 물든 산들을 바라보며 혼자서 물었다.
"잘…… 살고 있지요?"
산들은 대답이 없었다. 시원한 가을바람이 집 앞의 나무들과 송씨의 머릿칼을 한번 흔들고 지나갔다.
"나도…… 잘…… 살고 있어요……"
송씨가 바라보는 아름다운 세상 풍경들이 조금씩 흐릿해졌다. 커피를 마셨는데도 이길 수 없는 졸음이 쏟아지기 시작했다. 송씨는 졸음을 이기려 애쓰지 않고 그냥 졸음에 몸을 맡겼다. 매일 밤, 잠자리에 들면서 내일 아침엔 일어날 수 있을까 걱정하던 날들도 있었지만, 지금의 잠은 너무 나른하고 행복해서, 깨고 싶지 않은 졸음이었다. 행복한 추억 속으로 잠들 수 있을 거란 믿음이 있었다. 꿈속에서라도 소중했던 사람들, 꽃보다 아름다운 사람들을 만날 수 있을 거란 믿음이 있었다.

송씨의 기억 속으로 김만석, 장군봉, 조순이, 이판술, 그리고 끝끝내 이름을 지어주지 못한 열살박이 아이의 얼굴들이 손에 잡힐 듯 떠올랐다. 그 모든 아름다운 사람들이 꽃처럼 활짝 웃으며 팔 벌려 송씨를 반겨주었다. 송씨는 그들을 향해 반가운 걸음을 옮기기 시작했다.

송씨는 세상에서의 즐거운 소풍을 끝내고 이제는 고향을 찾아가는 사람처럼 순순히 나른하고 행복한 잠 속으로 빠져들었다.
송이뿐이 마지막으로 바라본 세상은 참, 아름다웠다.